RIFLE NEGRO

ALEX DAVIDSON

Una Novela

«Sigue el arma. Encuentra al asesino…

RIFLE NEGRO

«Una novela policíaca eficaz y trepidante que analiza la cultura de las armas en Estados Unidos desde ambos lados del espectro político. Una delicia para los fans de Robert Ludlum y Joseph Wambaugh… 4,5 estrellas (sobre 5)».
— INDIEREADER.COM

«Asombroso… Con diálogos trepidantes, personajes más grandes que la vida y una conspiración siniestra pero creíble, Black Rifle da en el blanco como un thriller de gran potencia con algunos comentarios mordaces sobre los impulsos más oscuros del país. ★★★★½».
— SELF-PUBLISHING REVIEW

«Bien escrito. Algunas partes recuerdan a Algren».
— ROBERT TEITEL, PRODUCTOR DE **HOMBRES DE HONOR**, LA FRANQUICIA **BARBERSHOP, NOTORIOUS, SOUTHSIDE WITH YOU** Y **THE HATE U GIVE.**

«A partes iguales misterio, thriller y novela social, Black Rifle es un libro apasionante y con sustancia».
— JOHN GLENN, GUIONISTA, DIRECTOR, PRODUCTOR Y SHOW-RUNNER, CUYOS CRÉDITOS INCLUYEN **EAGLE EYE, THE LAZARUS PROJECT, ALLEGIANCE** DE LA **NBC** Y **SEAL TEAM** DE LA **CBS.**

«Las armas… son el tercer protagonista de la cruda historia de Davidson, desempeñando un papel tan importante como la humanidad de Cal y la ardiente ambición de López. Con personajes inquietantes y una acción memorable, los lectores quedarán pegados a las páginas a medida que Cal y López se acercan a resolver el asesinato, con un impulso que salta de la página hasta el final... Los aficionados a los thrillers bien escritos con detectives memorables disfrutarán de esta novela policíaca con tintes noir».

— BookLife por Publishers Weekly

«Davidson consigue construir un retrato intrincado de los Estados Unidos que destaca las intersecciones entre la corrupción, la religión y el poder gubernamental, y explora el extremismo de derecha, la radicalización de la juventud blanca y las laxas leyes sobre armas de los Estados Unidos. Al final, el autor presenta una acusación a menudo contundente de la cultura estadounidense de las armas en todas sus facetas, siguiendo el rastro del rifle del título, un AR-15 que cambia de manos a lo largo de la historia».

— Kirkus Reviews

PRÓLOGO

Arianna tardó 5,4 segundos en morir.

Pero cuando sangras por heridas de bala, es como si alguien hubiera puesto el mundo exterior a cámara lenta y hubiera pulsado el avance rápido en tu cerebro. Una historia puede tener cientos de comienzos diferentes y ella se preguntaba cuál la había llevado a este final.

Podría empezar por el primero. El comienzo de su vida a las 5:37 a. m. del 16 de octubre en el Centro Médico McAllen. Después de todo, ¿no nacemos todos para morir?

O tal vez debería empezar por su primer recuerdo. La forma en que su padre pronunciaba su nombre.

«Are»-ianna. Tan gutural y autoritario. Le recordaba a un acorde de órgano profundo y aterrador. El sonido que podría hacer el infierno.

Ella prefería la vocal anterior a. «Air»-ianna. Decirlo así le hacía sentir como si flotara en una nube.

La dicción de su papá era tan dura como él. ¿De qué otra manera podría haber nadado en el pantano de sonrisas y lágrimas de cocodrilo que era Washington, D.C. durante todos esos años, mientras la mamá de Arianna la criaba (si se le podía llamar así) en un pobre pueblo fronterizo cerca de Edinburg, Texas? De allí eran tanto su mamá como su papá. Ella y su madre se habían mudado allí desde D.C. después del divorcio. Su padre juró que nunca volvería a poner un pie en ese lugar sin esperanza, y nunca lo hizo.

Allí fue donde conoció la iglesia por primera vez.

Un Mississippi.

Su padre no había llegado a donde estaba por ser amable. «Airy»-anna, por otro lado, no tenía ni pizca de maldad. No sabía decir si eso era un defecto o una virtud. En teoría, parecía estupendo amar todo y a todos, pero una parte de ella estaba segura de que era una excusa.

Era a ella a quien sus amigos llamaban para hablar de sus problemas, y allí estaba ella, dando sabios consejos, que normalmente no eran más que una repetición de algún sermón que había escuchado y que ni siquiera ella misma estaba segura de entender completamente.

En sus momentos más oscuros y privados, se preguntaba: *¿No es la persona más débil la que ama a sus enemigos? ¿No es la más fuerte la que se mantiene firme contra ellos? ¿No equivale el perdón (al menos a veces) a cobardía?*

Pero entonces recordaba la iglesia. Y reprimía esos pensamientos. Se sentía ligera. Y se alejaba flotando.

Dos Mississippi.

·   ·   ·

RECORDABA cómo su madre solía llamarla «belleza casi mexicana». Mamá le había dicho que tenía algo de *gringa*, pero no sabía decir exactamente qué. Sus padres hablaban español con fluidez, pero nunca le enseñaron, para poder, como decía su madre, «hablar de ti sin que tú lo sepas». Arianna se reía y resoplaba ante esto.

Era una empollona y lo sabía. Llevaba gafas gruesas graduadas. Tenía unas ligeras pecas que salpicaban la piel color café alrededor de la nariz y las mejillas. En su tiempo libre, leía, prefería las novelas de fantasía. Tolkien era su favorito. La mayoría de la gente asumía, dada su apariencia y sus aficiones, que era una estudiante de sobresaliente. De hecho, sus notas eran pésimas.

No culpaba a nadie, pero sabía que no tenía la estabilidad que otros niños tenían al crecer. Su madre era una alcohólica cariñosa pero negligente y su padre estaba ausente. El afecto era un idioma extranjero para él. Recordaba haber fumado marihuana por primera vez cuando tenía diez años. Probó el alcohol por primera vez en sexto grado. A los quince años, estaba completamente sobria. La mayoría de los niños criados como ella habrían tenido suerte de llegar a los veinte años sin antecedentes penales, adicción a las drogas o certificado de defunción.

Pero esos niños nunca conocieron la iglesia.

TRES MISSISSIPPI.

POR ESO SE había mudado a Los Ángeles. Por la iglesia. Había encontrado un trabajo de camarera en una hamburguesería de moda en el centro, donde ganaba el salario mínimo más propinas. Se mudó al único lugar que podía permitirse, un tugurio en South Central, y dividía su tiempo en una proporción de 70/30 entre la iglesia y sus tareas de camarera.

Al principio, la mudanza a Los Ángeles fue angustiante. No estaba segura de encajar. Afortunadamente, el hipsterismo estaba de moda y ¿qué eran los hipsters sino aspirantes a geeks con una vena despectiva? Sabía que ya dominaba lo de ser geek. Unas cuantas visitas a Urban Outfitters con sus amigos de la iglesia, un par de tatuajes con versículos de la Biblia y ya era una misionera hipster instantánea. Encajaba perfectamente.

Pero para alguien que había crecido tan rápido, le preocupaba ser ingenua. Creía que la respuesta a todos los problemas, por complejos o multifacéticos que fueran, era el «amor». Una noción tan simple como abstracta.

Cuatro Mississippi.

Pensó en Sean, de Tipperary, a quien había conocido el mes anterior cuando él la ayudó en la parada de autobús de Central y 7ª después de que la asaltaran y le robaran el teléfono. Se había mudado a Los Ángeles con el sueño de convertirse en director de fotografía.

Después de denunciar el asalto a la policía, él la invitó a tomar algo. Ella lo rechazó y luego lo invitó a la iglesia. Se dijo a sí misma que era para que él pudiera salvarse. Definitivamente no porque le pareciera guapo.

Le había estado enviando mensajes de texto solo unos momentos antes. Cuando todavía tenía toda la vida por delante. Estaba en su pequeño estudio en la planta baja.

¿Fuiste a la iglesia?
No.

¿Por qué?

En retrospectiva, debería haber mirado dos veces el gran vehículo negro que se cernía en la calle, frente a su ventana enrejada.

Pensaba que no hablabas español.

Jajaja. ¿Por qué crees que lo escribí «por k»? ¿Por qué no fuiste?

Debería haber prestado atención.

Pregúntame en español.

Punk. Te lo preguntaré en irlandés. Po-Ta-Toes. ¡Hiérvelos! ¡Haz puré con ellos! ¡Échalos en un guiso!

Quizás habría oído a su asesino en el pasillo.

¿Estás citando El Señor de los Anillos? Sabes que los irlandeses y los hobbits no son lo mismo, ¿verdad?

Me habrías engañado.

Podría haber oído los pasos acercándose.

Estoy a punto de entrar en el cine.

Por Dios. ¿Qué te pasa con el cine? ¿No tienes Netflix?

¡El streaming será la muerte del cine! ¡Buenas noches!

Arianna sonrió y empezó a escribir «buenas noches», pero solo llegó a la letra «n» antes de que los disparos la interrumpieran.

Su mensaje quedó sin terminar. Nunca se enviaría ni se recibiría.

Cinco Mississippi.

Y mientras yacía en el suelo de su apartamento, con el corazón bombeando sangre preciosa a través de oscuras heridas de bala, se preguntaba: «¿Dónde están los ángeles? ¿La luz brillante? ¿Por qué sentía tanto frío?».

Nunca pensó que sería así. Nunca imaginó que se sentiría

tan sola. Y en sus últimos momentos, le aterrorizaba que Dios fuera una mierda y que hubiera vivido su vida como una cobarde.

PRIMERA PARTE

CONSÍGUETE UN ARMA

1
___

Se hacía llamar Cal, aunque nadie sabía de qué era la abreviatura.

Se estaba poniendo unas vendas negras Everlast. No había boxeado desde que ocurrió. Un único suceso que ni siquiera recordaba, pero que sin embargo era responsable de los últimos cuatro miserables años de su vida. Años que nunca olvidaría. Dicen que la guerra es un infierno. Bueno, pues la cárcel también lo es.

Cal se enrolló las vendas alrededor de los nudillos.

Eso fue lo primero que hizo la policía, recordaba. Cuando lo detuvieron aquella noche, hace cuatro malditos años. Le fotografiaron los nudillos. Le dijeron que el portero al que había golpeado había recibido un golpe tan fuerte que era como si el pobre bastardo hubiera caído desde una ventana del tercer piso. Podrían haberle dicho cualquier cosa. No tenía ni idea de qué demonios estaban hablando. No recordaba nada.

Se ajustó la venda alrededor de la muñeca con el velcro y se puso los guantes de entrenamiento de quince onzas.

No, no fue por las fotos de los nudillos, ahora lo recordaba.

Lo primero que hicieron los policías aquella noche fue hacerle la prueba de alcoholemia. Dio positivo con 0,3.

Un tipo con el que cumplió condena se llamaba Vinny. Se despertaba cada mañana con ganas de comer una hamburguesa, pero no podía ser cualquier hamburguesa. Cuando estaba fuera, Vinny cruzaba la ciudad en coche pasando por una docena de locales de comida rápida solo para llegar a ese restaurante Wendy's en concreto, porque juraba por su madre que las hamburguesas de allí tenían algo diferente. No se parecían a ninguna otra hamburguesa del maldito planeta. Ni siquiera a las de otros Wendy's. Eran las mejores hamburguesas del mundo y él tenía que comer una.

Todos los días.

Lo curioso de este Wendy's era que estaba en el barrio rojo.

Vinny era adicto al sexo.

No se despertaba pensando: «Hoy voy a tener sexo». De hecho, muchos días se despertaba jurando que no lo haría. Pero no podía pasar sin esa maldita hamburguesa. De ese maldito Wendy's. Realmente creía que sabía diferente.

Como los alcohólicos dicen que los cigarrillos saben mejor en las licorerías.

Los adictos son maestros del autoengaño.

Cal no fumaba. De hecho, casi nunca bebía. Pero cuando lo hacía, era a 160 km/h, como todo lo demás en su vida. No era a propósito y no culpaba a nadie más por sus problemas. No le habían cortado los frenos, había nacido sin ellos.

Cal subió al ring. Fue como volver a casa después de la universidad.

Su oponente le sacaba unos quince kilos, pero golpear no era cuestión de tamaño. No se golpea con el puño, se golpea con todo el cuerpo. Así era como Bruce Lee podía lanzar un puñetazo de dos centímetros y medio y las niñas rusas de YouTube podían atravesar troncos de árbol.

Para lanzar un puñetazo de verdad, tenía que tener un control absoluto sobre sí mismo. Todo tenía que estar en perfecta armonía. Solo existía el presente y el ring era el universo. Cal estaba completamente consciente y en control.

Como Dios.

Cal era un adicto. Pero su droga no era el tabaco, ni el alcohol, ni las mujeres.

Su oponente lanzó un jab y Cal se deslizó hacia la izquierda, giró sobre la punta del pie y canalizó su fuerza a través de su cuerpo como un recipiente a presión. Con un movimiento rápido de muñeca hacia adelante, golpeó con los dos nudillos delanteros la cara de su oponente.

Cuando su oponente cayó de espaldas sobre la lona, el cerebro de Cal liberó una avalancha de dopamina y se sintió eufórico.

La adicción es como la ruleta rusa. Giras el cilindro. Te colocas. Vuelves a girarlo. Sigues jugando y, tarde o temprano, te da un balazo. A todos los adictos les pasa.

MIRANDA Y CAMILLA estaban tumbadas en la cama, pasando un porro. Ambas estaban desnudas o, más bien, «desnudas en una hermosa vulgaridad», como solía decir Miranda. Así era como Camilla medía lo colocada que estaba Miranda. Por lo florido de su lenguaje. Miranda no era una persona florida.

«Anoche tuve un sueño», dijo Miranda, con el porro brillando entre sus dedos. «Fue horrible. Y extraño. Me desperté llorando. Estaba en una montaña rusa con mi perro de la infancia. Mi perro saltó de mis brazos. Lo vi arrastrado por las vías».

Miranda dio una calada. Retuvo el humo cálido y almizclado de la marihuana en sus pulmones.

«Lo busqué y se supone que significa la pérdida de alguien cercano a mí». Exhaló.

«No tienes a nadie cercano», dijo Camilla.

Miranda sonrió. «Solo mis enemigos». Besó a Camilla en la mejilla.

Si le hubieras dicho a Miranda cuando era niña que algún día estaría en las fuerzas del orden, te habría preguntado qué estabas fumando. Creció en el este de Los Ángeles con su mamá y sus cuatro hermanas. Le gustaba decir que la única vez que los policías estaban por allí era para arrestar o deportar a personas de piel morena.

Había visto a su madre trabajar sin descanso día y noche haciendo tamales que ella y otras personas del barrio vendían en puestos callejeros sin licencia. Miranda veía la educación como una vía para salir de la pobreza. Estudió mucho, entró en la Universidad Estatal de California en Los Ángeles, donde se especializó en Ciencias Políticas. Consideraba que la política era la mejor manera de cambiar el sistema. Así que imaginen su sorpresa cuando el sistema llamó a su puerta. La ATF la reclutó directamente al salir de la universidad. Le dijeron que necesitaban gente como ella.

Miranda estaba acostada en la cama viendo a Camilla ponerse un traje pantalón oscuro y envolverse la cabeza con su hiyab.

Camilla podía sentir la mirada de Miranda sobre ella. «No lo hagas», dijo Camilla.

«Solo iba a preguntarte: ¿por qué ocultas ese hermoso cabello? ¿Especialmente en nombre de personas que piensan que deberíamos ser lapidadas hasta la muerte?».

«Eso es lo que no entiendes, Miranda. No es en nombre de *la gente*». Camilla se dirigió a la puerta.

«Que pases buena noche. ¡Te quiero!», le gritó Miranda. La única respuesta que recibió fue el portazo de la puerta.

El trabajo de Camilla la obligaba a ir y venir a todas horas. Así era la vida de una cirujana ortopédica. Había nacido en Nigeria. Después de que su papá se licenciara en Medicina por la Universidad de Ibadán, se mudó con su familia a Estados Unidos para continuar sus estudios en la Universidad del Sur de California.

Miranda y Camilla se habían conocido cuatro años atrás, cuando Miranda acudió al Cedars-Sinai por una lesión en la mano. Acababa de terminar una temporada en un grupo de trabajo conjunto del FBI y la ATF contra el terrorismo que intentaba relacionar el tráfico de armas en la frontera mexicana con el terrorismo islámico. La operación no dio frutos. Frustrada por el hecho de que las autoridades dedicaran sus energías a lugares equivocados, Miranda dio un puñetazo a la pared. Más bien, Miranda *atravesó* la pared *con el puñetazo*, sufriendo fracturas en el segundo y tercer metacarpianos e es, lo que le supuso tres semanas con los dedos entablillados y, finalmente, una cita con su especialista en ortopedia.

Camilla no lo entendía. «¿Qué esperabas conseguir golpeando un objeto inanimado?», le preguntó. Miranda le dijo que lo considerara una metáfora de las fuerzas del orden. Inútil en el mejor de los casos; inadaptado en el peor.

Miranda solía bromear diciendo que, después del 11-S, las fuerzas del orden federales se apresuraron a contratar a más personas negras y morenas, a pesar de que la mayoría de los tiroteos masivos y los actos de terrorismo interno eran perpetrados por hombres blancos enfadados y con penes pequeños. A Camilla no le gustaba que Miranda hiciera comentarios como ese. Creía que los profesionales de las fuerzas del orden no debían involucrarse en políticas de identidad.

Las dos vivían en el loft de Miranda en el centro de Los Ángeles de manera no oficial. Camilla seguía conservando su propia casa en Santa Mónica para guardar las apariencias. O al menos, eso es lo que se decía a sí misma. No podía ignorar el hecho de que, aunque llevaban casi dos años viviendo juntas, el loft parecía como si nunca se hubieran mudado a él. Las paredes estaban desnudas. Los muebles eran escasos. No había ni una sola fotografía. Todo en ese lugar era efímero.

Camilla arreglaba cosas rotas. Era su trabajo. Su pasión en la vida. A veces se preguntaba si eso era lo que realmente veía cuando miraba a Miranda. Algo roto. Una vida que arreglar. Su padre siempre le había enseñado que si un cuerpo puede curarse, también puede curarse un alma. Miranda, por su parte, siempre veía lo peor de las personas. Incluso de sí misma.

Horas después de que Camilla se fuera al trabajo, Miranda seguía tumbada en la cama, tratando de decidir qué hacer con el resto de la noche. Estaba cansada, pero no tenía sueño. Podría trabajar, pero a esas alturas estaba demasiado colocada. Podría fumar más, pero sentía que ya estaba lo suficientemente colocada. Pensó e o sobre Camilla. ¿Por qué siempre la antagonizaba? Tenía que admitir que le resultaba excitante cuando su novia, normalmente tan imperturbable, se alteraba. Era lujuria, lo sabía.

¿Cuál es la diferencia entre la lujuria y el amor?, se preguntó. ¿Cómo podía sentir un verdadero apego emocional por alguien con quien estaba tan en desacuerdo?

Cuando sonó su celular, fue un alivio. Aunque —y probablemente porque— nunca lo demuestran, las personas más duras suelen sentir la soledad más profunda. —Agente López.

—Miranda. Soy Bob Greco. Bob era agente especial de la oficina del FBI en Los Ángeles. Habían trabajado juntos en la operación de tráfico de armas en México y él estaba tan amargado como ella por todo el asunto. Ambos coincidían en que su jefe, Mark Scarpelli, era un político mediocre más preocupado por complacer a sus jefes que por atrapar a los malos.

—¿Qué pasa?

—Ha habido un tiroteo.

—Hay tiroteos todos los días, Bob. ¿Por qué le importa este a la ATF?

—Será mejor que vengas aquí.

Miranda lo pensó. Todavía estaba bastante drogada.

«Dame veinte minutos». Colgó el teléfono, fue al baño y se lavó la cara con agua fría. Después de secársela con palmaditas, se puso Visine en los ojos y se enjuagó con enjuague bucal.

Llegó al edificio de apartamentos de Arianna diecinueve minutos más tarde con su chaqueta de la ATF, sintiéndose fresca como una maldita margarita. La zona estaba acordonada con cinta policial y las luces rojas y azules bailaban.

Greco estaba esperando afuera. «Trece muertos. Alguien ha limpiado todo el edificio».

«De acuerdo». Miranda se metió un chicle Dentyne en la boca.

—Aún no he hablado con tu SAC. Quería que lo vieras tú primero.

Miranda asintió, entró tranquilamente en el edificio y se dirigió a la primera puerta a la derecha.

Los agujeros de bala desfiguraban la habitación. La chica muerta yacía junto al sofá. Miranda masticó chicle, se puso unos guantes de nitrilo y se acercó.

Los ojos oscuros y vacíos de Arianna miraban fijamente al techo.

—Se llama Arianna Barros —dijo Greco—. Su padre es Marco Barros.

Miranda dejó de masticar. Sus ojos se posaron en Greco.

—Sí —dijo Greco.

La mirada de Miranda volvió a la chica muerta. Se fijó en un pequeño tatuaje de un crucifijo en su muñeca.

—Hay que manejar esto con cuidado —dijo Greco—. Cuando hay gente poderosa involucrada, las investigaciones pueden complicarse. Dada la naturaleza del crimen, la ATF debería intervenir, pero no confío en ese imbécil del SAC que tienes allí. Solo trabajaré contigo en esto.

—Si no tuvieras pene, me acostaría contigo —dijo Miranda. Greco era probablemente el único policía que realmente le caía bien—. Manos a la obra —dijo.

Cuando Miranda regresó a su loft, el sol ya estaba saliendo y Camilla acababa de conciliar el sueño tras un largo turno de noche alimentado por cafeína.

«Me acaban de asignar a la hija del senador Barros», dijo Miranda al irrumpir en la habitación.

Camilla se orientó y se incorporó. —¿Qué?

—Tiroteo en el sur de Los Ángeles. La hija del senador Barros estaba entre las víctimas.

«Qué horror», dijo Camilla.

Miranda dejó la caja con los expedientes sobre la mesa de la cocina. «Esta chica», dijo, sacudiendo la cabeza. «Se mudó aquí con una iglesia pentecostal. Ya sabes cómo son estos fanáticos de Jesús. Antigay. Antifeministas. Defienden una América en la que tú y yo no existimos».

Camilla echó un vistazo a una fotografía de la escena del crimen. Una joven latina guapa, con aspecto un poco nerd, manchada de salpicaduras de sangre. —¿Qué edad tenía?

Miranda estaba demasiado indignada como para escuchar la pregunta de Camilla. «Y no me hagas hablar de Marco Barros», dijo. «Ningún político ha aceptado más dinero de la Asociación Nacional del Rifle. Él es una de las principales razones por las que la ATF es una de las agencias policiales con menos fondos del país. ¿Y ahora se supone que debo darle un trato especial al chico de iglesia de derechas?».

Camilla volvió a mirar la foto de Arianna. Un rostro humano que la miraba fijamente.

«Tengo que estar en Washington a mediodía, hora local», dijo Miranda mientras terminaba de meter ropa en una maleta. «No sé cuándo volveré». Le dio un beso a Camilla en la boca y salió corriendo por la puerta.

2

A Cal siempre le había disgustado matar a los gordos. Podías descargarles todo un cargador y seguían sin caer.

Pero eso era lo que quería Pat Roti.

La primera vez que Cal conoció a Pat, solo llevaba unos años trabajando en el sector privado. Acababa de hacer un trabajo para un jefe de un cártel mexicano que había cabreado a las personas equivocadas en Washington. Verás, la CIA realiza operaciones encubiertas, pero Pat es el tipo al que la CIA llama para hacer el trabajo sucio que ni siquiera ellos se atreven a hacer. Lo llaman «más allá del negro». Pat tiene amigos en todos los rincones más oscuros del mundo.

Según lo recuerda Cal, sucedió así. Una noche se acostó y durmió como un bebé. Lo siguiente que recuerda es despertarse en el maletero de un coche desconocido. Tenía las manos atadas y una bolsa en la cabeza, y ni idea de cómo había llegado allí. Debían de haberlo drogado de alguna manera, y él era un cabrón precavido. Eran gente seria.

Esas personas serias lo llevaron a algún lugar secreto y lo sentaron en una habitación forrada de espuma. Cuando le quitaron la bolsa de la cabeza, vio a un viejo italiano con un impecable traje azul y unos penetrantes ojos azules sentado frente a él. De unos sesenta y tantos años. Un poco gordito, pero por lo demás en buena forma.

Así fue como conoció a Pat Roti.

Más tarde, Cal se enteraría de que Pat había crecido en Chicago, en un lugar llamado Patch. Ya no existe, pero antes de los años setenta era un enclave italiano. Era una época en la que los mafiosos controlaban Cuba y asesinaban presidentes. Pero Pat era demasiado inteligente para unirse a la organización « ». Con sus habilidades, podría haber sido fácilmente un padrino, pero a los mafiosos les motiva el dinero. A Pat siempre le había impulsado algo más grande.

De vuelta en la sala insonorizada, Pat soltó su discurso. A día de hoy, Cal todavía sonríe cada vez que lo recuerda.

«Cuando era niño, tenía un cachorro llamado O'Connor. Me encantaba ese cachorro, con su nariz húmeda y su cola tupida que siempre movía. Tenía la costumbre de que, cuando le acariciabas la cabeza, una oreja se le caía hacia adelante y la otra se le doblaba hacia atrás». Pat se rió con una calidez inquietante.

«O'Connor. Un perro increíble. Leal hasta el fin. Pero también era salvaje. Empezó persiguiendo gatos, palomas o perras en celo, y luego pasó a morder al lechero. Antes de que me diera cuenta, estaba robando pollos y filetes del mercado de Fulton Street. Solía atar a O'Connor cuando me iba por el día, ya sabes, para evitar que se metiera en líos. ¡Este chucho mordía la maldita correa! Al final, el vecindario se hartó. Así que los policías me dijeron que ya no podían ayudarme más. La próxima vez que atraparan a O'Connor, lo sacrificarían. ¡Matarían a mi maldito perro! ¿Te lo puedes creer?

«¿Qué podía hacer? Le di a O'Connor un besito y un buen baño caliente. Le cepillé el pelaje y le di de comer una deliciosa gallina de caza. Y luego llevé a O'Connor a la parte trasera de mi casa, al callejón, y con una pistola de perdigones le volé los malditos ojos.

«O'Connor gritó y clamó venganza, pero después de eso, ¿sabes qué pasó? Dejó de perseguir palomas, gatos o perras en celo. Dejó de agredir al lechero y de atracar a los vendedores ambulantes. Antes estaba ciego, pero luego vio la luz. Se comportó como debía. Y yo siempre me alegré de haberle hecho ese favor».

Pat se recostó en su silla. Cruzó las piernas y juntó las manos en su regazo.

«Te miro y me acuerdo de O'Connor. Y me pregunto: ¿qué favor puedo hacerle a un perro salvaje que corre descontrolado por el barrio?».

Cal nunca olvidaría cómo los ojos de Pat lo traspasaban. Azules como el cristal, pero de algún modo negros como el carbón.

«Pablo Escobar solía decirle a la gente *plato o plomo*», dijo Pat. «Plata o plomo. Puedes trabajar para mí...». Pat se encogió de hombros. «O puedes elegir la otra opción. Tú decides». Se levantó y salió tranquilamente de la habitación.

Cal se encariñó inmediatamente con ese maldito tipo y desde entonces no había trabajado para nadie más.

Por supuesto, todo eso fue antes de aquella noche, hace cuatro años, en la que Cal se emborrachó y le abrió la cabeza a un portero. Un tipo como Pat podría haberlo solucionado fácilmente, haberlo sacado del apuro, pero Cal no quiso. *Quería* cumplir su condena. Hasta el día de hoy, no sabe muy bien por qué.

No había fantasmas. Eso lo sabía. Cal no sentía culpa alguna por las vidas que había quitado. Un soldado seguía órdenes y eso era lo que él era: un soldado. Lo que hizo no fue un asesinato, fue un atentado.

Estaba sancionado y, por lo tanto, era legítimo.

Desde luego, él nunca decidió que las personas a las que mató debían morir. No era el hombre, ni siquiera el dedo. Solo era el gatillo que había que apretar. Pero ¿un pobre idiota que ganaba quince dólares la hora por cuidar a un grupo de borrachos y al que le volaron la cabeza? Eso fue culpa suya. Eso lo tenía claro.

Quizá Cal quería ver si la cárcel lo cambiaría. Ayudarlo a curar su adicción. Quizá, solo quizá, podría rehabilitarse.

Después de salir, intentó conseguir un trabajo diurno. Sus opciones se reducían a soldador o comida rápida. Sabía cuál quería, pero la soldadora le parecía demasiado parecida a un arma en sus manos, así que aceptó el trabajo en la comida rápida. Las hamburguesas le hacían pensar en Vinny, el adicto al sexo.

Y casi podría haber sobrevivido. Miserable y anestesiado. Pero echaba de menos el ring de boxeo. Era como una piedrita en su zapato. Un picor en el centro de la espalda que ninguno de sus brazos podía alcanzar.

Sin él, no se sentía él mismo. No podía concentrarse. No se reconocía en el espejo.

Pero se mantuvo alejado. Le preocupaba que pudiera ser un detonante. Hasta que finalmente se convenció a sí mismo: *«Una vez. ¿Qué hay de malo en ello?*

Puedo controlarlo. A la bestia. Puedo matarla».

Se ajustó la última venda alrededor de la muñeca y se puso los guantes. Subió al ring. Fue como volver a casa después de la universidad.

Su mente se despejó. Sus ansiedades se desvanecieron. Por primera vez en cuatro años, se sentía cómodo en el mundo. Volvía a ser Cal.

Su cerebro liberó niveles de dopamina similares a los de la cocaína cuando su puño aplastó la cabeza de su oponente.

Esa misma noche, Pat llamó y Cal aceptó el trabajo.

El nombre del objetivo era Víctor «Kilo» Cortés. Cal no sabía quién era ni por qué tenía que morir, solo las especificaciones. Medía 1,78 m y pesaba algo menos de 136 kg. Había desaparecido hacía tres semanas y el rastro se había enfriado. Tenía un hermano llamado Héctor en San Diego, que también era su abogado penalista.

Cal estaba autorizado a ofrecerle a Héctor cincuenta mil dólares por la ubicación de su hermano. Si Héctor se negaba, Cal estaba autorizado a hacer lo otro.

Héctor vivía en una hacienda española de cuatro millones de dólares en La Jolla. Cal tocó el timbre y preguntó por Héctor. Este abrió la puerta. Era bajito, regordete y vestía bien.

«Plata o plomo», dijo Cal. Héctor frunció el ceño.

A veces elegían *plata*. A veces elegían *plomo*. Pero nunca preguntaba dos veces.

Cal se enteró de que Kilo se escondía en el desierto de Sonora, cerca de Slab City. «El último lugar libre de la tierra». Una comunidad de jubilados, ocupantes ilegales y drogadictos que vivían en una base militar abandonada.

Cal condujo a través del polvoriento asentamiento desértico de almas perdidas. Adictos, frikis, bohemios, artistas. Su Range Rover destacaba entre las caravanas oxidadas, los murales deteriorados y alucinantes y todo lo que estaba teñido con la técnica tie-dye. No se quedaría allí mucho tiempo. Héctor le había dado el número del teléfono desechable que utilizaba Kilo y había podido localizarlo con el GPS. Pasó junto a los últimos marginados y inadaptados y siguió conduciendo hacia el desierto.

Cal sabía que se necesitaba un tipo especial de psicología para hacer lo que él hacía, y le preocupaba no tenerla ya. Llevaba un tiempo alejado. Había hecho un esfuerzo consciente por cambiar. Y no estaba rejuveneciendo precisamente. Pero qué coño. Cuando te toca, te toca, así es como él lo veía. Estaba seguro de que no iba a pasar el resto de su vida volteando hamburguesas.

Estos eran los pensamientos que le pasaban por la cabeza (aparte de lo molesto que era matar a tipos gordos) mientras estaba sentado en el Range Rover con los faros apagados en medio del oscuro desierto. Observó la caravana de Kilo con prismáticos de visión nocturna. Los bajó y atornilló un silenciador al cañón de su Heckler & Koch Mark 23.

Siempre había sido muy exigente con su equipo. Trataba cada trabajo como un matrimonio y elegía su arma de fuego como un hombre elegiría a su esposa. Para este trabajo, había elegido la HK. Era un arma militar. Podía confiar en ella.

La potencia y el silencio eran imprescindibles para esta misión. La HK tenía un calibre de .45 ACP, uno de los más potentes disponibles para armas con silenciador. La precisión no era un problema, ya que podría acercarse a su objetivo, aunque la HK también era una pistola muy precisa, por si Shamu intentaba escapar.

Por último, era una pistola grande y pesada, con un peso de 39.36 onzas. Si disparar dos docenas de balas al hombre gordo no bastaba para cumplir la misión, aún podría golpearlo con ella. Era poco probable que llegara a eso, pero había aprendido desde el principio a eliminar la palabra «poco probable» de su vocabulario.

Era el Arquero Estoico. No tenía pasado ni futuro. Solo existía el momento presente. Sabía que, por muy certero que fuera al disparar su flecha, el viento podía cambiar o su objetivo podía moverse. Algunas cosas siempre estarían fuera de su control.

No obstante, debería ser un trabajo fácil. Un único objetivo en un lugar remoto y sin seguridad. Pat nunca habría enviado a Cal a algo así antes de ir a la cárcel. Sabía que el viejo estaba tanteando el terreno. Estaba tan preocupado por la capacidad de Cal para cumplir con la misión como lo estaba Cal.

Cal se puso un par de guantes de nitrilo, salió del Range Rover y se acercó sigilosamente a la caravana. Miró por la ventana. Un televisor LED era la única fuente de luz en el interior. Reveló a Kilo, sentado en un sillón reclinable como un montículo de arcilla. Estaba dormido. Había estado viendo *Inception*.

Hay algo irónico en dormirse viendo Inception, pensó Cal. ¿Era esa la palabra adecuada? ¿Irónico? Quizás solo divertido. Cal se preguntó qué estaría soñando Kilo.

Abrió la cerradura de la puerta de la caravana con facilidad, entró y rodeó al hombre gordo que dormía. Luego levantó la HK con silenciador hacia la nuca de Kilo y apretó el gatillo.

El arma hizo ping y un trozo de cuero cabelludo peludo salió disparado de la cabeza de Kilo como si fuera un animal atropellado.

Cal bajó el arma y se produjo un terrible silencio y quietud durante un momento.

Entonces Kilo gruñó y volvió a la vida. Sorprendido por tener la mitad de la cabeza destrozada, se puso de pie de un salto, se dio la vuelta, vio a Cal, gritó y se abalanzó sobre él. El remolque se sacudió cuando Kilo volcó los muebles y avanzó con fuerza. Cal levantó su pistola y descargó toda su munición contra el enorme cuerpo de Kilo, pero toda esa lujosa grasa amortiguó los disparos.

Kilo derribó a Cal, le rodeó el cuello con las manos y chilló mientras le apretaba la garganta.

Es curioso lo que uno nota cuando le están estrangulando.

Para Cal, fue un tatuaje en el antebrazo derecho de Kilo de un trozo de brócoli. ¿Sería ese su último pensamiento? ¿Preguntarse por qué un hombre gordo se haría un tatuaje de brócoli?

¿El único alimento que probablemente nunca comió? ¿Qué carajos?

Cal luchó por levantar el cañón de su HK hasta la nuez de Adán de Kilo. Apretó el gatillo. La sangre brotó de la garganta de Kilo y su cuerpo se quedó flácido. Cal tuvo que emplearse a fondo para quitarse de encima aquel enorme peso.

Apuntó con la HK hacia el cuerpo de Kilo y apretó el gatillo. *Clic. Clic.*

Estaba fuera de combate. Así que recargó el arma y disparó doce balas más contra Kilo, solo para asegurarse de que había perdido todas sus vidas.

Fue pan comido.

Cal dejó el cuerpo de Kilo en la caravana saqueada. Pat enviaría a los limpiadores. Cal solo era un pequeño engranaje en una gran maquinaria.

En última instancia, él no era responsable.

Pero no podía negar que le gustaba. Matar. Había catarsis en la ira.

Pensó que tal vez esta vez sería diferente. Tal vez le resultaría más difícil. Como si el alma fuera algo que se pudiera llevar al taller o cultivar como una planta. Por eso había aceptado el trabajo, se recordó a sí mismo. Para ver si había cambiado en la cárcel. Si se había «rehabilitado».

Los adictos son maestros del autoengaño.

De regreso a Los Ángeles, se detuvo en un Wendy's, pidió una hamburguesa y pensó en Vinny, porque ¿por qué no?

3

Miranda creía que todos los políticos eran sociópatas y, en su opinión, ninguno era más sociópata que Jimmy McClean.

Jimmy McClean era el senador junior de Texas. Había ganado su primer escaño gracias, en gran parte, a la influencia del senador Marco Barros. Era amigo íntimo de la familia Barros y había conocido a Arianna. Se decía que si Marco Barros tuviera un hijo, sería Jimmy McClean.

McClean se crió en un orfanato católico en Galveston, Texas. A los dieciocho años, se alistó en los marines. Realizó dos misiones y fue condecorado con la Cruz de la Armada por su valor.

Regresó a casa, se licenció en Economía por la Universidad de Texas en Austin con fondos del ejército y, cuando cumplió treinta años, comenzó su campaña.

Era un don nadie. Un chico desconocido del que nadie había oído hablar. Sin dinero, sin influencias. Ninguno de sus oponentes lo tomaba en serio. Pero McClean sabía todo sobre la guerra de guerrillas.

Creó su cuenta de Twitter. Publicó sus discursos y mítines de campaña en su canal de YouTube. Creó una red social en línea para que sus seguidores se conectaran entre sí, se organizaran y donaran.

Consiguió apoyo a todos los niveles. Su mensaje se difundió. La gente donó algo más valioso que el dinero. Donaron su tiempo. Organizaron mítines para él en todo el estado.

Era algo extraño. McClean estaba consiguiendo que a los jóvenes les pareciera atractivo votar a los republicanos.

Era moderado y progresista. Tenía fama de ser un unificador. Los demócratas podían trabajar con él y a muchos incluso les caía bien.

También era joven, guapo y carismático. La cámara lo adoraba y él adoraba a la cámara.

Jimmy McClean. Héroe de guerra. Rompecorazones. El futuro.

Todo era demasiado perfecto para Miranda. La mentira estadounidense de «salir adelante por sus propios medios». Como si hubiera sido creado en algún laboratorio republicano.

Su historial era impecable. Pero Miranda también había oído los rumores. Se decía que Jimmy era todo un mujeriego. Más JFK que Ronald Reagan, más de lo que nadie en el partido quisiera admitir.

Miranda odiaba a los hipócritas.

Pero, sobre todo, era esa maldita sonrisa. Probablemente eso era lo que más odiaba. Esa sonrisa falsa y aduladora de estrella de cine que siempre lucía en su estúpido y apuesto rostro.

Pero cuando Miranda conoció a Jimmy McClean por primera vez en el pasillo fuera de la oficina de Marco Barros, él no sonreía. Estaba furioso, y su indignación parecía auténtica. Quería sangre y no le importaba lo que le costara. Les dijo a Miranda y a Greco que estaba dispuesto a seguir la investigación hasta donde fuera necesario. No le importaba a quién tuviera que pisar ni cómo pudiera perjudicarle políticamente.

Incluso se enfrentaría a la Asociación Nacional del Rifle, si fuera necesario.

Eso hizo que Miranda le tomara un poco menos de aversión. Quizá no era solo humo y espejos. No estaba de acuerdo con sus ideas políticas, pero siempre era refrescante conocer a un político que realmente creía en *algo*. Apreciaba la honestidad y la pasión en una persona.

La diferencia entre un psicópata y un sociópata es que este último tiene conciencia, aunque sea del tamaño de un grano de arena. Quizá Arianna era el grano de arena de McClean.

McClean acompañó a Miranda y Greco a la oficina de Barros. Las persianas estaban bajadas y el aire estaba impregnado del costoso aroma amaderado de la caoba y el whisky añejo.

Marco Barros no se levantó de su escritorio cuando entraron. No les tendió la mano. Ni siquiera les miró a los ojos. Estaba desaliñado, con su traje de Brooks Brothers arrugado. Como un billete de cien dólares arrugado.

Habían pasado catorce horas desde que su hija fuera asesinada.

Miranda y Greco se sentaron frente a él. Había una vitrina de cristal con una antigua Colt Peacemaker en la estantería detrás de él. *Como un pene en exhibición*, pensó Miranda.

McClean hizo las presentaciones. Marco escuchó todo sin decir nada, con la mirada perdida y sin vida. Miranda y Greco comenzaron con las preguntas habituales. ¿Cómo se encontraba Arianna en los días previos a su muerte? ¿Algo sospechoso? ¿Alguna razón por la que alguien pudiera querer hacerle daño?

«¿Aparte de ser la hija de un senador poderoso?», intervino McClean con una mueca. Respiró hondo y se recompuso. «La habían asaltado unas semanas antes. La tiraron al suelo en una parada de autobús para robarle su iPhone».

Miranda solo escuchaba a medias. Estaba estudiando a Marco. ¿Por qué la dejaba vivir en ese barrio?

—¿Atraparon al asaltante? —preguntó Greco.

—Sí. Pero Ari no quiso presentar cargos —respondió McClean.

Miranda no apartaba los ojos de Marco. Este hombre sabía dar discursos. *Grandes* discursos. Podría venderle un vaso de agua a un hombre que se estuviera ahogando. Así era como un niño latino pobre de Edinburg había crecido hasta convertirse en el senador senior de Texas. Entonces, ¿por qué no había dicho ni una palabra?

¿Qué temía decir?

—¿Por qué no quiso presentar cargos? —preguntó Greco.

«Así era ella. Siempre veía el mundo a través de lentes color de rosa», respondió McClean.

«"Ojos de ángel"», espetó Marco.

McClean y Greco se volvieron hacia él.

«Así es como Jimmy solía llamarla. "Ojos de ángel"».

Marco comenzó a llorar. McClean intervino. «¿Por qué no terminamos la entrevista en mi oficina?», dijo. Le dijo a Marco que le informaría.

Mientras se dirigía a la puerta, Miranda miró a Marco. Él era conocido por su capacidad para ajustar la realidad a sus puntos de vista. Los hechos nunca eran absolutos. La verdad siempre era relativa. Pero esto no era algo que pudiera ajustar o distorsionar. Su hija se había ido y nunca volvería.

La joven y guapa secretaria de McClean acompañó a Miranda y Greco a su oficina y cerró la puerta tras ellos. Al ver la oficina de McClean, Miranda recordó por qué no lo soportaba. La habitación estaba dominada por una gran bandera estadounidense y un escritorio de palisandro aún más grande. Por todas partes había fotografías enmarcadas de McClean posando con diversos políticos, dignatarios, líderes mundiales y celebridades.

La cantidad era abrumadora. *Este es un hombre completamente obsesionado con su imagen*, pensó Miranda.

Se sentaron frente a McClean. Parecía ridículo detrás de su escritorio, rodeado de fotografías. Como un sumo sacerdote en un templo dedicado a sí mismo.

—Hubo un total de trece víctimas mortales —dijo Greco—. Una de ellas era un conocido traficante de drogas.

—¿Entonces Arianna fue qué? ¿Daño colateral? —preguntó McClean con más que un toque de indignación.

«Aún no lo sabemos», respondió Greco.

—Se mudó a Los Ángeles para trabajar en una iglesia. ¿Es eso correcto? —preguntó Miranda.

McClean frunció el ceño. —¿Crees que esa secta tuvo algo que ver con su muerte?

Miranda se fijó en la palabra «secta» y en el desprecio de su voz al pronunciarla.

—¿Tienen algún testigo ocular? —preguntó McClean.

«Por ahora no», respondió Greco.

—¿Tienes alguna pista? ¿ADN?

«La investigación aún está en una fase muy temprana», respondió Greco.

«*Entonces, ¿qué tienen?*».

—Tenemos un arma —dijo Miranda.

McClean se incorporó en su silla.

—¿Tienen el arma?

«No. Tenemos un *tipo* de arma», respondió Miranda. «Arianna fue asesinada con un rifle tipo AR-15. 5,56 x 45 milímetros, alimentado por cargador, refrigerado por aire...».

—... semiautomático, accionado por gas, versión civil del M16 —dijo McClean.

—Mediante un proceso llamado estriado, podemos relacionar las balas del tirador con el arma —dijo Greco—. Por lo tanto, ordenamos que se estrien todos los AR-15 utilizados en la comisión de delitos en todo el país.

«El problema es que el AR-15 es el rifle más común en Estados Unidos», dijo Miranda.

«¿Eso es todo? ¿Es todo lo que tienes?», dijo McClean.

La mirada de Miranda se posó en una fotografía de McClean y otros cuatro soldados, posando con sus M27 en algún pueblo iraquí. Sonriendo como idiotas. *Hablando de fotos de penes*, pensó ella.

Se encogió de hombros. «Hay trescientos millones de armas en Estados Unidos con poca o ninguna regulación, senador. Y usted quiere que encontremos solo una».

McClean tenía el rostro enrojecido. Miranda no sabía si él quería golpearla, pero esperaba que así fuera.

Después de que Miranda y Greco se marcharan, McClean volvió con Marco para darle su informe. No mencionó al hostil agente de la ATF, que le pareció mucho menos apolítico de lo que debería ser cualquier agente de la ley.

Le dijo a Marco que los dos le habían parecido personas dedicadas, decididas a llevar ante la justicia al asesino o asesinos de Arianna. Le dijo que no tenía ninguna duda de sus capacidades. Le dijo a Marco que estaba en buenas manos.

Era una mentira y Marco lo sabía. Sabía que McClean estaba tratando de protegerlo. Que no quería que sufriera más de lo que ya estaba sufriendo.

McClean quería quedarse y beber con Marco, pero Marco le dijo que se fuera a casa.

4

Brandan odiaba trabajar los viernes por la noche, pero este prometía ser peor de lo habitual.

¿Quién carajos pide cien hamburguesas para llevar? Brandan debía terminar a las ocho, pero ahora tenía que quedarse hasta tarde para organizar y empaquetar el pedido, lo cual era un verdadero fastidio porque tenía que ir al gimnasio.

Además, el imbécil de las hamburguesas llegó quince minutos tarde. Brandan lo evaluó. Media 1,75 m, tenía unos treinta y tantos años y no podía pesar más de 77 kg empapado.

Brandan tenía veinticuatro años y pesaba 90 kilos de puro músculo bajo una capa de tatuajes. Se había matado a trabajar para conseguir su físico de culturista. Por no hablar del coste de los esteroides. *Tenía* un aspecto imponente. La gente le tenía miedo y eso le gustaba.

Pero este tipo no. Ni siquiera le miró dos veces. Actuó como si Brandan fuera como cualquier otra persona. Y eso le molestó muchísimo.

¿Por qué carajos este tipo de aspecto normal se sentía tan genial? ¿No veía lo peligroso que parecía Brandan?

Era la misma sensación que le daban sus padres. Ellos

tampoco lo tomaban en serio. Querían que se mudara, pero ¿cómo esperaban que pagara el alquiler con el sueldo de un mesero de hamburguesería?

Además, estaba ahorrando para comprarse una pistola. Quería la Kimber 1911 .45 ACP que el Rey de Bowery le dio a John Wick en *John Wick: Capítulo 2*. Esa cosa parecía un maldito Rolex.

Entonces lo tomarían en serio.

Y John Wick ni siquiera puede hacer tres sentadillas con pesas, pensó Brandan.

—Recogida para Cal —dijo el imbécil.

Brandan llevó las bandejas de aluminio para catering al exterior y las colocó en la parte trasera del Range Rover de Cal. Observó cómo Cal se alejaba conduciendo. *No sabes con quién te estás metiendo,* pensó Brandan mientras volvía al interior.

Las calles cubiertas por tiendas de campaña pintaban un cuadro de desesperación y miseria humana. Viales, jeringas usadas y basura cubrían el pavimento como hojas otoñales tóxicas. Cal estacionó su Range Rover en el lugar habitual: un terreno baldío, rodeado por una valla metálica oxidada y dentada entre postes inclinados.

Sus clientes habituales lo esperaban. Cal abrió la parte trasera del Range Rover y repartió las hamburguesas. La mayoría las aceptó con gratitud. Otros las arrebataron de mala manera. Algunos intentaron robar una segunda ración y lo maldijeron y escupieron cuando no se lo permitió. Cal no se ofendió ni los juzgó. Entendía a los demonios.

Después de servir a sus clientes habituales, Cal tomó el resto de las bandejas de hamburguesas y caminó por Skid Row, distribuyendo comida a cualquiera que quisiera.

Cal hacía esto casi todas las semanas. A veces era pizza, o pollo frito, o burritos. Siempre guardaba la última comida.

Encontró al marine fuera de su tienda, sentado en una caja

de leche volcada. El tatuaje de la USMC en su brazo demacrado estaba borroso por la pérdida de peso. Tenía la barba sucia. También su cabello revuelto. No estaba más apático de lo habitual mientras permanecía allí sentado, aturdido, viendo literalmente cómo el mundo pasaba a su lado.

Cal sabía que algún día vendría y el marine ya no estaría allí. Que los opioides lo matarían. Probablemente pronto. Pero Cal no sermoneaba.

Cal no estaba allí para salvar almas. Solo para estar en primera línea del campo de batalla con sus hermanos y hermanas de armas.

Le entregó al marine la última hamburguesa y se sentó con él. Los dos nunca habían intercambiado una sola palabra.

El entrenamiento de Cal en técnicas de interrogatorio le había enseñado que el cincuenta y cinco por ciento del lenguaje de una persona estaba en su cuerpo. El treinta y ocho por ciento estaba en el tono y la inflexión de su voz. Solo el siete por ciento estaba en las propias palabras.

Cal y el marine no necesitaban usar palabras. Se entendían el uno al otro. Así que se sentaron en silencio.

CAL ERA un chico de Boston. Tenía dieciséis años. Pasaba todo el tiempo que podía en el gimnasio de boxeo local. Lo que le gustaba era que no se trataba realmente de pelear contra tu oponente. La verdadera batalla era contra ti mismo. Luchabas contra el dolor. Luchabas contra el cansancio. Luchabas por respirar. Luchabas por mantenerte consciente. Luchabas por seguir en la pelea.

Era poco antes del mediodía. Cal no recordaba adónde iba. Había un hombre. Nervioso y tenso. Estaba pinchando señales de tráfico y ramas de árboles con un lápiz. La gente cruzaba la calle para evitarlo. Cal no iba a cruzar la calle.

El hombre vio a Cal y lo amenazó. Le dijo que había matado a mucha gente... con su lápiz n.º 2.

El hombre era el agresor. El hombre estaba equivocado. Pero era obvio que estaba mentalmente enfermo o era un adicto fuera de sí, o ambas cosas.

«¿De verdad quieres hacer esto?», le preguntó el hombre.

Cal podría haber tomado la vía noble. En cambio, dijo: «Sí».

El hombre le dio un golpe con el lápiz.

Entonces Cal lo golpeó. Incluso después de que el hombre le suplicara que se detuviera.

Esto fue antes de que Cal supiera lo de la guerra. Cal lamentaba muy pocas cosas que había hecho en su vida. Pero lamentaba eso.

CAL SE DESPIDIÓ del marine con un gesto de la cabeza y se levantó de la caja de leche. Caminó por Skid Row. Las personas que vivían allí eran todas veteranas. Puede que nunca hubieran servido en el ejército, pero habían estado en la guerra. Enfermedades mentales, adicciones, traumas, abusos.

Eran veteranos de sus propias guerras.

Eran su gente.

Cuando Cal regresó a su Range Rover, pensó en la hamburguesería. Había una razón por la que había decidido repartir hamburguesas esa semana. Tenía que ver con una llamada que había recibido de Pat Roti horas antes.

«Tengo un trabajo para ti», le había dicho Pat. «Es la chica Barros».

5

———

Miranda examinó el expediente de Sean fuera de la sala de interrogatorios. Era un ciudadano irlandés que se encontraba aquí con un visado de seis meses. Sin antecedentes penales. Al menos, no en Estados Unidos.

Estaba sentado encorvado sobre la mesa maltrecha. Miranda entró y se sentó frente a él.

—Sean McGuire, soy la agente especial Miranda López, de la ATF. Me gustaría hacerle algunas preguntas sobre Arianna Barros.

Sean asintió con la cabeza.

—¿Sabe lo que le pasó a la señorita Barros?

Volvió a asentir.

—¿Entiendo que estuvo intercambiando mensajes de texto con ella la noche en que la mataron?

«Sí».

—¿Qué relación tenía con ella?

Sean se encogió de hombros. «No sé muy bien cómo definirla».

—¿Eran amigos?

«Éramos *amigables*».

«¿Qué significa eso?».

«Significa que no diría que éramos amigos».

«¿Por qué no?».

Volvió a encogerse de hombros. «Yo era un forastero».

«¿Un forastero? ¿Te refieres a la iglesia? ¿Valorous?».

—Ella quería que fuera a misa. Fui una vez. No volví.

«¿Por qué no?».

«No era para mí».

«¿No eres religioso?».

«No diría eso».

«Eres muy bueno diciendo lo que no dirías».

Sean bajó la mirada. «No es una iglesia».

«¿Qué quieres decir?».

«Se aprovechan. Los jóvenes que llegan a Los Ángeles con grandes sueños acaban allí, llenando los bolsillos de los pastores. Es como si les lavaran el cerebro o algo así».

«¿Te has dado cuenta de todo eso con una sola visita?».

«Si no me crees, ve a comprobarlo tú mismo. Te lo digo, hay algo que no está bien».

«¿Y Arianna? ¿Por qué crees que terminó allí?».

—No lo sé —Sean negó con la cabeza—. Me gustaba. Sabía que nunca funcionaría. Estaba demasiado metida en esa iglesia o lo que sea. Pero no quería pensar en eso. Era divertida, dulce, inteligente. Me hacía querer ser mejor. Esa maldita iglesia. Esa maldita ex...

Miranda levantó la vista de sus notas. «¿Qué ex?».

Sean la miró con los ojos muy abiertos.

Esau González se sentó frente a Miranda en la sala de entrevistas con la mirada perdida. Llevaba pendientes negros y un anillo en la nariz. Miranda se fijó en los tatuajes que cubrían sus brazos. Imágenes de arcángeles matando demonios. Judith decapitando a Holofernes. Jefté sacrificando a su hija. Un Cristo torturado y especialmente ensangrentado en el crucifijo.

«¿Salías con Arianna?», preguntó Miranda.

—Sí —respondió Esau, con la mirada perdida.

—¿Cuánto tiempo?

—Unos meses. Pero antes ya éramos amigos.

—No pareces muy afectado por su muerte.

—Ari, al igual que yo, forma parte de una iglesia intrépida de hombres y mujeres según el corazón de Dios. Nuestra visión es infiltrarnos en *Los* Ángeles, destruir las cadenas que lo atan y reconstruirlo desde cero, todo para la gloria de Dios. Por esto, estaríamos dispuestos a morir.

El pastor Zach es nuestro general. Él nos lidera, a su ejército, contra el diablo y, en nombre de Jesús, derribaremos las puertas del infierno».

«Estamos aquí para hablar de Arianna», dijo Miranda.

«Ari era la persona más amable y hermosa que he conocido. La amo. Pero la voluntad de Dios es real. Y nunca se equivoca».

La miró fijamente con sus ardientes ojos negros.

Miranda se fijó en un tatuaje en el dorso de su mano. Una espada y una luz brillante con las palabras: «LA BATALLA YA HA COMENZADO».

UNA PANCARTA negra cubría la entrada de la discoteca de Spring Street, en el centro de Los Ángeles. La palabra «VALOROSO» en letras rojas, como una bandera de guerra.

Era domingo por la mañana y los pecadores estaban en las camas de los demás, durmiendo la mona después de haber tomado MDMA. Durante las siguientes dos horas, este antro de libertinaje perteneció a los justos.

Miranda tomó un folleto de uno de los sonrientes recepcionistas que estaban en la puerta. Llevaban camisetas negras con la marca V de la iglesia Valorous estampada en el pecho.

Una banda de veinteañeros tocaba rock cristiano en el escenario de la discoteca mientras los láseres LED bailaban sobre la congregación.

En el centro del escenario había un gran crucifijo de madera con el símbolo de Valorous brillando en neón de colores cambiantes.

El público era mayoritariamente joven. Piercings, tatuajes y la última moda urbana. Levantaban los brazos en señal de adoración, se empujaban y bailaban. Estaban bajo los efectos de una droga más antigua. Una forma más antigua de éxtasis.

Entonces terminó el concierto y, entre las luces estroboscópicas y las máquinas de humo, el pastor Zach apareció en el escenario. «¿Dónde están mis alegres donantes?», gritó. La multitud rugió.

El pastor Zach era un tipo delgado. No medía más de 1,65 m. Tenía cara de estrella de cine. Tenía unos cuarenta y tantos años, lo que significaba que parecía tener unos treinta y tantos. Llevaba un peinado de cien dólares, con el pelo engominado hacia atrás, y lucía una camiseta de corte drop, jeans ajustados descoloridos y zapatillas altas Adidas vintage.

Todo en él gritaba «farsante», pero estos chicos lo adoraban.

«2 Corintios 9», dijo la pastora Kelly al unirse a su esposo en el escenario. Su cabello rubio platino, típico de las chicas californianas, no estaba teñido con productos baratos. Llevaba jeans ajustados, zapatillas Converse Chuck Taylor con cuña de siete centímetros y una camiseta corta. *Una auténtica belleza*, pensó Miranda. «Cada uno debe decidir en su corazón cuánto dar. Y no lo hagan de mala gana ni por presión. Porque Dios ama a quien da con alegría».

Era obvio que eran pareja. Eran demasiado parecidos para no serlo. Los pastores Zach y Kelly le parecieron a Miranda unos narcisistas, y ¿qué más puede desear un narcisista que follar consigo mismo?

«¡Dadores alegres, déjenme oírlos una vez más!», dijo el pastor Zach.

El público gritó con adoración.

«¿Dónde está David Smith?», preguntó el pastor Zach. Una mano se levantó entre el público. «Cuando David llegó por primera vez a Valorous, ganaba el salario mínimo e intentaba poner en marcha una empresa tecnológica. Aun así, daba generosamente y ahora me complace decir que la empresa de David se ha convertido en un éxito fenomenal».

Vítores y gritos de adoración.

«¿Y qué hay de Cynthia Ramírez? Su hija estaba enferma», dijo el pastor Kelly. «Los médicos dijeron que no sobreviviría. Pero Cynthia donó a Valorous y ahora su hija está curada. ¡Porque Dios ama a las personas que dan con alegría!».

Más vítores extasiados. Algunos lloraban.

«Sé que han pasado por muchas cosas», dijo el pastor Zach. «Desesperanza. Depresión. Pensamientos suicidas. Pero Jesús puede sanarlos».

«Ahora hay dos formas de hacer donativos», dijo el pastor Kelly. «Rellenando el sobre que hay debajo de su asiento y entregando su donativo a uno de nuestros valientes trabajadores. Son las personas sonrientes y amables que llevan camisetas negras».

Un foco iluminó a los trabajadores de Valorous. Sonrisas amables y miradas perdidas.

«O pueden enviar su diezmo por mensaje de texto a este número».

Un número de teléfono apareció en la pantalla detrás de ella.

Miranda miró al chico que manejaba el proyector. Era Esau.

Ojos imperturbables.

Dos agujeros negros.

· · ·

Después del servicio, la congregación tomó café y pastelitos. Miranda acorraló a los pastores y les explicó que era una agente federal que investigaba el asesinato de Arianna Barros, y ellos le dijeron que estarían encantados de responder a cualquier pregunta que pudiera tener. Se sentaron con ella en una de las mesas VIP del club nocturno.

—¿Pudo ver nuestro servicio? —preguntó el pastor Zach.

—Sí.

«Lamentamos que sea en circunstancias tan terribles», dijo el pastor Kelly.

«¿Le ofrecemos un café o un pastelito?», preguntó el pastor Zach.

«Me gustaría empezar».

«Por supuesto».

«¿Cuál era el papel de Arianna en su iglesia?», preguntó Miranda.

«Trabajaba en la guardería, enseñando a niños de dos y tres años sobre Jesús.

Era una miembro muy dedicada de nuestra congregación. La veíamos casi todos los días», respondió el pastor Kelly.

«¿Y cuánto tiempo estuvo en su iglesia?».

«Unos tres años».

«¿Por qué se unió?».

Los pastores intercambiaron miradas cautelosas.

«Se convirtió», dijo el pastor Zach, como si eso lo explicara todo.

«Necesitaré una respuesta mejor que esa».

«Ella aceptó a Jesucristo como su señor y salvador personal», dijo el pastor Kelly.

Miranda estaba molesta. «¿Tenía enemigos? ¿Alguien que quisiera hacerle daño?».

«Nadie que nosotros sepamos», respondió el pastor Zach.

«Me gustaría revisar los registros de su iglesia».

Los pastores se detuvieron. El pastor Zach carraspeó. «Estoy seguro de que eso sería muy perturbador. Después de todo, tenemos una iglesia que dirigir. El Señor nunca descansa». Hizo otra pausa. «¿Tiene una orden judicial?».

«Esperaba que simplemente cooperaran».

—Estamos cooperando —dijo el pastor Kelly.

«Entonces no necesitarán que vaya a buscar una orden judicial».

«¿Qué tiene que ver todo esto con nuestras finanzas?», preguntó el pastor Kelly.

Miranda ladeó la cabeza. «No he dicho finanzas. He dicho registros».

«Registros, finanzas... ¡Da igual!», dijo el pastor Kelly, con tono más que irritado.

El pastor Zach le puso una mano tranquilizadora en el regazo y luego miró a Miranda. «Pertenece a Dios. No a ti».

«Pero lo hizo», dijo Miranda.

El pastor parecía confundido. «¿Qué?».

«Usted dijo: "El Señor nunca descansa". Sí lo hizo. El séptimo día».

El pastor Zach frunció el ceño. «Bueno, *nosotros* nunca descansamos».

«¿Cuánto le pagaste?», preguntó Miranda. «Trabajaba en tu guardería, ¿verdad? Tengo entendido que también hacía fotografías para tu línea de ropa cristiana».

«Somos una organización sin fines de lucro. Ella era voluntaria», dijo el pastor Zach.

«De hecho, ella *te* pagaba. Un diezmo del 15 % de sus ingresos, cada mes. ¿Es eso correcto?».

«Lo siento. ¿Qué tiene esto que ver con la investigación?», preguntó el pastor Zach.

«Esto es lo que pasa. Cuando Arianna era más joven, era rebelde. Bebía, consumía un poco de marihuana. Entonces, de repente, todo cambió. Se unió a su iglesia, se mudó a Los Ángeles y le entregó todo lo que tenía».

«Se lo dio a Jesús».

—Hay algo que no cuadra. Creo que usted sabe lo que es y creo que no quiere decírmelo.

«Empiezo a sentirme perseguido», dijo el pastor Zach.

«No pretendo perseguir a nadie. La Hacienda Pública, por otro lado, podría preguntarse por sus vacaciones en Hawái y su mansión en Huntington Beach. Todo depende de cuánto esté dispuesto a cooperar».

El pastor Zach le dirigió una mirada desdeñosa. —Queríamos a Arianna. Francamente, tengo la impresión de que a usted no le importa lo más mínimo. Creo que debería marcharse. Siéntase libre de llevarse un pastelito para el camino.

La pareja se levantó de la mesa y se reunió con su rebaño.

Si Miranda parecía dura, era porque había crecido entre personas sin voz. Sabía lo que era ser impotente y sus opiniones le daban fuerza. Aprendía a la fuerza desde muy joven que los débiles, aquellos que transigían en sus creencias, eran pisoteados.

Era una receta para sobrevivir, pero también para la soledad.

La gente no entendía por qué no podía simplemente seguir el programa. ¿Por qué siempre tenía que complicarlo todo tanto? Solo tenía que callarse y ser complaciente.

Temía el día en que Camilla la dejara, inevitablemente, como habían hecho todos los demás. Los había superado, pero no estaba segura de poder sobrevivir a la pérdida de Camilla.

. . .

CAMILLA SIEMPRE COCINABA LOS DOMINGOS. Era la única noche en la que insistía en que Miranda se sentara a cenar con ella. Miranda podía ausentarse el resto de la semana, pero no los domingos.

«¿Dónde estás?», preguntó Camilla desde el otro lado de la mesa.

Miranda estaba distraída, pensando en los pastores. Suspiró. «Estoy bajo mucha presión».

«Está bien». Camilla bajó la cabeza y frunció el ceño.

Miranda comió un trozo de pollo de una de las brochetas *de suya*. Lo había dejado tanto tiempo que se había enfriado y estaba duro.

«¿Cómo va la investigación?», preguntó Camilla.

—La única pista es el rifle. Siento como si estuviera buscando una aguja en un pajar en medio de un campo minado. Si esto no sale bien, podría arruinar mi carrera.

—¿Cómo lo está llevando el senador?

—No muy bien.

—No me lo puedo imaginar. Perder a un hijo así...

—Es cierto. Pero en parte también es culpa suya.

«¿Qué?».

«Marco Barros y gente como él se oponen a cualquier tipo de regulación sobre las armas. Odio decirlo, pero, en cierto modo, recogemos lo que sembramos, ¿no?».

Camilla negó con la cabeza. Dejó caer el tenedor en el plato y se levantó de la silla.

«¿Qué?», dijo Miranda.

Camilla se acercó a una de las cajas de archivos de Miranda, sacó la fotografía de la escena del crimen de Arianna y la colocó sobre la mesa.

—Mira esta foto. Sé que es más fácil no sentir nada. Es más seguro. Pero es un ser humano. Puede que no estés de acuerdo con sus ideas políticas, o con las de su familia y amigos, pero ¿no se merece justicia?

—No hagas eso.

—¿Hacer qué?

«Centrarte en ella. Cuando se trata de ti».

«¿A mí?».

«Siento que últimamente sientas que no te presto suficiente atención, Camilla, pero he estado muy ocupado».

Camilla negó con la cabeza y cruzó la habitación.

«¿A dónde vas?».

«Creo que no debería venir por aquí durante un tiempo».

Miranda observaba impotente cómo Camilla recogía sus cosas. Quería decirle que esperara. Quería decirle: *«Te quiero»*. Pero, ¿de qué serviría? ¿Le creería siquiera? ¿Qué eran las palabras sin acciones?

Camilla dejó a Miranda sola en el loft, mirando la fotografía de una niña muerta, sabiendo que si alguna vez quería recuperar a Camilla, primero tenía que hacer justicia por Arianna.

Marco Barros era un hombre poderoso. Cal no podía arruinar este trabajo. Estaba en South Central, frente al edificio de apartamentos de Arianna. Eran las dos de la madrugada. Habían pasado dos semanas desde el tiroteo y el lugar estaba tapiado. No veía sentido en entrar por la fuerza. Dudaba que encontrara algo que los federales con sus equipos forenses no hubieran pasado por alto.

Lo que necesitaba era un testigo. Por supuesto, los federales no habían encontrado ninguno. Pero Cal tenía una ventaja que ellos no tenían.

Él no era federal.

Este barrio era lo que la policía llamaba una «zona de alta intensidad de tráfico de drogas». Nadie hablaba con los policías porque no eran ellos quienes vigilaban este barrio. Las calles tenían ojos.

Una civil como Arianna no habría sabido nada de ellos, pero ellos la habrían conocido a ella. Conocían a todos los que estaban en su territorio —civiles, soldados, drogadictos, empresarios a los que extorsionar—, así que si llegaba alguien de fuera, se habrían dado cuenta.

Cal solo tenía que encontrarlos.

No tardó mucho en ver al chico en la esquina. No podía tener más de dieciséis años. Era alto y fibroso, como un kickboxer, con mandíbula cuadrada y ojos de piedra. Llevaba una gorra azul de los Dodgers, jeans holgados y estaba sin camiseta. Tenía las letras «M» y «S» tatuadas en grande en la parte superior de la espalda. Debajo, los números «1» y «3» destacaban igualmente en la zona lumbar y, en medio de todo ello, había una bandera salvadoreña de color azul y blanco brillante.

No era precisamente publicidad subliminal.

«¿Qué tal?», dijo el chico de la esquina cuando Cal se acercó.

«Necesito hablar con tu jefe». Cal sabía que no servía de nada preguntarle al chico de la esquina sobre el tiroteo. La única persona en condiciones de darle información era el tipo que dirigía ese barrio.

El chico de la esquina lo miró con odio.

«Solo quiero hablar». Cal le tendió un billete de cien dólares. Tras un momento, el chico de la esquina cogió el billete y le indicó a Cal con un gesto que lo siguiera.

Llevó a Cal por la manzana y, aunque el barrio parecía estar dormido, sabía que lo estaban observando. Se detuvieron frente a un edificio vacío. La tabla de la puerta se había aflojado. El chico la retiró y la sujetó para que Cal pudiera pasar.

Cal entró en un laberinto de ruinas y decadencia. Oscuro y profano. Caminó entre el hedor. Humedad y mierda. Frascos y jeringas cubrían el suelo mugriento. Se rompían bajo sus pies como una capa de hielo.

El chico estaba detrás de él y Cal sabía que estaba buscando su arma. Sabía que eso era posible. Los jóvenes siempre tienen algo que demostrar.

Cal estaba a punto de darse la vuelta y romperle el brazo al chico en tres sitios, cuando algo lo detuvo. Una fuerza invisible. Le detuvo la mano. Dejó que el chico sacara su arma.

Pensó en lo azul que estaba el cielo el 11 de septiembre.

Lo aleatorio que era.

La aleatoriedad de esto.

De un cielo azul claro.

Parecía apropiado.

Un asesino de asesinos, de reyes y dictadores.

Acabado por un novato con una pistola barata.

Estaba cansado de esperar al destino.

Que sea esto, que sea esto. Esta única acción violenta y aleatoria. Un microcosmos de la existencia.

El chico apuntó con la pistola a la nuca de Cal.

¿Era esto? ¿Era esto de lo que se trataba todo? ¿Había terminado finalmente su guerra?

¿Debería llorar?

Un llanto suena igual en cualquier idioma.

También lo hace una risa.

Y una bala también.

El chico apretó el gatillo.

SEGUNDA PARTE

GLORIA Y DIVINIDAD

7

Ryan estaba en la cima del mundo.

Drogado con marihuana, latas de cerveza en los portavasos. La radio a todo volumen con John Cougar Mellencamp. Hay que amar los malditos clásicos. Su mejor amigo, Jeff, iba en el asiento del copiloto. Recorrieron a toda velocidad las destartaladas carreteras secundarias de Arizona en su Ford Bronco del 96.

Había un lugar apartado donde los chicos del instituto iban a beber y fumar. En un campo cerca de un pastizal para vacas. Ryan aparcó el Bronco y se preparó.

Esta noche era la noche. Por fin, joder.

Ryan tenía dieciocho años y llevaba desde séptimo grado intentando perder la virginidad con cualquier cosa que tuviera pulso y un agujero. Pero esta noche tenía un par de cajas de cerveza y una bolsa de marihuana que había intercambiado con un cliente (Ryan también era una especie de pequeño empresario) y Corey y Kyle querían divertirse.

Corey y Kyle eran chicas, aunque tenían nombres de chico. Hacían cosas que las otras chicas no hacían.

Había oído que Nick Núñez se fue de fiesta con ellas y que le vendaron los ojos y se turnaron para hacerle sexo oral. Querían que les dijera quién se lo hacía mejor, como si fuera una competencia o algo así.

Cuando Kenny Carpenter volvió a casa de la universidad, se tiró a Corey o a Kyle, Ryan no recuerda a cuál de los dos, encima de su Honda Accord blanco. Estuvo presumiendo durante semanas de la mancha de maquillaje que había dejado en el capó del coche.

Estas chicas eran una apuesta segura, pensó Ryan mientras observaba al ganado pastar bajo el sol de la tarde. Si no podía perder su virginidad con una de ellas, más le valía irse a follar con una de las vacas.

Mientras Ryan y Jeff esperaban a que llegaran Corey y Kyle, discutían quién se quedaría con cuál y si realmente importaba, y si deberían intentar cambiar después y hacerlo con las dos. Se quejaban de que necesitaban obtener identificaciones falsas para poder entrar a los bares, porque las chicas en los bares siempre estaban borrachas y así podrían tener sexo todo el tiempo.

Ryan le dijo a Jeff que tomara menos cervezas porque eran para las chicas.

Después de una hora, Ryan le envió un mensaje a Kyle para preguntarle dónde estaban, pero no obtuvo respuesta.

Cuando empezó a ponerse el sol, Ryan se dio cuenta de que les habían dejado plantados.

Que se jodan. Las mujeres solo sirven para una cosa de todos modos.

Se bebieron las cervezas y se emborracharon cada vez más.

Le tiraron piedras a las vacas.

Cuando ya se habían tomado unas diez cervezas cada uno, Jeff cogió una boñiga y se la tiró a Ryan, riéndose como un idiota. Ryan le devolvió el gesto. Pronto se enzarzaron en una pelea de estiércol borrachos, como si fuera la Navidad de la mierda de vaca.

Cuando se acabaron las cervezas, se quitaron las camisetas y se pusieron a dar palmadas en la oscuridad. Se daban palmadas en las partes blandas del cuerpo del otro. Una vez que se les acabó la energía, se desplomaron en el suelo, doloridos, sucios y borrachos.

«Putas zorras», dijo Ryan.

«Sí, tío. Estoy cachondo como un burro», dijo Jeff.

«Siempre puedes coger con una vaca».

A LA MAÑANA SIGUIENTE, Lance estaba en la cocina preparando tocino y huevos cuando su nieto bajó tambaleándose las escaleras y entró en la cocina, apestando a cerveza y mierda de vaca.

Lance no mencionó los ojos inyectados en sangre de Ryan ni el hedor a alcohol que emanaba de sus poros. Ignoró las marcas rojas en forma de mano en sus brazos y cara.

«Buenos días», dijo Lance. «¿Desayunas?».

«No, gracias», dijo Ryan mientras salía por la puerta. Lance lo observó a través de la ventana de la cocina. *Probablemente vaya a ese maldito granero otra vez*, pensó Lance.

Lance no entendía a su nieto. Le parecía muy extraño. Pero, por otra parte, las relaciones no eran el punto fuerte de Lance.

El padre de Lance había luchado en la Segunda Guerra Mundial y luego se había pasado la vida bebiendo para intentar olvidar lo que había vivido. Ryan jugaba a videojuegos de la Segunda Guerra Mundial y gritaba y vitoreaba mientras acababa con los nazis o los aliados, dependiendo del bando en el que jugara. A Lance le parecía todo increíblemente perverso.

Lance nunca culpó a su padre por estar ausente ni se lo echó en cara, pero juró que sería mejor con su propio hijo. El problema era que no sabía cómo. Nunca había recibido cariño, así que ¿cómo iba a ser cariñoso? Tenía una buena relación con su hijo, el padre de Ryan, pero había una barrera. Una distancia que nunca pudo salvar. Lo crió lo mejor que pudo y ahora intentaba hacer lo mismo con Ryan, pero, en última instancia, los hombres de la familia Sheehan tenían que encontrar su propio camino.

Ryan tendría que encontrar su propio camino.

Ryan y Lance vivían juntos en un rancho abandonado de cien acres en Arizona. La familia había criado ganado, pero cuando otros ranchos empezaron a utilizar trabajadores indocumentados, no pudieron competir y se negaron a adaptarse. El lugar cayó en el abandono. Hoy en día, parecía una extensa ciudad fantasma. Las estructuras de madera, que antes eran brillantes y coloridas, se habían descolorido y oscurecido. Se habían hundido y encorvado como viejos arrugados. Sus exteriores se pudrían, dejando al descubierto los huesos de sus estructuras.

Ryan atravesó unas puertas metálicas carcomidas por el óxido y unos postes de cerca astillados que sobresalían de la tierra en ángulos irregulares.

Le habían contado todo sobre los días de gloria en los que el rancho aún prosperaba. «Los Sheehan solían dirigir esta ciudad», le había dicho su padre. «Podíamos entrar en cualquier bar y no pagar nunca por una bebida».

Si el apellido Sheehan siguiera siendo tan respetado como antes, ya habría conseguido lo que quería, pensó Ryan.

Detrás de un polvoriento corral para ganado, cubierto de hierba algodonosa, se alzaba un viejo y somnoliento granero. Sus bisagras oxidadas crujían y gemían como algo sacado de su letargo cuando Ryan abrió la gran puerta de madera.

En el interior había un paraíso de armas. Rifles, escopetas y pistolas meticulosamente organizadas y almacenadas en los viejos establos. Tan engrasadas y pulidas que parecían brillar bajo la luz del sol que se colaba por la puerta abierta del granero.

Metálicas y resistentes. Con olor a aceite de armas y aleación de metales. Todo este rancho abandonado podría derrumbarse, pero las armas permanecerían. Estaban hechas de un material más resistente.

La Ford Bronco negra de Ryan estaba estacionada en el centro del granero. La noche anterior, había notado que el vehículo vibraba cada vez que pisaba el freno.

Usó un gato para levantar el Bronco y quitó cada rueda una por una. Examinó las pastillas de freno, los rotores y las pinzas. Todo parecía estar bien. Podría ser el motor, lo que significaba que tendría que llevarlo al viejo Arturo. Era el único taller de automóviles que quedaba en la ciudad.

Ryan acababa de comprar el Bronco a un vendedor de Armslist. Se habían reunido para que Ryan comprara algunas armas de fuego y el tipo le incluyó el Bronco en el trato por solo mil dólares.

Ryan no podía creer su suerte. Era como si el tipo se lo estuviera regalando.

En total, gastó poco menos de tres mil dólares en el Bronco del 96, un rifle AK TR3, una Beretta 92FS, una Desert Eagle .44 Magnum y un revólver Ruger .380.

Y un rifle AR-15.

8

Cuando Russ conoció a D'Andre, supo lo fácil que habría sido aprovecharse de él.

El papá de D'Andre enseñaba cálculo en octavo grado en el barrio de West Lawn, en Chicago. Cuando un aneurisma cerebral lo mató inesperadamente, D'Andre tenía catorce años y él y su mamá se quedaron sin mucho. Ya antes apenas lograban sobrevivir. El escaso sueldo de profesor de su padre y el dinero que ganaba su madre como trabajadora social deberían haber sido suficientes para llevar una vida algo cómoda en West Lawn, pero los padres de D'Andre estaban ahorrando para su educación universitaria. Esto significaba que todo estaba racionado.

Tras la muerte de su padre, su madre se enfrentó a una decisión: utilizar los ahorros para la universidad para continuar con el estilo de vida al que estaban acostumbrados o mudarse a un barrio más asequible. Así que D'Andre y su madre se mudaron de la relativa seguridad de West Lawn a Englewood, en el sur de Chicago. Era uno de los barrios más peligrosos de la ciudad.

El papá de D'Andre le había enseñado a hacer siempre lo

correcto. Era un hombre bondadoso y le enseñó a D'Andre a serlo también.

Pero los hombres amables no sobreviven en Englewood. En Englewood, «hacer lo correcto» puede costarte la vida.

Russ siempre creyó que si hubiera nacido en otro lugar, tal vez habría tenido una oportunidad. Pero esto era Englewood. Russ nunca conoció a sus padres. Se crió en el sistema. Fue en el hogar de acogida de la señorita Simmons, a los doce años, donde conoció a Tyreek. Tyreek era cinco años mayor que Russ. Lo tomó bajo su protección. Le enseñó todo lo que necesitaba saber sobre el negocio de las drogas.

Fue Tyreek quien le presentó a AK.

Russ recordaba una de las últimas cosas que Tyreek le dijo antes de morir. Iban caminando por la calle. Tyreek hacía rebotar su fiel pelota de mármol. Era una manía que solía hacer a menudo.

«Aquí todo el mundo tiene miedo», dijo Tyreek. «Por eso actúan como lo hacen. Se pelean con sus vecinos. Pero lo han entendido todo al revés. Tu vecino no es tu enemigo. El enemigo es la policía. Tienes que cuidar de ti y de los tuyos porque nadie más lo va a hacer. Por eso los negros se disparan entre ellos.

La policía es peor que las pandillas. Solo aparecen para tender trampas, golpear, arrestar o disparar a un negro. Quiero que me prometas, amigo, que si los policías de gatillo fácil vienen a causar problemas, harás una cosa. Correr. Simplemente correr».

Russ se lo prometió.

Unos meses más tarde, Tyreek recibió un disparo en la espalda mientras huía de la policía. Los policías dijeron que confundieron el teléfono desechable que llevaba en la mano con un arma.

D'Andre se mudó a Englewood en su primer año de universidad. Era como un pez en el agua.

Para entonces, Russ trabajaba a tiempo completo para AK. Había perfeccionado una mente maquiavélica. Estudió cómo y por qué disparaban o encarcelaban a los pandilleros. Él no iba a ser uno de ellos. Sabía que D'Andre no formaba parte de ningún grupo, y eso era una sentencia de muerte por allí. También sabía que el chico era introvertido y estudioso.

Russ entendía que los bocazas acababan mal. En este juego había que elegir cuidadosamente las palabras. Y no se trataba de vídeos de rap y disparos. Se trataba de dirigir un negocio. Joder, incluso AK había tomado clases de negocios en el City College de Chicago. Cuanto más lo pensaba, más e e le parecía que él y D'Andre podían construir algo realmente. D'Andre era inteligente. Podía aprovechar eso. Todo lo que Russ tenía que hacer era enseñarle. Así que Russ tomó a D'Andre bajo su protección.

Le enseñó a D'Andre de la misma manera que Tyreek le había enseñado a él.

Russ le presentó a D'Andre a AK.

Antes de que D'Andre se diera cuenta, ya formaba parte del grupo.

En el jardín delantero de la casa, colocaron un cartel con la foto de un hombre asiático sonriente y las palabras «VOTA A CHARLIE YU PARA CONCEJAL».

—Repítelo —dijo Russ.

—Megalodon —respondió D'Andre.

—¿Me estás diciendo que hay un tiburón del tamaño del dirigible de Goodyear?

«Lo era. Ya no está».

—Así son estas calles. Lo único que puede hacer un negro es ahogarse.

D'Andre se rió. «Nunca has visto el océano».

Se acercaron a la puerta principal de la casa y llamaron. Les abrió un hombre negro de unos cincuenta años. Llevaba pantalones cortos de gimnasia y una camiseta blanca sin mangas con una mancha marrón en el pecho. Miró a los dos chicos de arriba abajo.

«¿Qué quieren?».

Russ le entregó al hombre un portapapeles. «Venimos a inscribirte para votar».

«¿Qué carajos estás diciendo?».

«Por orden de AK», dijo Russ.

Los ojos del hombre de la camiseta manchada se agrandaron. «¿Están con AK?».

«Hacemos su voluntad», respondió Russ.

«Los negros de Spooky han estado por aquí», dijo el de la camiseta manchada.

Russ lo miró con odio. El de la camiseta manchada casi se caga. —Solo os informo. Todos sabéis que estoy con AK. Que le den a Spooky. Dame eso.

El de la camiseta manchada tomó el portapapeles y llenó su información.

—El día de las elecciones es el próximo lunes —dijo Russ—. Vas a votar a Charlie Yu para concejal. Si no te vemos allí, volveremos. Solo que esta vez no llevaremos portapapeles.

Camiseta manchada asintió rápidamente con la cabeza.

Mientras Russ y D'Andre se alejaban, el de la camiseta manchada les gritó: «¡Asegúrense de que AK vea mi nombre!».

D'Andre y Russ se dirigieron a la siguiente casa y colocaron otro cartel en el jardín delantero. «VOTA A CHARLIE YU PARA CONCEJAL».

«¿Y cómo te convertiste en Mega?», preguntó Russ.

D'Andre se encogió de hombros. «Hay que estar armado, supongo. El poder está en las armas».

«Te equivocas».

—¿Has oído hablar del Ku Klux Klan? —preguntó D'Andre

—. ¿Sabes por qué esos blancos racistas empezaron con esa mierda? Para desarmar a los negros libres después de la Guerra Civil. No querían que los negros tuvieran rifles.

Russ se rió. —Mi negro siempre está leyendo. Las armas, amigo. Eso es cosa de la calle. ¿Qué crees que nos hace hacer aquí las AK?

D'Andre se encogió de hombros. «Intentando que el chino salga elegido».

—Intentando conseguir un amigo en el Ayuntamiento —dijo Russ—. Sacar esta mierda de las calles, convertirla en una mafia. Las armas no son nada. El poder, amigo mío, está en el voto.

Terminaron de colocar el cartel. Russ señaló la casa y le dijo a D'Andre: «Tú haz esto».

D'Andre llamó a la puerta principal. La señorita Evelyn abrió la puerta. Tenía setenta y cinco años y usaba un andador. Llevaba un turbante para cubrir su cabeza calva y un chándal por necesidad, no por elección. Su salud estaba deteriorándose y sus movimientos eran limitados.

«¿Puedo ayudarte?», dijo.

D'Andre cambió el peso de su cuerpo. «Eh... Venimos a inscribirla para votar».

Un cachorro de terrier asomó la cabeza con curiosidad detrás de la señorita Evelyn.

«Ya estoy registrada», respondió la señorita Evelyn.

D'Andre tartamudeó: «No... Venimos a inscribirla...».

«Ya estoy registrada».

«No. *Nosotros* la inscribimos», dijo D'Andre. «Usted vota a quien le digamos».

«Joven, ¿entiende cómo funciona el voto?».

«Esto viene directamente de AK», dijo D'Andre.

«No pueden entrar conmigo en la cabina de votación», dijo la señorita Evelyn. «No tienen control sobre a quién voto».

Los dos chicos parecían desconcertados. D'Andre miró a Russ.

Sin saber qué más hacer, Russ se abalanzó hacia adelante y agarró al cachorro.

«¿Qué estás haciendo?», gritó la señorita Evelyn.

«Perra. Si Charlie Yu no gana las elecciones a concejal, ¡mataré a tu maldito perro!», dijo Russ.

«¡Devuélvelo!», exclamó la señorita Evelyn, estirando el brazo hacia él. D'Andre se levantó la camiseta, dejando al descubierto la pistola del calibre 38 que llevaba en la cintura, y la señorita Evelyn dio un paso atrás.

«Vámonos», le dijo Russ a D'Andre. Se dio la vuelta y se alejó, con el cachorro llorando en sus brazos.

«¿Qué demonios? Tío, le estás haciendo daño», dijo D'Andre.

«Solo es un maldito perro».

«Dámelo». D'Andre le quitó el cachorro a Russ y le acarició la cabeza hasta que dejó de llorar.

Russ se rió de él. —¡Tu nuevo cachorro!

9

Los hermanos de Arturo traficaban con drogas.

Habían nacido en la pobreza en el condado de Santa Cruz, Arizona. Sus padres eran ilegales y fueron deportados cuando Arturo tenía trece años. Él y sus dos hermanos mayores eludieron a los Servicios Sociales y vivieron en las calles. Fue durante esa época cuando los hermanos conocieron a *La Federación*.

El mayor, Rogelio, trabajaba en la construcción durante el día. Era muy trabajador y profesional, y con el tiempo lo ascendieron a capataz. Su casco ocultaba el tatuaje en forma de telaraña que tenía en el cuero cabelludo. Su camisa abotonada ocultaba el tatuaje de una mujer con los pechos al aire que tenía en la parte superior del brazo.

El hermano mediano, Eugenio, trabajaba para su hermano en la obra y en el tráfico de drogas. Eugenio solía drogarse con su propio suministro. Arturo recordaba haberse preguntado por qué Eugenio se dejaba crecer tanto la uña del meñique, como una chica. Ahora entendía que era para que Eugenio nunca se quedara sin medios para consumir cocaína. Cualquier otro jefe habría despedido a Eugenio, pero Rogelio no. Era de la familia.

Los hermanos ganaban bastante dinero. A cambio, perdían su libertad. *La Federación* era su dueña y exigía lealtad absoluta. Una vez que entrabas, no tenías otra familia más que *La Federación*. Esperaban que mataras a tu propia madre, si así te lo ordenaban. Pero Arturo nunca creyó que sus hermanos fueran capaces de hacer algo así.

Durante toda su juventud, Rogelio y Eugenio cuidaron de Arturo. Él sabía que algún día tendría que empezar a trabajar para *La Federación*. No le importaba ni una cosa ni otra. Simplemente era así. Y cuando llegó ese día, comprendió que sería suyo de por vida. *La Federación*. La única salida era la muerte.

Lo curioso era que el tiroteo de Rogelio con la policía no tenía nada que ver con el tráfico de drogas. Rogelio se había divorciado de una buena mujer solo para pasar de una relación tóxica a otra. Si fumas suficientes cigarrillos, te da cáncer.

A Arturo no le gustaba la mujer que Rogelio había asesinado. Pensaba que era una persona muy mala. Pero no creía que mereciera ser golpeada hasta la muerte de esa manera. Su cuerpo fue arrojado a un canal como si fuera basura común.

Rogelio estaba tratando de cruzar la frontera cuando la policía lo alcanzó. Tenía una Uzi y una Magnum .44 en el asiento del copiloto, así como su rifle Remington 742 Woodmaster en la parte trasera.

No fue una persecución a alta velocidad en absoluto. Rogelio circulaba por debajo del límite de velocidad durante la mayor parte del trayecto. Cada pocos kilómetros, se detenía y disparaba un par de tiros al azar contra las patrullas policiales iluminadas que lo seguían a una distancia segura. Causó daños por valor de varios miles de dólares y disparó a un policía en la cabeza. Pero entonces su coche se quedó sin gasolina y los policías le metieron cincuenta y ocho balas.

Regla número uno cuando se huye cruzando la frontera: primero hay que llenar el tanque.

Eugenio no sabía qué hacer sin su hermano mayor. Era como un perro sin amo. Su problema con las drogas empeoró, perdió su trabajo y, lo que es más grave, *La Federación* comenzó a verlo como un lastre. Dos semanas después de la muerte de Rogelio, Eugenio se ahorcó en el armario de su habitación.

Con la desaparición de sus hermanos, también murió la posibilidad de que Arturo trabajara en el tráfico de drogas. Sus hermanos eran su única conexión con ese mundo y, aunque pudiera establecer el vínculo, ¿por qué *La Federación* querría trabajar con alguien cuyos hermanos habían demostrado ser tan poco fiables?

A Arturo le daba igual. No quería trabajar para ellos. Y no lo necesitaba. Porque sus hermanos habían redactado testamentos en los que le dejaban todo lo que tenían.

Después de reembolsar al pueblo los daños causados por el alboroto de Rogelio y pagar a la familia del policía al que había disparado en la cabeza, no era mucho dinero, pero era suficiente para que Arturo abriera un pequeño taller de reparación de automóviles. Un negocio honesto. El trabajo era duro e implacable. Dieciocho horas al día, seis días a la semana. Iglesia los domingos.

Conoció a una mujer llamada Valery y tuvieron una hija. Era un esposo bueno y fiel y un padre cariñoso. Cuando su hija cumplió dieciocho años, la envió a la Academia Americana de Arte Dramático de Nueva York para que persiguiera su sueño de convertirse en actriz. Cuando era niño, nunca en un millón de años habría imaginado algo así.

Cada vez que pensaba en ello, se le llenaban los ojos de lágrimas.

Y daba las gracias a sus hermanos y rezaba por sus almas.

Fueron víctimas de las circunstancias. Perdónalos.

Todos los días, Arturo le daba gracias a Dios por la vida que le había sido concedida.

El dinero quizá no pueda comprar la felicidad, pensaba, *pero puede comprar esperanza, y la esperanza puede cambiar a una persona.*

Un poco de dinero puede cambiarlo todo.

ARTURO ABRIÓ a las cinco de la mañana. Cuando llegó al trabajo, los migrantes ya estaban rebuscando en los contenedores de reciclaje y basura que había junto al garaje. Otros empresarios locales llamarían a la policía o, peor aún, *a la migra*, pero Arturo los dejó en paz. Solo deseaba poder hacer más por ellos. Pero eran demasiados. Si le compraras comida a una persona, pronto estarías alimentando a un pueblo pequeño.

Tres horas y media más tarde, Ryan llegó en el Bronco. Arturo siempre intentaba no juzgar a las personas, pero, si era sincero, no le gustaba Ryan. *Un gringo* rico que nunca había tenido que trabajar para conseguir nada. Nacido en tercera base y creyéndose un triple.

Pero Arturo sabía que pensar así era tóxico. Creía en ver siempre lo mejor de las personas. Creía que las personas podían cambiar, que todos éramos, en mayor o menor medida, víctimas de las circunstancias.

Así que saludó a Ryan con una sonrisa. «¡Hola, señor Sheehan!».

«Hola, Arturo».

«¿Coche nuevo?».

Ryan asintió. «Todo el maldito coche tiembla cada vez que piso el freno. Creo que es el motor».

«Bueno, vamos a echarle un vistazo».

Arturo levantó el capó y sacó su linterna. Le tomó menos de cinco minutos diagnosticar el problema.

«Necesitas un carburador nuevo», dijo. «Tengo la pieza aquí. Puedo arreglarlo ahora mismo, si quieres».

«¿Cuánto cuesta?».

«Cien».

«¿Cuánto tiempo tardará?».

«Oh, tal vez una hora».

«De acuerdo, entonces».

Ryan observó a los ilegales rebuscar en los contenedores de reciclaje y en los basureros. *Como ratas*, pensó.

«¿Me prestas tu moto todoterreno? Tengo que ir a un sitio».

—Por supuesto, amigo.

EL CENTRO de reclutamiento de la Marina estaba ubicado en un centro comercial en medio del desierto. Una fina capa de arena lo cubría todo. Ryan estacionó la moto todoterreno de Arturo afuera.

Tenía una reunión con el sargento de la Marina Edwin Gutiérrez. Habían hecho una entrevista telefónica preliminar y ahora se reunían en persona para discutir los siguientes pasos.

El sargento se levantó de su escritorio cuando Ryan entró y le estrechó la mano con firmeza. Ryan quedó inmediatamente impresionado por el hombre. Su uniforme beige estaba perfectamente planchado, con siete pliegues meticulosos. Tres en la espalda, dos en el pecho y uno en cada manga. Su corte de pelo alto y ajustado era impecable. Se parecía a las figuras de acción con las que Ryan había jugado de niño.

Jodido soldado José, pensó Ryan.

Ryan creía que se podía juzgar un libro por su portada. La forma en que una persona se presentaba al mundo era una elección que revelaba su carácter. La apariencia del sargento Gutiérrez reflejaba los valores fundamentales que Ryan admiraba: disciplina, honor y respeto.

Ryan estaba ansioso por aprobar su prueba de aptitud física y seguir los pasos de este hombre, y así se lo dijo al sargento.

«Aprobar la prueba de aptitud física no es el problema», dijo el sargento.

Ryan se mostró confundido. «¿El problema?».

«Tu historial médico indica que pasaste unas semanas en el hospital hace un par de años. Rehabilitación por drogas, además de psiquiátrica».

Ryan puso cara de decepción. «Mis papás fallecieron».

«Lo entiendo. Desafortunadamente, los marines tienen restringida la aceptación de personas con antecedentes de enfermedades mentales».

«¿Enfermedad mental? Mis padres murieron. Fue repentino y yo...».

«Lo entiendo», dijo el sargento con simpatía. «Pero estas son las reglas. Son inquebrantables».

La mirada de Ryan se volvió distante. De repente, se volvió hiperconsciente de la gravedad de la Tierra. Podía sentir su peso, sofocante, asfixiante, y no podía reprimir la respuesta natural de su cuerpo. La rabia brotó desde lo más profundo de su estómago.

Sus ojos se fijaron en la placa con el nombre del sargento. «Mi familia ha luchado en todos los conflictos importantes de Estados Unidos desde la Guerra de la Independencia», dijo Ryan. «Luchamos y morimos por este país». Se inclinó hacia adelante, con los ojos entrecerrados y el rostro enfurecido. «¿Acaso usted ha nacido aquí?».

Antes de que el sargento tuviera oportunidad de reaccionar, Ryan salió furioso por la puerta.

LANCE RECORDÓ la temporada de monzones en Vietnam. No siempre podían recibir comida por helicóptero debido al clima, por lo que dependían de trampas caseras. Recordó la primera vez que atrapó un babuino. Iba a desecharlo, pero los demás chicos de su escuadrón le dijeron que no lo hiciera. Se lo comieron crudo.

Recordó cuando el sargento McCullough fue asignado a su escuadrón de fusileros. McCullough tenía veintiún años y acababa de graduarse en West Point. Era su primera vez en servicio activo. No le gustaba mucho comer carne de mono, así que utilizó sus amplios conocimientos de supervivencia adquiridos en West Point para preparar un guiso de verduras.

Lance y los demás le advirtieron que no comiera la vegetación de Vietnam, pero no les hizo caso.

Debía de haber algo psicoactivo en lo que preparó, porque después de comerlo, perdió la cabeza.

Algunos de los muchachos querían dejarlo en la selva, pero fueron superados en votos.

Ataron y amordazaron a McCullough y lo arrastraron con ellos.

Por la noche, cuando acampaban, lo ataban a un árbol.

El hijo y la nuera de Lance, los padres de Ryan, fallecieron en un accidente automovilístico en Nochebuena. Estaban ebrios cuando fueron atropellados por otro conductor ebrio. Todos murieron. Después de lo sucedido, Ryan comenzó a recordarle mucho al sargento McCullough a Lance.

Pero Lance no podía abandonar a Ryan en la selva ni atarlo a un árbol. Era el abuelo de Ryan. Su único pariente vivo. Así que envió al chico a un hospital psiquiátrico.

Lance había pasado algún tiempo en uno después de la guerra. Sabía que no era una cura. Todavía tenía pesadillas después de todos estos años. Seguía estando dañado. Pero no sabía qué más hacer.

Ryan entró enfadado e histérico y salió sedado y distante. Si no había superado la muerte repentina e inesperada de sus padres, al menos había sido capaz de enterrarla. Según la experiencia de Lance, eso era lo máximo que una persona podía esperar.

Ryan aceleró la moto todoterreno hasta el estacionamiento de Arturo y la detuvo con un chirrido. Arturo lo saludó con una sonrisa amistosa.

—Todo listo, señor.

Sin decir nada, Ryan le entregó un fajo de billetes de veinte y le arrebató las llaves del Bronco de las manos.

Se dio la vuelta y se dirigió hacia su vehículo, pero se detuvo, se volvió hacia Arturo y señaló con la cabeza a los inmigrantes que rebuscaban entre los residuos reciclables.

«No deberías dejarles hacer eso», dijo Ryan. «Solo les anima».

Ryan se subió al Bronco, cerró la puerta de un portazo, encendió el motor y levantó una nube de polvo al salir a toda velocidad del estacionamiento.

Arturo había oído hablar de los trastornos mentales. Había leído sobre los niños que los cárteles utilizaban en México. Todos estaban destrozados por las cosas que habían visto y se habían visto obligados a hacer. Bipolares, antisociales, esquizofrénicos, con trastorno de estrés postraumático.

A los niños de México se les daba terapia. ¿Quizás el gringo solo necesitaba terapia? Arturo siempre veía lo bueno en las personas.

10

D'Andre caminaba con su bandeja de comida por la concurrida cafetería del instituto cuando se fijó en una chica guapa que estaba en una de las mesas y le sonreía. Se giró para mirarla mientras pasaba y luego se sentó solo en una mesa. Siempre se mantenía al margen cuando Russ no estaba cerca.

Le dio un mordisco a la hamburguesa sin sabor de su bandeja.

«¿Estás mirando a mi chica?», dijo Lamar.

D'Andre levantó la vista de su hamburguesa y miró al fornido joven de dieciocho años que se encontraba frente a él.

—No sabía que fuera tu chica —respondió D'Andre.

D'Andre volvió a centrar su atención tranquilamente en la hamburguesa de carne gomosa.

—Idiota —dijo Lamar y se alejó pavoneándose.

D'Andre mordisqueó la carne plástica. Pronto solicitaría plaza en la universidad. Había hecho los cálculos. A pesar del dinero que su madre había ahorrado, sabía que aún necesitaría ayuda económica. Había aprendido lo suficiente durante su estancia en Englewood como para saber que no quería estar nunca bajo el yugo de nadie. Y su madre podía hacer mucho con ese dinero para ella misma. Lo único que hacía era trabajar. Se merecía un poco de felicidad en su vida. Además, ¿cómo iba a entrar en una universidad decente viniendo de este lugar? ¿Discriminación positiva? Que le den. No estaba dispuesto a ser el negro de pega de ninguna universidad. Una maldita mascota para que los blancos se dieran palmaditas en la espalda.

Fue entonces cuando Lamar lanzó la lata de refresco al otro lado de la cafetería y le dio a D'Andre en un lado de la cabeza.

D'Andre no lo dudó. Saltó de la mesa y se abalanzó sobre Lamar. Toda la cafetería se volvió loca mientras D'Andre golpeaba a Lamar, descargando su ira y dándole una paliza.

D'Andre habría sido suspendido, pero Lamar se negó a decirle nada al director. No fue por sentido del honor, sino por miedo a que lo tacharan de soplón, lo cual era un destino peor que la muerte en ese barrio.

D'Andre terminó el día escolar y regresó al dúplex en el que vivía con su madre, Rosslyn.

El cachorro de la señorita Evelyn siempre saltaba y ladraba alegremente cuando él regresaba a casa de la escuela. D'Andre no le había puesto nombre. No le parecía correcto. No era él quien debía nombrarlo.

La mamá de D'Andre le había dejado una nota en el refrigerador. *«He cogido un turno de noche. La cena está en el refrigerador. Te quiero. Mamá».*

Rosslyn había sido despedida de su trabajo como trabajadora social debido a recortes presupuestarios. Ahora trabajaba en un restaurante abierto toda la noche, hasta que encontrara algo mejor.

D'Andre abrió el refrigerador, sacó un plato de fideos cubiertos de salsa roja y lo metió en el microondas durante tres minutos.

Sonó el timbre.

«¡Hola, hola!», dijo Russ cuando D'Andre abrió la puerta. «¡Maldito Ali!».

D'Andre parecía confundido.

«¿No lo has visto?», preguntó Russ.

Russ sacó su teléfono y reprodujo un video de YouTube en el que se veía a D'Andre dándole una paliza a Lamar en la cafetería. «¡Tío, te has hecho famoso!».

El microondas pitó.

D'Andre dividió la comida en dos tazones y él y Russ devoraron pequeñas porciones de pasta humeante calentada en el microondas.

Después de comer, Russ dijo que tenía que ir a hacer un recado para AK y se marchó, dejando a D'Andre solo con el cachorro de la señorita Evelyn. D'Andre estaba acostumbrado a estar solo y nunca pensó que le molestara, pero tenía que admitir que estaba agradecido por el cachorro.

ERAN las dos de la madrugada cuando Rosslyn regresó a casa después de su turno. D'Andre todavía estaba despierto. Ya había terminado sus deberes, pero no podía dormir, así que pensó en adelantarse a los de la semana siguiente. No es que importara mucho. La mayoría de los niños de su clase no se molestaban en hacer los deberes, por lo que el profesor nunca los revisaba.

D'Andre odiaba ver a su madre con su uniforme de mesera. Rosslyn tenía cuarenta y tantos años, pero parecía mucho mayor, sobre todo después de un turno de noche.

«¿Hijo? ¿Qué haces todavía despierto?», le preguntó.

—No podía dormir.

—¿Has comido?

D'Andre asintió con la cabeza. El cachorro de la señorita Evelyn estaba acurrucado en una bola a sus pies. Le había dicho a su madre que el perro era un callejero que había rescatado.

«¿Qué tal te ha ido el día?», le preguntó ella mientras se sentaba a la mesa de la cocina, se quitaba los zapatos antideslizantes del trabajo y se masajeaba la planta del pie derecho. «¿Ha pasado algo emocionante?».

«No».

Ella asintió con la cabeza al ver el libro de texto de D'Andre. «¿Qué es eso?».

—Álgebra 2.

«Es viernes por la noche».

D'Andre se encogió de hombros.

Ella sonrió. «Estoy orgullosa de ti».

D'Andre bajó la mirada.

Ella exhaló y se puso de pie. «Bueno, me voy a la cama. Mañana tengo que levantarme temprano».

«Trabajas demasiado».

«Te voy a enviar a la universidad. Tú haz tu parte, yo haré la mía. ¿Trato hecho?».

D'Andre dudó. «Sí, mamá».

«Muy bien, entonces». Se alejó cojeando hacia su dormitorio.

A la mañana siguiente, Russ vino con un poco de lo mein. Su novia, Shanay, había conseguido recientemente un trabajo en un restaurante chino en el Loop, así que Russ se lo trajo. Él y D'Andre se sentaron en la sala de estar con palillos y cubetas de ostras. El cachorro de la señorita Evelyn se sentó a sus pies.

D'Andre cogió un poco de lo mein con los palillos y lo movió en el aire. Observaron cómo el cachorro seguía con la vista la comida. Se rieron cuando D'Andre fingió tirar el lo mein y el cachorro se giró y lo buscó.

Finalmente, D'Andre dejó caer el lo mein a sus pies y observó cómo el cachorro lo devoraba.

«Es un cabrón hambriento, ¿no?», dijo Russ.

D'Andre dejó caer más lo mein. Acarició al cachorro mientras devoraba la comida. Entonces, el cachorro los miró y empezó a gemir.

«Creo que tiene que cagar, tío», dijo Russ.

Llevaron al cachorro al jardín delantero. D'Andre lo dejó caer sobre la hierba.

«Vale. Haz tus necesidades», dijo D'Andre.

El cachorro olfateó el jardín en círculos.

«Vamos, pequeño negro. Solo caga, tío», dijo Russ.

Finalmente, el cachorro se puso en cuclillas y D'Andre y Russ lo vitorearon.

«Así se hace, perrito...».

Los disparos los interrumpieron.

D'Andre contó seis.

Se tiró al suelo, miró hacia arriba y vio a Lamar en la acera, sosteniendo una .38. Se miraron a los ojos, luego Lamar se dio la vuelta y corrió por la calle.

D'Andre se revisó en busca de heridas de bala. Se sorprendió al no encontrar ninguna.

Entonces vio a Russ, boca abajo en el césped, con el cuerpo convulsionando y desangrándose junto al cachorro asustado de la señorita Evelyn.

11

El sol apenas se estaba levantando cuando Ryan caminó hacia el granero y comenzó a cargar el Bronco con armas y municiones.

Aunque no había ido a la iglesia desde el funeral de sus padres, todavía se consideraba cristiano. Si no espiritualmente, al menos socialmente. Mientras apilaba sus armas en la parte trasera del Bronco, pensó en la historia de David y Goliat. ¿Qué habría pasado si David se hubiera visto obligado a entregar sus armas? ¿Dónde estaríamos entonces? Incluso la Biblia estaba a favor de las armas.

Fue uno de los primeros en llegar al centro cívico. Tenía más mercancía que descargar que la mayoría de los demás vendedores. En los círculos de las ferias de armas se le conocía como «el Chico» debido a su edad. Les divertía su entusiasmo por todo lo relacionado con las armas y su espíritu emprendedor. Ama lo que haces y nunca trabajarás un solo día de tu vida.

Ryan siempre decía que algunas de las mejores personas que había conocido estaban en las ferias de armas.

Las puertas se abrieron a las nueve de la mañana y la gente ya estaba esperando.

Vendió un rifle Ruger American a un hombre llamado Dan Peterson. Era un regalo para su hijo. Su primer rifle, para que pudieran ir juntos de caza.

Wilbert Holland compró una Mauser 1896 antigua. Era coleccionista de armas raras y estaba encantado con el hallazgo.

Ryan le recomendó la Ruger LCRx .38 Special a Karla Lane, que buscaba algo lo suficientemente pequeño como para caber en su bolso, pero lo suficientemente potente como para defenderse de un atacante cuando salía de su trabajo de mesera a las dos de la mañana.

Repartió sus tarjetas de presentación a los curiosos. Solo su nombre, su número de teléfono y las inocuas palabras «Ventas privadas».

Su última venta del día fue poco después de la hora del almuerzo a un tipo blanco regordete, de cara aniñada, con gafas y un tatuaje que decía «We the People» (Nosotros, el pueblo) en su antebrazo carnoso. Dijo que se llamaba Jesse. «Como Jesse James».

Después de Jesse, Ryan cerró y pasó el resto del día visitando otros puestos, conociendo gente y repartiendo tarjetas.

En cualquier otro lugar, Ryan se sentía ignorado y marginado. Lo trataban como a un paria, un perdedor, un fracasado. Tras la muerte de sus padres, no podía sentir la presencia de Dios en ningún sitio. Pero aquí, entre personas con ideas afines, sentía un sentido de comunidad. Aquí era donde era feliz.

Esta era la iglesia de Ryan.

JESSE LLEVÓ sus compras a través del estacionamiento del centro cívico hasta su destartalada casa rodante. Abrió la puerta y metió primero las cajas de municiones.

La autocaravana ya estaba llena de armas de fuego de arriba abajo, pero Jesse siempre podía hacer sitio para más.

Era tanto por negocios como por placer. Cada año, Jesse se tomaba unas vacaciones para recorrer el país, visitar ferias de armas y abastecerse.

Jesse añadió sus últimas compras a su inventario. Un par de escopetas, un puñado de pistolas y un AR-15 realmente bonito. Le impresionó tanto lo bien limpio y cuidado que estaba que decidió quedarse con la tarjeta de visita del vendedor. Ryan Sheehan.

Jesse se sentó en el asiento del conductor y encendió el motor. La autocaravana rugió y salió del estacionamiento. Su matrícula de Indiana, abollada y oxidada, parecía estar colgando de un hilo.

Jesse pensó que buscaría un restaurante para comer algo antes de dirigirse al norte. Todavía le quedaban algunas ferias de armas que quería visitar de camino a casa.

12

D'Andre comió cereales. Una imitación de Fruity Pebbles que olía a medicina. Eran las seis de la mañana y no había dormido desde el tiroteo. Ya llevaba dos días así.

Russ seguía en el hospital. Estaba en estado crítico, pero estaba vivo, así que al menos eso era algo. Pero esa era la única buena noticia.

D'Andre deseaba que Lamar supiera disparar. Deseaba que Lamar le hubiera disparado a él en lugar de a Russ, como era su intención. Eso habría simplificado mucho las cosas. Pero ahora sabía que las cosas se iban a complicar mucho.

Rosslyn entró con su uniforme de mesera. Miró a su hijo con ojos tristes. —¿Has dormido? —le preguntó.

«Sí», mintió D'Andre.

—No tienes que ir a la escuela hoy —dijo—. Yo también puedo quedarme en casa, si quieres.

—Ve a trabajar, mamá. Estoy bien.

—¿Estás seguro?

«No te preocupes. Voy a ir a la escuela».

Ella le dio un beso en la cabeza. «Gracias a Dios que no fuiste tú».

D'Andre bajó la mirada.

Después de que su madre se marchara, D'Andre se lavó los dientes y se puso una sudadera. Se colgó la mochila al hombro, se subió la capucha y se dirigió al colegio. Estaba a mitad de camino cuando un Chevy Malibu se detuvo a su lado y Shanay le llamó desde el asiento del conductor. «AK necesita verte».

Llevaba palillos en el pelo, pantalones negros y una blusa china roja con flores de ciruelo.

D'Andre se ajustó la correa de la mochila sobre el hombro. «Tengo que ir a la escuela».

Shanay se inclinó hacia atrás y abrió la puerta trasera del Malibu. «Súbete al coche, joder».

D'Andre se subió al asiento trasero, junto al bebé de Shanay, Russell Jr., que iba en su sillita. Shanay condujo hasta un viejo garaje oxidado en una zona abandonada de la ciudad. Salieron del coche y Shanay le dijo a uno de los chicos que estaban delante que vigilara a RJ. D'Andre mantuvo la cabeza gacha y la siguió al interior.

Todas las mañanas, Alonso Karr compraba naranjas en la tienda de la esquina. Las examinaba cuidadosamente una por una. Jimmy, el propietario de la tienda, de sesenta años, tenía fama en el barrio de ser malhumorado, pero nunca cuando AK iba a la tienda. Siempre le reservaba las naranjas más frescas.

AK le preguntó una vez a Jimmy: «Oye, Jimmy. ¿Por qué no vendes productos orgánicos aquí?».

Jimmy se encogió de hombros. «¿Quién va a pagar cincuenta centavos más por la misma maldita naranja? La primera regla para llevar un negocio: dar a la gente lo que quiere».

«Ya lo he oído», dijo AK.

Él mismo era un hombre de negocios. No le importaba qué producto fuera, solo que se vendiera.

AK pasaba los siguientes treinta minutos recorriendo su territorio. Era su hábitat y él era el depredador alfa, pero parecía deambular por el barrio como un observador triste. Su patrulla siempre terminaba en la casa del niño de la señorita Simmons. Ella se iluminaba cuando veía a AK. Él le entregaba las naranjas frescas.

«Dios te bendiga, Alonso».

Después de la casa de la señorita Simmons, AK pasaba por una serie de casas adosadas vacías y anodinas hasta llegar al garaje abandonado.

Los empleados de AK eran casi exclusivamente jóvenes negros. Smurf los supervisaba mientras empaquetaban crack en frascos. AK conocía a Smurf desde que eran niños en la casa de la señorita Simmons. Su verdadero nombre era Chris, pero lo llamaban Smurf porque el Adderall que le gustaba esnifar le ponía la nariz azul.

AK pasaba unos minutos rondando por la planta como un capataz. Sus empleados lo saludaban mientras trabajaban. Una vez satisfecho, pasaba a la habitación contigua, sacaba su lector electrónico Kindle y estudiaba la tarea de esa semana del City College de Chicago. Estaba a mitad de un capítulo sobre el modelo IS-LM, aprendiendo cómo interactúa el mercado de bienes económicos con el mercado de fondos prestables, cuando Smurf acompañó a Shanay y D'Andre a la habitación.

AK guardó su Kindle e hizo un gesto a D'Andre para que se sentara frente a él en la mesa. «¿Sabes por qué estás aquí?».

D'Andre asintió con la cabeza.

—¿Qué carajos pasó?

A D'Andre le fallaron las palabras.

—Negro, ¿necesitas un traductor?

D'Andre se estremeció y luego soltó: «Me peleé con un negro

llamado Lamar en la escuela. No fue nada grave, pero vino a mi casa y se puso a gritar».

«¿Qué le dijiste a la policía?».

«No dije nada».

«¿Estás seguro?

—Lo juro, AK.

«Este negro Lamar anda con Spooky».

«¡Qué falta de respeto, tío!», dijo Smurf. «AK, ¡tenemos que darles una lección a estos negros!».

«¿A qué esperas?», dijo Shanay. «Dale al chico la nueve para que se encargue de sus asuntos».

Shanay extendió la mano hacia la Glock de 9 mm que estaba sobre la mesa, pero AK la apartó.

—Russ era uno de mis mejores ingresos —dijo AK—. No basta con que un negro se haya salido con la suya. —Se volvió hacia Smurf—. ¿Habrá barbacoa este año?

Smurf sonrió. «No he oído nada que indique lo contrario».

—Creo que este será el año —dijo AK.

—¡Claro que sí! —dijo Smurf.

Shanay parecía confundido. «¿A qué te refieres con "barbacoa"?».

AK sacó un fajo de billetes y empezó a sacar centenas. «Vayan ustedes dos a Indy a por armas. Me refiero al tipo de armas con las que si le disparas a un negro, no se vuelve a levantar. Las Glock 22, las AR-15». Le entregó el dinero a Shanay.

«AK. ¿Qué barbacoa?», dijo Shanay.

AK asintió con la cabeza a Smurf.

«Cada cuatro días, Spooky hace una barbacoa en Jackson Park con toda su pandilla», dijo Smurf.

«No solo vamos a por ese hijo de puta de Lamar», dijo AK. «Vamos a matar a toda la banda y luego nos quedaremos con sus territorios».

D'Andre se movió en su silla. Los ojos de AK se posaron en él. Podía olfatear la debilidad como un sabueso.

—¿Algún problema, negro? —dijo AK.

«No», respondió D'Andre, tratando de mantener la calma.

—¿Estás de acuerdo?

«Estoy de acuerdo».

—Pues ponte en marcha.

D'Andre se levantó de la silla y se dirigió a la puerta con Shanay.

«Oye, Nay-nay», dijo AK. «Espera un momento».

Shanay se quedó atrás mientras D'Andre salía de la habitación.

«¿Cómo está Russ?», preguntó AK.

«Ha disparado. ¿Qué crees?», respondió ella.

«¿Y tú?».

—¿Qué tal yo qué?

«¿Cómo estás?». Señaló su blusa roja con flores de ciruelo. «Estás guapísima, como una geisha o algo así».

«Las geishas son japonesas, tonto. Este es mi uniforme de trabajo».

«¿Das masajes o algo así?».

«Trabajo en un restaurante».

«¿Por qué?».

Shanay se encogió de hombros. «Una tiene que ganarse la vida».

«Sabes que yo podría cuidar de ti».

«No vamos a tener esta conversación, AK».

AK extendió la mano para agarrarle el trasero a Shanay y ella le dio un manotazo.

«Russ, amigo mío», dijo ella.

«Russ, mi negro», respondió él.

«No. Solo es tu excusa para acercarte a Spooky».

AK sonrió con aire burlón. «Sí. También es eso».

Shanay se burló.

«Aunque se recupere, nunca volverá a ser el mismo», dijo AK.

Shanay negó con la cabeza. «Russ se recuperará», dijo y se dirigió a la puerta.

D'Andre esperaba en la parte trasera del Malibú de Shanay con RJ. Aunque solo era un bebé, el niño ya se parecía a Russ. D'Andre observó al bebé dormir la siesta y se sintió triste.

Shanay salió furiosa del garaje, se sentó en el asiento del conductor, miró a D'Andre y frunció el ceño.

«¿Qué diablos haces en mi coche?», dijo.

D'Andre se encogió de hombros. «Pensé que me llevarías a la escuela».

—Negro, tengo que trabajar.

D'Andre suspiró y salió del coche.

«Prepárate mañana a las nueve», le dijo ella desde la ventanilla del coche. «Tú y yo nos vamos de viaje».

Shanay se alejó a toda velocidad.

Gary, Indiana, está a unos cuarenta kilómetros de Englewood, Chicago, y a solo unos treinta minutos en coche, dependiendo del tráfico. Es conveniente porque no hay tiendas de armas en Chicago.

Cuando Sal abrió Patriot Guns en un centro comercial en la frontera entre Indiana e Illinois, recibió muchas críticas de las fuerzas del orden, en particular de los nazis de la ATF. Especialmente cuando sus armas comenzaron a aparecer en las escenas de crímenes del área de Chicago.

El razonamiento de Sal era: «No puedo leer la mente». Todos sus clientes eran mayores de edad y habían superado las comprobaciones de antecedentes. Él cumplía con todas las normas. Lo que hicieran con sus armas una vez que salían de su tienda no tenía nada que ver con él.

¿Qué se suponía que debía hacer? ¿Rechazar a un cliente porque «parecía» un delincuente o un pandillero? ¿Qué aspecto tiene un pandillero? ¿No era eso acercarse peligrosamente al perfil racial?

Sal había sido policía. Detestaba la hipocresía de los liberales. Así que, cuando sonó el timbre de la puerta y Shanay y D'Andre entraron en su tienda, no hizo ningún juicio. En lo que a él respectaba, eran dos clientes más como cualquier otro y les vendería cualquier cosa que quisieran dentro de los límites de la ley.

«Hola, amigos», dijo Sal con su mejor sonrisa de vendedor. «¿En qué puedo ayudarles hoy?».

Los dos se quedaron junto a la puerta, tímidos. «Quiero comprar algunas cosas», dijo Shanay.

«Por supuesto», dijo Sal, entregándole un portapapeles. «Rellene esto, por favor».

Mientras Shanay rellenaba el formulario, D'Andre contempló los rifles que cubrían las paredes de la tienda y las diversas pistolas que había detrás del mostrador acristalado. El fornido dependiente le daba la espalda, apilando cajas de munición.

Shanay terminó de rellenar el portapapeles y se lo devolvió a Sal.

—Y su identificación, por favor.

Shanay le entregó a Sal una licencia de conducir de Indiana.

«Genial. Solo dame un minuto para revisar todo», dijo Sal mientras ingresaba la información de ella en la base de datos de verificación de antecedentes del NICS en su computadora.

«¿Y esta es su dirección actual?», preguntó Sal.

«Mm-hm».

Al cabo de un momento, la verificación de antecedentes salió limpia.

«Genial», dijo Sal, devolviéndole su identificación. «Ya está todo listo. ¿En qué estaba interesada hoy?».

«Voy a echar un vistazo yo misma», respondió Shanay.

—Por supuesto —dijo Sal con una sonrisa.

Shanay sacó la lista que AK le había escrito y se alejó para echar un vistazo a la selección de la tienda.

Sal miró a D'Andre. «¿Y tú, joven?».

«Estoy bien», dijo D'Andre.

«¿Seguro que no quieres echarle un vistazo al menos?», preguntó Sal señalando la vitrina de cristal, en la que se exhibían varias pistolas. «Te sorprendería lo asequibles que son algunas de estas piezas».

«Solo tengo dieciocho años», dijo D'Andre.

«Ya veo», dijo Sal. «En ese caso, solo puedes comprar armas largas».

—¿Armas largas?

—Escopetas. Rifles.

D'Andre se mostró sorprendido. «¿Puedo comprar un rifle?».

«O una escopeta. Sí, señor», dijo Sal, ofreciéndole a D'Andre un portapapeles.

—No tengo mi identificación.

Sal frunció el ceño y retiró el portapapeles. «Legalmente, no puedo ayudarle si no tiene identificación». Luego señaló a su dependiente. «Pero Jesse sí puede».

El dependiente de mejillas regordetas se dio la vuelta y miró a D'Andre a través de sus gafas.

«Hola. Soy Jesse. Como Jesse James», dijo con una sonrisa.

A D'Andre le pareció que el tatuaje «We the People» (Nosotros, el pueblo) en su antebrazo estaba fuera de lugar. Como un collar de púas en un cachorro.

Jesse acompañó a D'Andre a través del estacionamiento del centro comercial hacia su casa rodante.

«Verás, Sal es un distribuidor con licencia», dijo Jesse. «Tiene que comprobar los antecedentes y seguir todas estas otras normas. Pero yo solo soy un ciudadano particular, así que puedo venderte sin ninguno de esos quebraderos de cabeza».

Entraron en la autocaravana. A D'Andre le mareó la cantidad de rifles y escopetas que Jesse tenía almacenados allí.

«¿Esto no es ilegal?», preguntó D'Andre.

—¿Dices la verdad sobre lo de tener dieciocho años, verdad? «Sí».

—Entonces todo esto es completamente legal —dijo Jesse—. Avísame si ves algo que te guste.

D'Andre no sabía por dónde empezar. Para él, todas las armas eran iguales. No sabía distinguir entre una escopeta y un rifle. Cuando Jesse hablaba de pistolas, utilizaba términos como «.22 LR», «.38 Special» o «.45 ACP». Para él, era como si estuviera hablando en chino.

Entonces D'Andre vio el rifle negro. Reconoció el diseño de películas como *Scarface*, *Platoon* y *Heat*. Le atrajo como una luz en la niebla. Y aunque no sabía su nombre, le resultaba tan familiar y estadounidense como el pastel de manzana.

D'Andre sostuvo el AR-15 en sus manos.

D'ANDRE Y SHANAY cargaron las armas recién compradas en la parte trasera del Malibu de Shanay. Shanay había comprado un pequeño arsenal. Cinco rifles, tres escopetas, una docena de pistolas y munición . D'Andre temía que su AR-15 se perdiera entre las demás, así que lo llevó en el asiento delantero.

Unos diez minutos más tarde, estaban en la I-90 y Shanay se detuvo en el arcén.

«¿Qué haces?», preguntó D'Andre.

Shanay cogió un rifle semiautomático tipo AK-47 del asiento trasero. «Vamos», dijo mientras salía del coche.

D'Andre la siguió a regañadientes al bosque junto a la interestatal.

Había oído disparos antes, pero nunca había disparado un arma. Sabía que las películas se equivocaban. Sonaba más como un estallido fuerte que como una explosión. Shanay disparó tres tiros contra un árbol. Los coches que circulaban a toda velocidad por la autopista cercana enmascaraban el sonido. Además, no había nadie más alrededor para oírlo.

Luego fue el turno de D'Andre. Levantó el AR-15, sin saber muy bien qué esperar.

Apretó el gatillo y el cañón explotó. Sus pupilas se dilataron. El oxígeno se precipitó hacia sus músculos. Sus hormonas se dispararon y su cerebro se inundó de cortisol y adrenalina, serotonina y dopamina. Agresividad y éxtasis. El rifle le dio un golpe en el hombro y la bala atravesó el tronco del árbol.

Se quedó allí temblando. Las palmas sudorosas. El corazón latiendo con fuerza. Agarrado al rifle. Fundiéndose con él. La sensación... Era divina.

Mientras los dos conducían de regreso a Chicago, D'Andre no podía recordar la última vez que se había sentido tan relajado. Se sentó en el asiento del copiloto y observó cómo el sol poniente proyectaba un relajante manto rojo y amarillo sobre Wolf Lake y, por un momento, pareció olvidar los problemas que le esperaban en el camino.

Shanay lo miró desde detrás del volante. «¿Sabes? Russ siempre habla de ti. De cómo siempre estás leyendo y esas cosas. ¿Alguna vez has leído *El infierno*?».

D'Andre la miró, indeciso. «No».

—Lo leí el año pasado en la clase de inglés de la señorita Jackson. Trata sobre un tipo llamado Dante, de antaño. Vio el infierno y lo escribió todo en un poema, para que otros lo supieran. Lo llamó *El infierno*. Lo único es que Dante solo estaba de visita. Tuvo que irse. Ir a ver también el cielo y el purgatorio.

D'Andre observó a Shanay. Sus rasgos parecían más suaves bajo la suave luz del sol menguante. Volvió a mirar por la ventana y condujeron en silencio durante varios minutos.

«¿Alguna vez has disparado a alguien?», preguntó Shanay.

D'Andre no respondió.

«Nunca habías disparado un arma hasta hoy, ¿verdad?».

D'Andre bajó la mirada.

Shanay negó con la cabeza. —Hablaré con AK por ti.

D'Andre sabía que no debía hacerse ilusiones, pero aun así lo hizo.

13

———————

Ryan estaba en el último año de secundaria y nunca había tenido novia. Toda su vida había creído que Becky Brock era la mujer de su vida. Ella vivía en la misma calle que el rancho y la conocía desde el jardín de niños. Ella, su mamá y su papá solían venir a las barbacoas. A Becky le gustaba ver las vacas y los caballos cuando aún tenían caballos.

Solían fingir que eran animales de granja. Mugían y gruñían a cuatro patas en la hierba y, una vez, cuando tenían siete años, ella le dio una especie de beso gruñido en la comisura de la boca. Su madre lo vio y, a partir de entonces, sus citas para jugar fueron supervisadas.

Becky se convirtió en una hermosa joven que no bebía ni fumaba, y él se convirtió en un adolescente torpe que escuchaba a Papa Roach y Hed PE. Las visitas al rancho cesaron y ella se involucró mucho en la iglesia bautista local.

Ryan se crió como católico, pero intentó ir a su iglesia una vez, solo para poder seguir formando parte de su mundo. Ella parecía contenta de verlo y lo saludó calurosamente, pero no se sentó con él y, cuando terminó el servicio, pareció olvidarse de que él estaba allí. Él se quedó de pie, incómodo y solo, hasta que decidió marcharse. Nunca volvió.

Siempre llevaba faldas largas y suéteres que le cubrían los hombros. Nunca los diminutos pantalones cortos vaqueros o las camisetas sin mangas que llevaban algunas de las otras chicas. Eso era lo que le gustaba de ella. Que no dejaba que nadie se metiera en sus pantalones.

Después de que murieran sus padres, se armó de valor para invitarla a salir. Ella lo rechazó con delicadeza, pero Ryan no se rindió. Se estaba reservando en silencio para Becky.

Un par de meses más tarde, se enteró de que la habían pillado besándose y frotándose contra Chase Hunter en la parte trasera de su Ford Mustang, detrás del instituto. Chase era el capitán del equipo de fútbol americano « » y él y Becky formaban parte del mismo grupo juvenil. Como había una barrera de ropa entre ellos, técnicamente no habían roto sus votos de castidad.

Después de que Ryan se enteró, todo se convirtió en una cuestión de acostarse con alguien. Tampoco tuvo suerte en eso. El resentimiento hacia el sexo opuesto creció dentro de él como un tumor maligno.

LA ÚNICA RAZÓN por la que Fernanda y Lauren fueron al rancho de Ryan a pasar el rato fue porque Jeff había conseguido cocaína. O al menos, lo que él creía que era cocaína. Jeff se la compró a uno de los cocineros mexicanos del restaurante en el que trabajaba. Brillaba más que la cocaína a la que estaba acostumbrado. Había oído que eso significaba que era más pura.

Supuso que eso explicaba por qué le hacía tanto efecto. Por qué le quemaba las fosas nasales de esa manera.

La metanfetamina cristalina produce tres veces más dopamina en el cerebro que la misma cantidad de cocaína. Después de su segunda ronda de rayas, los cuatro estaban completamente drogados.

Jeff y Lauren empezaron a besarse en el sofá y, en cuestión de minutos, Jeff estaba encima de ella, con los pantalones por los tobillos.

Fernanda se bajó los jeans y se tumbó sobre el regazo de Ryan. Ryan echó una raya en su nalga y la esnifó.

Fernanda se dio la vuelta, presionó sus labios abiertos contra los de él y metió su lengua en su boca. Ryan movió sus manos hacia abajo dentro de su tanga y las presionó en el primer agujero que encontró.

Fernanda gruñó y le bajó la cremallera. Lo tomó con la mano y lo frotó como si fuera una barra de ducha sucia, pero fue inútil.

Apartó la boca de la de él y lo miró.

—¿Estás bien?

Ryan se sonrojó. —Es la cocaína.

Fernanda lo intentó de nuevo. Le mordió la oreja. «Dime lo que te gusta, cariño», le susurró.

Fernanda había estado entrando y saliendo de programas de control de la ira desde los trece años, cuando le arrancó el piercing de la nariz a una chica por decir que la única razón por la que no era prostituta era porque no cobraba. Había aprendido diferentes formas de controlar su ira. Ejercicios de respiración, meditación, yoga. Ahora estaba pensando en esos ejercicios. Estaba drogada y cachonda y quería follar con alguien.

En su lugar, Ryan la condujo a un estudio con paneles de roble y varias vitrinas de cristal. Le dijo que era la sala de armas de la familia Sheehan, un pequeño museo con la colección privada de armas de fuego de todas las épocas de la familia. Las paredes estaban cubiertas de fotografías de los patriarcas de los Sheehan que se remontaban al siglo XIX.

Ryan sacó un viejo rifle de madera de una vitrina. «Rifle

largo americano. Circa 1777». Sostuvo el rifle con la delicadeza con la que se sostiene a un recién nacido. «Mi antepasado utilizó este rifle para abatir a oficiales británicos en la Guerra de la Independencia. Este arma contribuyó al nacimiento de esta nación».

Volvió a colocar el rifle con cuidado y pasó a otra vitrina. «Revólver Colt 1851 Navy». Contempló el revólver detrás del cristal con reverencia. «El mismo modelo que utilizaba Wild Bill Hicock. Solo que el suyo tenía el mango de marfil».

Luego se acercó a otra vitrina. «Y esto es el orgullo y la alegría de la colección». Su voz temblaba de emoción. O tal vez solo fuera el cristal.

Dentro de la vitrina había un rifle Winchester. El nombre «Sheehan» estaba grabado en la culata. «Rifle Winchester. "El arma que conquistó el Oeste". El arma preferida de Jesse James y de mi tatarabuelo, que construyó este rancho en 1884. Es el rifle de los vaqueros, los ganaderos y los colonos».

Ryan miró el arma con orgullo.

«¿Vendes estas?», preguntó Fernanda.

«Estos no. Esta es la colección personal de mi familia. Los que tengo almacenados en el granero, esos sí los vendo», respondió Ryan. «Oh, mierda, casi se me olvida».

Ryan levantó una enorme ametralladora M60. «La misma que usaba Rambo. Genial, ¿verdad?».

Ella lo miró con indiferencia, sin impresionarse en absoluto. «Voy a meterme otra raya», dijo y salió de la habitación.

Al día siguiente, en la escuela, Fernanda no le dirigió la palabra y, a la hora del almuerzo, él ya se había enterado del rumor que circulaba de que no podía tener una erección. Ryan se sintió violado. Había dejado entrar a esa perra en la sala de armas de su familia y, por un instante, solo por un instante, fantaseó con dispararle.

14

———

D'Andre estaba en la esquina. El cliente pagaba en la calle y D'Andre recibía la señal. El alijo estaba escondido cerca. D'Andre preparaba el pedido. El cliente se acercaba en su coche o a pie y D'Andre le entregaba el producto. Como en el drive-thru de McDonald's.

D'Andre siempre trabajaba una o dos horas después de la escuela, mientras su mamá trabajaba en el restaurante. No lo hacía por el dinero. El trabajo pagaba menos que el salario mínimo. La verdad era que no tenía otra opción. Tenía que seguir formando parte del grupo. Los solitarios no duraban mucho en su barrio.

Después, llevaban las ganancias de la tarde y lo que quedaba del alijo al garaje, donde Smurf se aseguraba de que no faltara nada.

Nadie quería que faltara nada.

AK y Spooky habían sido rivales durante años. Sus territorios colindaban, por lo que no podían evitar competir por el negocio. Las cosas habían estado relativamente tranquilas hasta el año pasado, cuando AK empezó a tomar medidas, dirigiendo su negocio como un director ejecutivo y no como un gánster.

Esa era la diferencia entre AK y Spooky. A Spooky solo le importaba la vida; a AK, el negocio.

AK siempre intentaba superarse. Tenía la filosofía de que todo el mundo era mejor que él en al menos una cosa. Ya fuera el director ejecutivo de una empresa de la lista Fortune 500 o el conserje que limpiaba su baño. AK creía que podía aprender al menos una cosa de cada persona que conocía. Era una forma retorcida de humildad, pero aunque pudiera parecer altruista, no lo era. AK tomaba todo lo que podía y nunca daba nada a cambio. Al menos, no a menos que hubiera algo que le interesara.

AK aplicó lo que estaba aprendiendo en su carrera para vender un producto mejor a un precio más bajo. Pronto, estaba quitándole clientes a Spooky por todas partes. Spooky intentó negociar, pero no había acuerdo posible. Spooky no tenía nada que ofrecer. AK estaba arruinando el negocio de Spooky y Spooky lo sabía. Solo había una forma en que Spooky podía competir.

Tenía que dar a conocer que la pandilla de AK era un grupo de cobardes. Spooky podía vender un producto de menor calidad, pero tenía que promocionarlo como el único disponible en la ciudad. Tenía que hacer que la gente tuviera demasiado miedo como para comprar a AK.

Su soldado Lamar ya había mandado a Russ al hospital y AK aún no había hecho nada al respecto. Eso ya había dado que hablar. ¿Quién va a comprar Coca-Cola si Pepsi te va a meter una bala? Era la última carta de Spooky.

«No tiene sentido», le dijo Shanay a AK. Sabía que Spooky estaba muriendo lentamente. Golpearlo en la barbacoa fue una reacción exagerada. Fue un error. «¿De verdad quieres que la policía te esté vigilando ahora que estás tan cerca de conseguirlo todo? Porque eso es lo que pasará en cuanto empieces a disparar en medio de Jackson Park. El 4 de julio, con todas las familias haciendo picnics y todo eso. Van a traer al FBI para que te persiga».

El problema de Spooky se resolvería por sí solo, le aseguró ella. Spooky no podía competir. Todo lo que AK tenía que hacer era ser paciente.

«¿Y Russ?», preguntó AK.

«Russ estaría de acuerdo conmigo».

AK negó con la cabeza. «Spooky ha estado diciendo tonterías».

«Pues déjalo hablar. Tú eres el que le da de comer».

—Mis negros están listos para la guerra.

—AK. Te rodeas de hombres. Los hombres solo piensan con la polla y las armas. Tienes que escucharme. Esta mierda te va a pasar factura. Cancélalo. Sabes que tengo razón.

AK la miró. *De todo el mundo se puede aprender al menos una cosa.* Ella tenía razón. Él estaba pensando como un gánster, no como un director general. Decidió que cancelaría el golpe.

Smurf estaba revisando el recuento de D'Andre cuando Shanay salió de la oficina de AK. D'Andre intentó no mirarla fijamente mientras se acercaba. Ella le susurró: «Estás bien».

D'Andre sintió que se le aceleraba el corazón. Quería rodearla con los brazos, levantarla en el aire y darle las gracias mil veces. En lugar de eso, asintió y murmuró: «De acuerdo».

El tiroteo comenzó justo cuando Smurf terminaba de contar. Aunque ocurrió fuera del garaje, D'Andre se agachó.

«Perra. ¿Qué estás haciendo?», le gritó Smurf. «¡Coge una pistola!». Smurf agarró su Glock y corrió hacia la puerta.

Era un tiroteo desde un coche en marcha. Cuando Smurf salió corriendo del garaje, el vehículo de los tiradores ya estaba al final de la manzana, dando un giro brusco y desapareciendo de la vista.

Tres de los hombres de AK yacían sangrando en la acera.

Smurf no pudo ver la marca ni el modelo del vehículo antes de que desapareciera, pero todos sabían quién era el responsable.

AK salió del garaje y vio los cadáveres. Ahora vendría la policía. AK tendría que deshacerse del escondite.

Spooky había cruzado la línea. Había jodido su dinero.

D'Andre y Shanay observaron a AK. Sabían lo que estaba pensando. Todos sabían por qué había sucedido esto.

Era porque no habían respondido por Russ. Era porque Spooky pensaba que eran unos cobardes.

Ahora AK se lo iba a demostrar. Ya no había forma de disuadirlo. La barbacoa volvía a estar en marcha.

Nadie escapa del infierno.

TERCERA PARTE

EL RESPLANDOR ROJO DE LOS COHETES

15

E l registro de los AR-15 en todo el país no había dado ningún resultado y había otras pistas que seguir además de Arianna. Entre las víctimas del tiroteo había un traficante de drogas, un grupo de inmigrantes indocumentados, un hombre musulmán y una mujer cuyo exnovio tenía múltiples antecedentes de violencia doméstica contra ella. Miranda y Greco tuvieron que explorar la posibilidad de que el tiroteo no tuviera nada que ver con Arianna.

Miranda no se lo creía. Las pruebas sugerían, pero no probaban, que Arianna hubiera sido la primera en recibir un disparo. Así que o bien ella era el objetivo o se trataba de un tiroteo aleatorio.

Decidieron que Greco se encargaría de investigar las otras pistas, mientras que Miranda iría a Texas para interrogar a la madre de Arianna. Pensaron que la madre se sentiría más cómoda hablando con otra mujer.

La madre de Arianna vivía en una casa de una sola planta con dos dormitorios, con un camino de entrada de hormigón agrietado y descolorido y un patio de tierra. Había alrededor de una docena de carteles de «Propiedad privada» colgados alrededor de la pequeña valla perimetral de malla metálica.

Cuando Miranda llegó, la puerta principal estaba entreabierta. Llamó, se identificó y esperó. Como nadie respondió, entró. La puerta daba al salón. La alfombra peluda estaba manchada de quemaduras de cigarrillos y colillas. El moho negro manchaba la esquina de la habitación como algo satánico. El hedor a alcohol rancio se elevaba de las viejas latas y botellas que cubrían el suelo y todo el lugar olía vagamente a vómito.

La madre de Arianna estaba desmayada en el sofá en ropa interior y una camiseta descolorida y demasiado grande de Disney World. Abrazaba una botella de tequila medio vacía. Era una mujer redonda con maquillaje corrido de varios días.

Miranda registró la casa. En la cocina, los platos se amontonaban en el fregadero. El piso de cerámica estaba salpicado de colillas de marihuana y, bueno, de cucarachas normales. El dormitorio principal era un vertedero de ropa sucia y apestaba a sudor y orina.

Sobre la cama colgaba una versión de la bandera estadounidense en la que las estrellas eran azules sobre fondo blanco y las franjas rojas y blancas eran verticales en lugar de horizontales.

Intentó abrir la puerta de lo que supuso que sería el dormitorio de Arianna, pero estaba cerrada con llave. Una luz roja oscura brillaba a través de la rendija de la puerta. El pomo tenía un cerrojo de resorte.

«¿Hay alguien ahí?».

Como nadie respondió, sacó una tarjeta de crédito de su cartera y la deslizó entre la puerta y el marco, desbloqueando la cerradura. Giró el pomo y abrió la puerta.

La habitación oscura tenía filas y filas de fotografías colgadas de pinzas de ropa como si fuera la colada del domingo. Mujeres atadas con correas de cuero o cuerdas. Bragas arrugadas o mordazas de pelota metidas en sus bocas. Azotadas o arrastradas con correas como perros.

Miranda volvió junto a la madre de Arianna, que seguía inconsciente.

—¿Es usted Cecilia Hernández? —preguntó—. ¿Anteriormente Cecilia Barros?

Cecilia entreabrió los ojos y, cuando vio a Miranda, se incorporó rápidamente. «¿Quién es usted?».

Miranda le mostró su placa. «Agente especial Miranda López. ATF».

De repente, se despertó por completo. Parecía asustada. «No puede estar aquí».

«Estoy investigando el asesinato de su hija».

—Tienes que irte. Si él te ve...

«¿Te refieres a tu novio? ¿Sigues viviendo con Elián Killington?».

Parecía aterrorizada. «Por favor, vete».

Miranda señaló hacia el cuarto oscuro.

«¿Es obra suya? No es precisamente Norman Rockwell».

«Oh, Dios».

Un Honda destartalado estaba estacionado bajo la cochera enrejada del exterior. Tenía una placa casera en la que solo se leía «EXEMPT». No tenía identificación estatal ni número de registro.

Miranda se encontró con Killington en el jardín delantero. No era lo que ella esperaba. Tenía perilla, llevaba gafas redondas y un gorro de lana. Parecía cualquier otro aspirante a artista.

Elián era el hijo ilegítimo de un rico empresario de Texas y una prostituta mexicana. Miranda había consultado sus antecedentes penales antes de partir hacia Texas. Tenía una serie de arrestos por drogas y violencia doméstica.

—¿Sr. Killington?

Elián hizo una mueca. —Esto es propiedad privada.

—Soy la agente especial Miranda López, de la ATF —dijo mostrando su placa.

Sus ojos se posaron en Cecilia y ella se estremeció.

«Estoy investigando lo que le pasó a Arianna».

Al oír esto, Elián se suavizó un poco. Cogió con naturalidad una Magnum .357 del asiento del copiloto de su Honda. Miranda se tensó.

«Entra», dijo él.

Una vez dentro, Elián dejó la Magnum en una mesita auxiliar y se sentó en la sala de estar con Miranda. Respondió a todas sus preguntas. Era la misma historia. Arianna era rebelde cuando era más joven, luego se involucró con esa iglesia y se mudó a Los Ángeles.

Entonces Miranda llegó a lo que realmente quería preguntarle.

—Sr. Killington, ¿a qué se dedica?

—Soy fotógrafo y cineasta.

«He visto algunos de sus trabajos».

«Es una nueva serie en la que estoy trabajando».

Se recostó en su silla y cruzó las piernas. «¿Sabe cómo llaman los franceses al orgasmo?», preguntó.

«No».

«*La petite mort*. Significa "la pequeña muerte". La idea es que, en el momento álgido del orgasmo, la persona siente una sensación de trascendencia, de muerte». La miró fijamente a los ojos.

«¿Dónde estabas la noche en que mataron a Arianna?».

«Estaba haciendo el casting de mi próxima película».

—¿Dónde?

«Alquilé una habitación en el Hampton Inn. Estuve allí toda la noche».

«¿Hay alguien que pueda confirmarlo?».

«El recepcionista. Y todas las actrices que vinieron a la audición».

«¿Tienes una lista con sus nombres?».

—Sí. —Descruzó las piernas y se inclinó hacia delante—. ¿Alguna vez has pensado en dedicarte a la actuación?

Miranda lo miró con cara de «¿en serio?».

«Creo que la pornografía es la forma de arte más auténtica. ¿Qué podría ser más primitivo? ¿Más honesto? ¿Más desnudo? Ya sabes, *Garganta profunda* fue un hito del cine pornográfico. Quiero que mi película sea un homenaje a eso. Se llama *Hole*. Trata sobre una mujer que no puede alcanzar el orgasmo, por mucho que lo intente, por muchos penes y vaginas que folle. Así que nuestra heroína va al médico y este descubre una anomalía fisiológica. El clítoris de la mujer está en su ano.

«Verás, se trata de Estados Unidos. La única forma en que esta putita puede correrse es haciendo sexo anal, algo que nunca ha hecho antes, algo que nunca ha querido hacer antes. Pero ahora, si quiere algún tipo de alivio, verás, tiene que hacerlo. Mucho. Mucho, mucho sexo anal. Ella simboliza a Estados Unidos y cómo todos estamos recibiendo por el culo y ¿qué podemos hacer?».

Hizo una pausa y esperó su reacción, y cuanto más esperaba, más segura estaba Miranda de que no estaba bromeando.

Recordó que, en su primer año en la clase de Arte Moderno de la Universidad Estatal de California en Los Ángeles, su profesor preguntó a la clase: «¿Existe el arte malo?». Era una pregunta retórica, pero ahora ella sabía que la respuesta era sí. Sin duda alguna, sí.

Dejó pasar el momento.

«¿Alguna vez le hiciste fotos a Arianna?», le preguntó.

«¿Estás loca?», dijo él, inclinando la cabeza. «Por supuesto que sí». Se levantó, se acercó a una estantería, sacó un viejo álbum de fotos y se lo entregó. «Era una de mis modelos favoritas».

Miranda sintió un nudo en el estómago. Abrió el álbum de fotos lentamente.

Dentro había fotos inocentes de Arianna y su madre en la playa, en el parque, junto a un lago. También había otras modelos. Novias y novios. Bodas. Todas ellas elegantes y tomadas con profesionalidad.

«Es mi portafolio para mi negocio de fotografía familiar y de bodas. Oye, incluso Andy Warhol trabajó en publicidad comercial antes de hacer *Blow Job*».

Después de su reunión con Elián, Miranda condujo hasta el Hampton Inn en McAllen para comprobar su coartada. El gerente tenía un registro de su estancia y lo recordaba bien, sobre todo por todas las mujeres que iban y venían.

Miranda llamó a cada una de las mujeres que hicieron la audición y reconstruyó una línea temporal. Elián estuvo en el hotel hasta las cinco de la mañana.

No es de extrañar que Arianna huyera de Texas para unirse a una secta. Pero tenía una coartada. Elián Killington podía ser un psicópata pervertido, pero estaba a dos mil cuatrocientos kilómetros de distancia cuando Arianna fue asesinada.

16

Ryan llevaba meses esperando el lanzamiento de la nueva generación de Glock y, cuando por fin llegó el día, fue uno de los primeros en hacer fila. Estaba esperando fuera de la armería cuando sonó su celular.

—¿Hola?

—¿Es Ryan Sheehan? —dijo una voz grave con un ligero acento tejano.

—Soy yo.

«Me llamo Chip. Conseguí tu tarjeta en la feria de armas de la semana pasada. Estoy interesado en hacer una compra».

«¿Busca algo en particular?».

La voz hizo una pausa. «Podría decirse que es más bien uno de esos casos en los que lo sabré cuando lo vea».

«No hay problema. Puedes venir hoy, si quieres». Le dio al interlocutor la dirección del rancho y acordó reunirse con él a partir del mediodía.

Ryan acababa de empezar a practicar tiro al blanco con su nueva Glock cuando una camioneta roja entró en el rancho alrededor de las 12:15 p. m. El conductor era negro. Salió del vehículo. Era bajito, pero no diminuto. Tenía un físico atlético y rasgos bien definidos. Ryan entendía que las mujeres lo encontraran atractivo.

Llevaba un sombrero de vaquero, una camisa vaquera, jeans oscuros ajustados y botas de vaquero. A Ryan siempre le había parecido curioso ver vaqueros negros, sobre todo porque estaba muy acostumbrado a las películas de John Wayne y Clint Eastwood. No le suponía ningún problema. Diablos, le encantaba Morgan Freeman en *Sin perdón*. Guardó su Glock en la funda cuando el hombre se acercó.

—¿Chip? —preguntó Ryan.

—Sí, señor.

—Ryan Sheehan.

—Encantado de conocerlo.

Se dieron la mano.

—Por aquí.

Ryan condujo a Chip al granero. Chip silbó cuando vio el almacén de Ryan.

«Todo es de segunda mano, pero lo compruebo y vuelvo a comprobarlo todo. Estoy muy orgulloso de mi inventario. Aquí no encontrarás nada que no valga la pena».

Chip asintió con la cabeza.

«¿Por dónde quieres empezar?», preguntó Ryan.

«¿Cuánto crees que vale todo esto?».

Ryan se encogió de hombros. «Bueno, tengo unos treinta rifles, unas veinte escopetas y alrededor de treinta pistolas y revólveres diversos, según la última vez que lo comprobé».

«Te daré cincuenta mil dólares».

Ryan no estaba seguro de haber oído bien.

—¿Cómo dices?

—Cincuenta mil dólares por todo.

Chip metió su camioneta en el granero y Ryan le ayudó a cargar las armas en la caja. Él era cincuenta mil dólares más rico y Chip tenía suficiente potencia de fuego como para armar una pequeña rebelión.

«¿Cómo te metiste en este negocio?», preguntó Chip.

«Bueno, vengo de una familia de militares, señor», respondió Ryan. «Mis antepasados han luchado en todas las guerras desde la Revolución Americana».

—¿Y tú? —preguntó Chip.

«Yo soy un tipo diferente de soldado».

—¿En qué sentido?

—En este momento, nuestro país está involucrado en múltiples guerras —dijo Ryan—. Están las obvias. Las que se libran en el extranjero contra los musulmanes. Luego, está la guerra en casa. La que se libra contra la verdadera América.

Chip lo pensó un momento y luego dijo: «¿Qué vas a hacer el resto de la tarde?».

—¿Por qué?

«Creo que hay alguien a quien deberías conocer».

Chip le hizo a Ryan ponerse una bolsa en la cabeza. Ryan habría protestado, pero el tipo acababa de pagarle cincuenta mil dólares, además de que eso le daba a todo el asunto un aire realmente genial de capa y espada. Además, Ryan se moría de ganas de ver lo que Chip tenía que mostrarle.

Estaba sentado en el asiento del copiloto de la camioneta. Chip estaba al volante. Se dio cuenta de que habían tomado un camino de tierra unos kilómetros atrás. La camioneta avanzaba dando tumbos y sacudidas.

Pronto, Ryan oyó el lejano estallido de un disparo de rifle. Se acercaba. Finalmente se detuvieron y Chip le dijo a Ryan que podía quitarse la bolsa de la cabeza.

Estaban en una zona remota y salvaje de Arizona. Robles de Emory y cipreses de Arizona rodeaban un campamento a orillas del lago.

«Bienvenido al campo de entrenamiento de Lord's Predators, sucursal de Arizona», dijo Chip.

Cuando Ryan y Chip bajaron de la camioneta, hombres y mujeres vestidos con pasamontañas y uniformes de camuflaje comenzaron a descargar las armas de la caja de la camioneta.

«Por aquí», dijo Chip. Ryan lo siguió a través del complejo. El estruendo de los disparos llenaba el aire como una dulce sinfonía. Hombres y mujeres con uniformes de camuflaje estaban alineados junto al lago, disparando rifles y pistolas a blancos.

En el patio de levantamiento de pesas, los miembros de la milicia levantaban pesas, golpeaban sacos pesados o se desplazaban por las barras de mono.

«Muscle Beach», dijo Chip con una sonrisa burlona.

Había un laberinto de madera contrachapada. Ryan observó a un equipo de miembros de la milicia ensayar cómo moverse por la estructura, despejar habitaciones, encontrar escondites y cubrirse unos a otros.

«Esto es la "casa de la muerte"», dijo Chip. «La utilizamos para el entrenamiento en guerra urbana».

Más adelante, Ryan vio a un hombre con un gi impartiendo una clase de artes marciales. «Y a esto lo llamamos "el dojo"», dijo Chip.

En el centro del campamento, había remolques dispuestos en círculo alrededor de una vieja cabaña de caza, que parecía ser el cuartel general del grupo. Los miembros de la milicia se congregaron allí y Chip presentó a Ryan. Lo saludaron con cautela. Se mostraron recelosos a la hora de quitarse las bufandas o pasamontañas o de usar sus nombres reales.

A las cinco en punto, todo el entrenamiento cesó y toda la unidad se agolpó alrededor de la cabaña de caza. Se quedaron completamente en silencio.

John Wilcox era un hombre blanco de unos cincuenta años con el cabello entrecano. A pesar del árido clima de Arizona, llevaba una gorra plana, una chaqueta de caza a cuadros, pantalones de tweed y zapatillas blancas New Balance. Si fuera un cóctel, sería un doble Evan Williams con un chorrito de whisky escocés de malta de dieciocho años. Salió al porche de la cabaña de caza como si fuera el general Patton.

«Creo en Estados Unidos», dijo Wilcox. «También creo que un gobierno sin control corre el riesgo de convertirse en una dictadura. Soy cristiano y creo que Estados Unidos es una nación cristiana, gobernada por las leyes de Dios.

El Gobierno federal nos dice que podemos matar a bebés en el útero, que un hombre puede acostarse con otro hombre, pero no hace nada ante la invasión que nuestro país está sufriendo desde el sur y Oriente Medio. ¡El enemigo nos rodea!».

Hubo gritos, vítores y aplausos airados.

«No creo en ceder ante lo que es políticamente correcto o ante el mínimo común denominador de lo que el gobierno federal considera aceptable. Creo en decir la verdad al poder. Los terroristas son musulmanes. Los cárteles de la droga son mexicanos. Y la Biblia es la única ley verdadera. ¡Y me importa un comino lo que los fanáticos liberales y los matones del gobierno tengan que decir al respecto! ¿Quién está conmigo?».

La multitud se encendió como libros en una hoguera.

Ryan se volvió hacia Chip, con los ojos brillantes. Solo tenía una pregunta.

«¿Cómo me uno?».

17

Durante las semanas previas al 4 de julio, D'Andre se acercó más a AK.

O, mejor dicho, AK lo mantuvo cerca. Haciéndole sentir como si formara parte del círculo íntimo. Quería asegurarse de que D'Andre no le fallara.

Para que la pandilla salvara las apariencias, era importante que fuera D'Andre quien acabara con Lamar. D'Andre tenía que vengar a Russ por las balas que iban dirigidas a él.

Así que D'Andre pasó la mayoría de las noches en el garaje y AK hizo todo lo posible por adoctrinarlo.

Probó la cerveza. Probó la marihuana. Probó el sexo. Sexo con chicas de barrio, pero sexo al fin y al cabo. Pero lo que realmente le interesaba a D'Andre eran los estudios de AK.

AK le daba charlas de horas sobre comportamiento organizacional, mercadotecnia, contabilidad, finanzas, estrategia y gestión de operaciones.

Joder, AK estaba empezando a cogerle cariño al chavito.

Una noche, el concejal demócrata Charlie Yu apareció en las noticias locales.

«La segunda enmienda dice: "Una milicia bien regulada,

siendo necesaria para la seguridad de un Estado libre, el derecho del pueblo a poseer y portar armas no será infringido". Repito: "Una milicia bien regulada"», dijo. «En la época de nuestros Padres Fundadores, a los ciudadanos se les garantizaba el derecho a portar armas solo para uso de la milicia. Hoy en día, contamos con la Guardia Nacional, lo que hace que la Segunda Enmienda sea irrelevante. La Segunda Enmienda no garantiza el derecho individual a portar armas, por lo que todas las armas de fuego civiles deberían estar prohibidas».

AK se rió y negó con la cabeza al ver a Yu en la televisión. «Este negro».

A la noche siguiente, Yu fue a ver a AK y este dejó que D'Andre asistiera a la reunión.

«Estoy harto de ir a Indianápolis a por material civil. Necesito esa mierda militar», dijo AK.

Yu se limitó a asentir.

Una semana después, llegó un envío de cajas desde Indonesia.

18

Ryan había oído los rumores sobre los hermanos de Arturo. Cómo importaban drogas para el cártel de Sinaloa. Pero Arturo era un miembro respetado de la comunidad. Según todos los indicios, era trabajador y honesto.

Eso es lo que todos decían de Gus Fring en Breaking Bad, pensó Ryan.

Eran poco más de las 10 de la noche y Ryan estaba apostado en su Bronco frente al garaje de Arturo, bebiendo de una botella de Wild Turkey. Podía ver la figura de Arturo en la ventana de la oficina. Estaba terminando con un cliente. Probablemente un mojado.

Ryan podía contar con los dedos de las manos el número de pequeñas empresas estadounidenses que había visto aparecer y desaparecer a lo largo de los años. Arturo podría haber nacido en Estados Unidos, pero eso no significaba que no fuera el enemigo.

¿Cómo carajos ese pequeño chingado había logrado superar las adversidades? No podía haberlo hecho. No sin hacer trampa.

Todos esos chingados siempre yendo y viniendo. Ryan estaba seguro de que utilizaba mano de obra ilegal, robando puestos de trabajo estadounidenses, y todos los mexicanos de tres condados lo patrocinaban. Este pequeño mojado había arruinado a todos los demás talleres cercanos.

No estaba bien.

Era antiamericano.

Y eso era antes de cualquier trabajo que todavía estuviera haciendo para el cártel. Arturo puede haber engañado a todos los demás, pero no a Ryan.

Los dos hermanos del tipo eran miembros del grupo del crimen organizado más violento y despiadado del planeta, pero ¿él era como un angelito? ¡Y una mierda! Si te creías eso, Ryan tenía arena de Sonora para venderte.

«El enemigo nos rodea». Ryan lo repetía como un mantra mientras el último cliente de Arturo de esa noche se largaba.

Arturo comenzó a cerrar el local.

Cuando Ryan entró, sonó el timbre de la puerta y Arturo levantó la vista de su trabajo y estaba a punto de decirle a quienquiera que fuera que había cerrado cuando reconoció a Ryan y sonrió.

Fue entonces cuando Ryan le disparó.

La bala alcanzó a Arturo en la cadera y este gritó y cayó al suelo.

Ryan parecía tan sorprendido como Arturo. Ambos tardaron un momento en procesar lo que acababa de pasar.

Entonces Arturo comenzó a arrastrarse. Desesperado. Aterrorizado.

Ryan vio cómo la sangre manchaba el piso de linóleo a su paso.

Arturo se acurrucó en un rincón de la habitación. No tenía adónde ir. Gimió: «Por favor, señor. No me mate. Tengo una hija. No me mate. Quiero volver a ver a mi hija. Por favor».

A Ryan no le gustaba lo que estaba diciendo. Para hacer esto, Ryan necesitaba que Arturo fuera una sola cosa. No un padre.

No una víctima. No una *persona*. Necesitaba que fuera una sola cosa, el enemigo, y nada más.

Porque esto era la guerra.

«Cállate la boca».

«Por favor. Solo fue un accidente. No diré nada. No diré nada».

Entonces Arturo empezó a llorar y eso fue demasiado.

«Mi hija...».

Ryan disparó al cuerpo de Arturo hasta que se calló. Y entonces todo quedó terriblemente en silencio.

El aroma a nitroglicerina y el olor metálico de la sangre flotaban en el aire. La colonia de la muerte. Dejó que lo envolviera, *que* lo *penetrara*.

Había matado por su país. Ahora era un soldado.

Esto es lo que soy y lo que siempre he sido, pensó.

Estaba inquietantemente tranquilo. Desvinculado.

Ryan regresó con John Wilcox y fue admitido formalmente en la milicia Lord's Predators.

19

Wilcox estaba orgulloso de Ryan y eso hacía feliz a Ryan. Caminaron juntos junto al lago. Ryan ya no tenía que llevar una bolsa en la cabeza cuando iba al recinto.

Habían pasado tres semanas desde el asesinato de Arturo. La investigación continuaba, pero la policía no encontraba motivos por los que alguien hubiera querido matarlo. Todo el mundo quería a Arturo. No sabían ni por dónde empezar.

Ryan pasaba todo el tiempo que podía en el complejo de la milicia. A menudo desaparecía del rancho durante días. Lance no tenía ni idea de dónde se metía su nieto. No entendía a Ryan, no sabía cómo comunicarse con él y era inútil intentar disciplinarlo. Así que Ryan iba y venía a su antojo. Parecía feliz y ya no volvía a casa con extrañas marcas, apestando a alcohol y estiércol de vaca, así que Lance lo consideró una victoria.

«¿Por qué celebramos al rey David?», le preguntó Wilcox a Ryan mientras paseaban por la orilla del lago. «Porque mató a Goliat y liberó a los israelitas de los tiránicos filisteos», respondió Wilcox. «Lo que quiero decir es que hay leyes humanas y hay leyes divinas. Las leyes de Dios son las que levantaron a los Estados Unidos de las cenizas de la tiranía inglesa. Y son las leyes de los hombres las que hoy la están violando».

Ryan asintió, absorto y reverente.

«Tus antepasados lucharon por este país. Dieron sus vidas. ¿Es esto por lo que lucharon? Nos corresponde a nosotros honrarlos. Continuar con su legado», dijo Wilcox. Puso su mano sobre el hombro de Ryan y lo miró fijamente a los ojos. «Nunca olvides el precio de la libertad».

A Ryan se le puso la piel de gallina.

Ryan nunca había sido atlético, ni había tenido ningún interés en los deportes, aparte de la caza y el tiro competitivo, pero después de unas semanas con la milicia, sentía que podría haber jugado al fútbol americano universitario.

Todas las mañanas comenzaban con un calentamiento de alta intensidad. Quince minutos de rodillas altas, saltos rápidos, patadas traseras, burpies, sentadillas con salto, flexiones y dominadas. Luego pasaban a una hora de entrenamiento de combate cuerpo a cuerpo. Boxeo, muay thai y judo.

El resto del día se dedicaba al entrenamiento táctico con armas de fuego.

Después de seis semanas, Ryan obtuvo la certificación y fue asignado a una unidad de patrulla fronteriza. La noche en que obtuvo la certificación, Ryan se quedó fuera de la cabaña con los demás, escuchando otro de los sermones de Wilcox.

«Una milicia bien regulada, siendo necesaria para la seguridad de un Estado libre, el derecho del pueblo a poseer y portar armas no será infringido». Repito: «El derecho del pueblo a poseer y portar armas no será infringido».

Las milicias ciudadanas son las que ganaron la independencia de Estados Unidos frente al rey Jorge. ¿Y cómo sobrevivieron los colonos a los nativos, los animales salvajes y los bandidos en la frontera salvaje? Este país fue construido por los estadounidenses y sus armas.

Como dijo una vez Thomas Jefferson: "El árbol de la libertad debe ser refrescado de vez en cuando con la sangre de patriotas y tiranos". No se equivoquen, hermanos y hermanas. Se avecina otra revolución».

¿Se avecina? Mierda. La revolución ya había comenzado.

20

La noche del 3 de julio, D'Andre volvió a casa de AK y dejó salir al cachorro. Lo observó desde la ventana con su AR-15. El arma le hacía sentir seguro.

Cuando el cachorro terminó de hacer sus necesidades, D'Andre abrió la puerta y lo llamó para que entrara. Llevó al perro a su habitación y colocó el AR-15 debajo de la cama. Luego se acostó en el colchón, acarició el pequeño cuerpo cálido y peludo del cachorro y aceptó el hecho de que, a la mañana siguiente, sería un asesino o estaría muerto, o ambas cosas.

A la mañana siguiente, D'Andre visitó a Russ en el hospital por primera vez. Habían pasado más de dos meses desde que le habían disparado. Varias cirugías y complicaciones médicas habían prolongado su estancia. Russ yacía en su cama conectado a una maraña de tubos intravenosos y cables de monitorización.

—¿D'Andre? —dijo Russ—. ¿Qué haces aquí? ¡Deberías estar fuera emborrachándote!

«No tengo sed», respondió D'Andre, sin poder mirar a Russ a los ojos.

Russ levantó un puño débil. —Feliz 4 de julio, amigo.

D'Andre le devolvió el saludo con un choque de puños. —Feliz 4 de julio. —Se sentó junto a la cama de Russ—. ¿Cómo te sientes?

Russ se encogió de hombros. «Estoy bien».

—¿Sabes cuándo te darán el alta?

«Mierda. ¿Quién sabe?», dijo Russ. «Supongo que veré los fuegos artificiales desde mi ventana».

D'Andre negó con la cabeza. «Ojalá ese negro supiera disparar».

«¿Y entonces qué?

«No estarías aquí».

«No. Tú sí, o en la morgue. Perra, sabes que soy más duro que tú», dijo Russ con una sonrisa burlona.

A D'Andre se le llenaron los ojos de lágrimas.

«Lamar está fuera de control», dijo Russ. «Pero me encargaré de él en cuanto salga de esta cama de hospital. Créelo».

«Hablé con AK», dijo D'Andre.

«¿Qué te ha dicho?».

D'Andre se sentó encorvado como si le hubieran dado un puñetazo en el estómago. Russ fingió no darse cuenta.

«Saldré pronto. Me encargaré de Lamar. Díselo a AK», dijo Russ.

D'Andre negó con la cabeza. «El 4 de julio es el único momento en que toda la pandilla de Spooky se reúne al aire libre. No solo vamos a acabar con Lamar, vamos a acabar con toda la banda de Spooky».

Russ se endureció.

«Yo me encargaré de Lamar», dijo. «Tú no vas a hacer una mierda, negro».

Una lágrima resbaló por la mejilla de D'Andre y enseguida se avergonzó de haber mostrado sus emociones. D'Andre se levantó.

«Oye, D., espera», dijo Russ.

D'Andre retrocedió hacia la puerta.

«¡No lo hagas, D'Andre! ¡Ese negro es mío!», dijo Russ mientras D'Andre salía corriendo por la puerta.

HABÍAN PASADO muchas semanas desde la muerte de Arianna y Marco Barros había permanecido notablemente en silencio, pero en la mañana del 4 de julio emitió un comunicado en el que condenaba la violencia armada sin sentido, pero reafirmaba su postura sobre el derecho a portar armas y su apoyo a la Asociación Nacional del Rifle (NRA).

«Si mi pobre hija hubiera estado armada esa noche, probablemente hoy seguiría viva», dijo.

Miranda estaba desayunando en el Hilton de Houston, Texas, cuando leyó la noticia en la página web de la CNN. Casi se atraganta con el café. ¿Cómo podía decir eso? ¿A qué demonios estaba jugando?

Es cierto que antes de la muerte de Arianna sus índices de popularidad eran bajos. Los tejanos consideraban que se había vuelto demasiado rico, demasiado viejo y demasiado moderado. Quedaba por ver cómo afectaría la muerte de su hija a su base electoral.

Pero esto...

Esto era jodidamente sacrílego.

¿El poder significaba tanto para él? Políticos. Malditos sociópatas. Todos y cada uno de ellos.

Miranda pagó la cuenta y se marchó antes de que le trajeran la tortilla que había pedido. Había perdido el apetito.

Estaba en Houston para las reuniones y exposiciones anuales de la NRA. Se iba a reunir con Jimmy McClean, que le iba a presentar a Paul Atkin. Era el director ejecutivo del Instituto de Acción Legislativa de la NRA. Esperaba que él pudiera ayudarla a encontrar algunas pistas.

Llegó a la convención, mostró sus credenciales y pasó por el control de seguridad. Siempre le había parecido curioso que estos eventos tuvieran una política de «prohibido el acceso con armas de fuego».

Pasó por los detectores de metales y entró en la sala de exposiciones. Los representantes de los fabricantes de armas tenían puestos en los que mostraban sus productos.

Ella observó las diferentes estrategias publicitarias. Algunos fabricantes se promocionaban como lo último en el mercado. Sus representantes se dirigían a los consumidores como Steve Jobs en una conferencia de Apple. De manera profesional y elegante.

Otros gestionaban sus stands como si fueran anuncios de cerveza en vivo. Mujeres de pechos grandes con camisetas cortas y ajustadas y pantalones cortos de camuflaje lucían rifles y pistolas. «Chicas de stand», así es como oyó referirse a ellas a un hombre.

En uno de los stands, observó a una niña con su padre. La niña no podía tener más de diez años. Examinó las diferentes pistolas de colores vivos y los diversos estampados. Cebra, guepardo, piel de serpiente, cocodrilo. Se quedó boquiabierta ante una Glock 42 de color rosa neón y le rogó a su padre que se la comprara. La pistola en miniatura tenía el tamaño perfecto para sus manitas.

Miranda se reunió con Jimmy McClean en una sala de reuniones. «¿En qué diablos está pensando Marco al hacer declaraciones como esa?», dijo.

«¿Cómo crees que conseguiste esta reunión? Así es como funciona», respondió McClean.

Mientras esperaban a Paul Atkin, ella le puso al día a McClean, quien no se mostró muy entusiasmado.

«¿Se ha enfriado la investigación?», preguntó él.

«¿En punto muerto? Nunca avanzó».

McClean parecía enfermo. Miranda sintió lástima por él. «Pero esta reunión podría ser de gran ayuda», dijo ella.

Paul Atkin entró en la sala. Era alto y delgado, con un espeso cabello oscuro que empezaba a encanecer en las sienes. Llevaba un costoso traje a medida y una sonrisa de un millón de dólares. «Siento haberles hecho esperar», dijo.

McClean le estrechó la mano. —Paul, esta es la agente especial Miranda López, de la ATF. Miranda, Paul Atkins, director ejecutivo del Instituto para la Acción Legislativa de la NRA.

Miranda le estrechó la mano. «Encantada de conocerlo».

«Igualmente. ¿Empezamos?».

Se sentaron alrededor de la mesa de reuniones.

«No hace falta decir que todos estamos consternados por lo que le ha ocurrido a la hija del senador Barros».

«Y le agradecemos mucho su ayuda, Paul», dijo McClean.

«Por supuesto. Todo lo que podamos hacer».

—El tirador tenía potencia de fuego —dijo Miranda—. Podría ser un miembro.

Paul se encogió de hombros. «Es posible».

«Es *probable*», dijo Miranda.

Paul la miró entrecerrando los ojos. «De acuerdo».

—La NRA recibe miles de cartas y correos electrónicos de sus miembros —dijo Miranda—. Necesito acceso a todo lo que mencione a Barros.

Paul resopló. «Menuda petición».

«Harás todo lo que puedas para ayudar, ¿verdad?».

«Sabes que no puedo compartir la información de nuestros miembros».

Miranda frunció el ceño. «¿No quieres ayudarnos a atrapar a esta persona?».

«Por supuesto. Pero no recurriendo a "registros e incautaciones injustificados"».

«Esto no es política», dijo Miranda.

Paul ladeó la cabeza. «Todo es político».

Después de la reunión, Miranda estaba furiosa. «Me dijiste que harías lo que fuera necesario. Prometiste que les plantarías cara».

«Lo haré», dijo McClean. «Pero no se puede cruzar un puente quemándolo. Déjame trabajar con él».

Miranda negó con la cabeza.

«Por favor. No te desanimes», dijo McClean. Su voz se quebró por la emoción. «Esto no tiene que ver con la NRA, ni con la política, ni contigo, ni siquiera conmigo. Tiene que ver con Arianna. Te lo ruego. Por favor, no la abandones».

Miranda se encontró con su mirada dolorida. Pobre bastardo. Dios mío. ¿De verdad estaba empezando a gustarle?

Miranda se dirigió al bar del hotel. Nunca había sido una gran bebedora, pero después de esa reunión, le apetecía un cóctel. Además, era el 4 de julio.

JACKSON PARK ESTABA ABARROTADO. Chicago era una ciudad muy fría la mayor parte del año, así que cuando hacía calor, los residentes aprovechaban.

Los corredores trotaban, los perros jugaban a buscar la pelota, la gente jugaba al béisbol, al frisbee o al fútbol. Lamar estaba con su pandilla, riendo y diciendo tonterías. Con una botella de cerveza en una mano y pasando un porro con la otra. Spooky era el maestro de la parrilla, con sus 136 kilos, cocinando perritos calientes, hamburguesas y alitas de pollo para sus soldados.

· · ·

EL FACTOR SORPRESA lo era todo.

Ryan observó a los ilegales desde unos cien metros de distancia. Él podía verlos, pero ellos no podían verlo a él. Hacía casi 38 grados, incluso con el sol poniéndose en el cielo de Arizona. Eran puntos negros lejanos que se movían en fila bajo el sol abrasador. *Como hormigas bajo una lupa*, pensó.

El escuadrón de Ryan estaba formado por él mismo y otros dos miembros de la milicia. Un hombre con sobremordida y una mujer con una trenza tan apretada que parecía que se le iba a desprender el cuero cabelludo. Al grupo le preocupaba que su todoterreno delatara su aproximación. Los migrantes los verían llegar y saldrían corriendo como cucarachas. Querían atrapar a toda la manada, así que continuaron a pie.

EL CALOR ERA AGOBIANTE. Lance se abanicaba la cara con su gorra bordada de veterano de Vietnam. Hacía varios días que no veía a Ryan. Pensó que estaría solo el Día de la Independencia, así que fue al rodeo, sobre todo para estar rodeado de gente.

Se puso de pie y se llevó la gorra al corazón mientras una vaquera regordeta cantaba el himno nacional.

SI LAMAR y sus amigos no hubieran bebido tanto licor de malta ni inhalado toda esa marihuana, se habrían dado cuenta de que hacía 35 grados y que los jóvenes que los rodeaban no necesitaban sus sudaderas holgadas.

LOS ESTABAN ACORRALANDO. Ryan desde el norte. Underbite desde el este. Hair Braid desde el sur. Los migrantes marchaban, inconscientes y agotados, hacia la trampa.

. . .

Cuando todos estuvieron en posición, atacaron.

Los tiradores con AK sacaron pistolas y escopetas recortadas de sus sudaderas y abrieron fuego.

Los migrantes levantaron las manos mientras miraban fijamente el rifle de Ryan.

Luchar o huir.

Lamar corrió para salvar su vida, mientras los cuerpos caían a su alrededor. Salió a la calle.

Buscando una salida. Cualquier salida. La voluntad de vivir era abrumadora.

Un migrante se abalanzó sobre Ryan. Este se quedó paralizado.

La camioneta le cortó el paso a Lamar y D'Andre salió y le apuntó con el AR-15.

La vaquera llegó al crescendo. «Sobre la tierra de los libres...».

· · ·

«MATA A ESE NEGRO», dijo AK desde el asiento del conductor de la camioneta.

«… Y EL HOGAR DE LOS VALIENTES?».

El público vitoreó. Se levantó la puerta del corral y un vaquero montó un toro salvaje. En el cielo, explotaron fuegos artificiales.

EL RIFLE DE RYAN DISPARÓ. El migrante cayó muerto.

LAMAR INTENTÓ AGARRAR EL RIFLE. D'Andre disparó una bala del calibre .223 al pecho de Lamar.

LOS MIGRANTES se agolparon como abejas.

«¡MIERDA!», dijo AK, cuando una patrulla policial encendió las luces y se dirigió a toda velocidad hacia ellos.

UNO DISPARÓ. Luego otro. Antes de que Ryan se diera cuenta, los tres estaban disparando.

AK PISÓ EL ACELERADOR A FONDO, dejando atrás a D'Andre.

LANCE SILBÓ Y VITOREÓ, mientras el vaquero se aferraba y más fuegos artificiales iluminaban el cielo, mientras que, en el desierto, Ryan y sus compañeros de armas disparaban a los migrantes indefensos y, en Chicago, D'Andre soltaba el rifle, levantaba las manos y era esposado por la policía. Una sombra oscura se cernió sobre su alma.

Ryan, Overbite y Hair Braid regresaron a su SUV y Ryan bebió agua a grandes tragos. Habían dejado los cadáveres en el desierto. Nadie los encontraría jamás y, aunque lo hicieran, a nadie le importaría.

21

Miranda le pidió al camarero otra copa de vino con un gesto. Divisó a McClean al otro lado de la barra. Él levantó su copa y ella le devolvió el gesto. Luego él le indicó el asiento vacío a su lado.

Tomaron una copa juntos y luego se trasladaron al patio exterior para ver mejor los fuegos artificiales.

—Estaba seguro de que me odiabas —dijo McClean.

—Solo creo que nunca salías de la casa de la fraternidad.

McClean sonrió. —Al menos no eres una mentirosa.

«Todos somos mentirosos».

«No es cierto, ¿sabes? Lo que dicen de mí».

—¿Ah, sí?

McClean se encogió de hombros. «Funciona mejor. El sexo vende».

Miranda negó con la cabeza.

«¿Alguna vez has estado enamorada?», preguntó McClean.

Pensó en Camilla. ¿Amor o lujuria?

—Solo me he enamorado una vez en toda mi vida —dijo McClean.

«¿Qué pasó?».

«Me metí en política y la perdí».

Los fuegos artificiales estallaron sobre ellos en un brillante despliegue de luz y color.

«¿No es agradable? ¿Hablar en lugar de gritarnos el uno al otro?», dijo Miranda.

«Está bien».

«¿Y si siempre fuera así?».

McClean se encogió de hombros. «La guerra no es algo tranquilo».

«No. Y todos tenemos nuestro papel que desempeñar, supongo», dijo Miranda mirando su copa de vino vacía. «Me ha encantado tomarme una copa contigo».

«Deberíamos repetirlo alguna vez».

Ella sonrió. «Buenas noches».

DE VUELTA en su habitación de hotel, Miranda llamó a Camilla, pero saltó el buzón de voz. *Debe de estar trabajando*, pensó Miranda.

Su teléfono sonó. Era un mensaje de McClean. «*¿Una copa antes de acostarte?*».

No había estado con un hombre desde antes de Camilla. ¿Cuánto tiempo había pasado? ¿Cuatro años?

¿Por qué se sentía tentada? ¿Era por su vulnerabilidad? ¿Era por tener poder sobre él? Ignoró el mensaje, tomó un Ambien y se acostó.

SU CELULAR la despertó a las cuatro menos cuarto. Aún no había salido el sol.

«¿Sí?», dijo.

—¿Agente especial Miranda López? Por su tono, se dio cuenta de que era algún tipo de policía.

—Hablo.

«Soy el detective Morris, del Departamento de Policía de Chicago. ¿Está usted a cargo del asesinato de Arianna Barros?».

«Sí».

«Ayer tuvimos un tiroteo en el que se utilizó un AR-15. Lo analizamos y dio positivo».

Miranda todavía estaba medio dormida. No estaba segura de haberlo oído bien.

«¿Perdón? ¿Qué?».

«Encontramos tu arma».

CUARTA PARTE

CONTRA TODOS LOS ENEMIGOS, EXTERNOS E
INTERNOS

22

En cuestión de horas, Miranda se encontraba en un laboratorio forense de armas de fuego en Chicago, examinando un AR-15. «El número de serie. ¿Se puede recuperar?», preguntó, señalando la zona raspada cerca del gatillo donde se había borrado el número.

«Lo intentamos, pero quien lo borró sabía lo que hacía», respondió el técnico del laboratorio.

El detective Morris era un bulldog calvo con ojos azules penetrantes. «El tirador está esperando en la sala de interrogatorios», dijo.

Estaba sentado en la sala de interrogatorios mirando al suelo. No parecía un asesino, pero Miranda sabía que las apariencias podían engañar.

—¿De dónde sacaste el rifle?

No respondió.

«Puedo ayudarte», dijo ella. Se inclinó hacia adelante, tratando de captar su mirada. «¿Quieres pasar de veinticinco años a cadena perpetua?».

Silencio. D'Andre no dijo ni una palabra.

Los ojos rojos e hinchados de la madre de D'Andre sugerían que había estado llorando. Estaba sentada en la sala de interrogatorios, retorciéndose las manos.

Miranda sentía lástima por ella. Una de las cosas que más detestaba era ver sufrir a una madre, después de haber visto a la suya trabajar sin descanso por sus hijos.

«¿Puede hablarme de los amigos de D'Andre? ¿De la gente con la que se junta?», preguntó Miranda.

—No lo sé. Niños del barrio, supongo...

—¿Estos chicos tienen nombre?

Rosslyn bajó la mirada. —Trabajo mucho. No estoy en casa tanto como debería.

—Lo entiendo —dijo Miranda.

«No. No lo ves así. Lo miras y solo ves a otro joven negro enojado con un arma. Es un buen chico». Ella rompió a llorar. «¿Cuándo podré ver a mi hijo?».

Miranda le entregó un pañuelo de papel.

Miranda se sentó frente a Shanay. «¿Te puedo traer algo? ¿Un refresco? ¿Café?».

Shanay la miró fijamente.

«Sabes que no estás en ningún problema, ¿verdad?», dijo Miranda. «Voy a traer a todos los amigos de D'Andre. Espero que alguno de ustedes pueda ayudarme en mi investigación».

Shanay se recostó, frunció los labios y cruzó los brazos.

«¿No tienes nada que decir?», preguntó Miranda. «Está bien. No pasa nada. Si no sabes nada, no sabes nada. Pero es mi deber advertirte que, si ocultas información, puedes ser acusada de un delito llamado obstrucción a la justicia. En este caso, sería un delito grave. He visto a gente condenada a cinco años por obstrucción grave. Eso es lo que recomendaré para cada persona que descubra que está ocultando información. Verás, no soy policía normal. Soy de la ATF. Somos federales. Tenemos bastante más poder».

«No sé nada», dijo Shanay.

«Cinco años. Tu hijo tendría entonces, ¿cuántos, ocho años?».

«¡No hables de mi hijo!».

«Pasaría su infancia en el sistema. ¿Te reconocería siquiera cuando salieras?».

A Shanay le temblaba el labio. El dolor de una madre. «Acabas de decir que no tenía ningún problema».

«No lo estás. Porque no sabes nada. Me estás diciendo la verdad, ¿verdad? Porque una vez que salgas de esta habitación, no habrá vuelta atrás».

«Ya te lo he dicho, no sé nada».

«Genial. Entonces no tienes nada de qué preocuparte. Gracias por tu tiempo, Shanay. Puedes irte».

Shanay se levantó de la mesa de entrevistas. Su cuerpo estaba tenso. Dio un par de pasos vacilantes hacia la puerta y luego se detuvo.

—Lo siento, Shanay. No quiero apresurarte, pero tengo que entrevistar a mucha más gente. —Miranda le indicó que se marchara. —Por favor...

—Puede que haya oído algo... No sé... Sobre una armería en Indianápolis...

Miranda sonrió.

MIRANDA LLAMÓ A BOB GRECO, del FBI, y le puso al corriente de la investigación. Él consiguió coger un vuelo y llegar a Chicago esa misma noche. A la mañana siguiente, se dirigieron en coche a Gary, Indiana.

El timbre de la puerta sonó cuando entraron en Patriot Guns. Sal levantó la vista desde detrás del mostrador e inmediatamente sospechó. Treinta años como policía en Indianápolis le habían enseñado que los federales se comportaban de una manera determinada. Como si fueran los dueños de todos los edificios en los que entraban. Resistió el impulso de escupir.

«Bienvenidos a Patriot Firearms», dijo, obsequiándoles con su sonrisa de vendedor.

Le mostraron sus placas.

«Tenemos que hacerle algunas preguntas», dijo Miranda, mientras colocaba una bolsa de armas sobre el mostrador, la abría y le mostraba el rifle AR-15 que había dentro. «Usted vendió esto la semana pasada a dos jóvenes».

«No, señora. No se vendió en mi tienda», respondió Sal.

«Tenemos un testigo que dice lo contrario», dijo Greco.

Sal señaló con el dedo al aire. «Ese rifle se vendió fuera de la tienda».

—¿Quién lo vendió? —preguntó Miranda.

—Por mí —respondió Jesse, que entró desde el almacén.

«¿Dónde está el 4473?», preguntó Greco.

«No hay ninguno», respondió Jesse. «Fue una venta privada. Como ha dicho Sal, se vendió fuera de la tienda».

—Mira, yo dirijo un negocio honesto —dijo Sal.

Miranda lo miró con ojos duros. —¿Dónde conseguiste el arma? —le preguntó Miranda a Jesse.

«No creo que tenga que decírtelo», respondió Jesse.

—¿Por qué no? —preguntó Miranda.

—No he infringido ninguna ley. Tengo derecho a la privacidad.

«Le han quitado el número de serie», dijo Greco.

«Es nuevo para mí», dijo Jesse. «Tenía uno cuando lo vendí».

Miranda ya estaba harta de tanta mierda. «Vale, imbécil», dijo. «Supongo que ves las noticias». Señaló el rifle. «¿Sabes qué es esto? Es el rifle que mató a la hija del senador Barros».

Jesse palideció.

—¿Y qué haces con él? —dijo Miranda—. ¿Quizá estás ayudando a deshacerse del arma homicida? Eso te convertiría en cómplice. Joder, ¿quizá la mataste tú mismo?

«¡Nada de eso es cierto!», Jesse estaba sudando.

Miranda sacó las esposas. —¿Te parece que me importa un carajo?

«Esto no es legal», dijo Sal.

Miranda lo miró y sonrió. «Llámalo una laguna legal». Se volvió hacia Jesse. «Las manos en la cabeza».

—Lo compré en una feria de armas —dijo Jesse, rebuscando en sus bolsillos.

«¿Dónde?».

«En Arizona».

«¿Tienes el nombre del vendedor?».

Jesse rebuscó en su cartera. «Aquí». Le entregó una tarjeta. *Ryan Sheehan. Ventas privadas. (520) 458-0927.*

EL FIM-92 STINGER es un lanzamisiles tierra-aire portátil con guía por infrarrojos que puede ser disparado desde el hombro por un solo operador. El misil mide 1,5 metros de largo y 7,6 centímetros de diámetro, con aletas de 10 centímetros. Tiene un alcance de hasta 4572 metros, lo que lo convierte en una opción ideal para derribar drones, aviones y helicópteros a baja altitud.

En teoría, un solo hombre situado a pocos kilómetros de un aeropuerto podría derribar fácilmente un avión de pasajeros.

Cuestan alrededor de treinta y ocho mil dólares cada uno.

Wilcox tenía a un tipo que le iba a vender cuatro por trescientos mil, lo cual era una ganga en el mercado negro.

No se sabía mucho sobre Wilcox ni sobre dónde había conseguido todo su dinero. Era probable que hubiera servido en alguna rama de las fuerzas armadas. Sabía demasiado sobre entrenamiento y tácticas militares como para no haberlo hecho.

Pero Ryan también sabía, o al menos tenía una fuerte sospecha, de que Wilcox no era la punta de la pirámide.

Por un lado, los Stinger solo se quedarían en el complejo una noche. Por la mañana, los recogerían y los trasladarían, presumiblemente para utilizarlos en operaciones en otras partes del país.

Lo que significaba que había otros. Ramas, unidades, células. Como quieras llamarlos.

No, Wilcox no era general. Era coronel, como mucho.

Lance nunca dormía toda la noche. La mayoría de las mañanas se despertaba alrededor de las tres o las cuatro, se ponía los audífonos y veía Amazon Prime o Netflix en su viejo iPad 3 hasta que se volvía a dormir. Su hijo le había regalado el iPad por Navidad hacía unos ocho años. Lance nunca imaginó que lo usaría, y al principio no lo hizo, pero finalmente cedió y se lo llevó para ver películas en un vuelo de cinco horas al funeral de un viejo amigo del ejército. Le resultó terapéutico. Solo los audífonos, la pantalla y la historia que tenía delante. Sus pensamientos y recuerdos a menudo le parecían un lastre y, aunque nada podía liberarlo de ellos, las historias que veía en su iPad al menos le permitían olvidarse por un rato.

Era poco después de la una de la tarde y Lance estaba echando una siesta en el porche de su casa. El iPad descansaba en su regazo y uno de los audífonos colgaba de su cabeza, habiéndose salido de su oído. Miranda y Greco se acercaron.

Cuando era más joven, habría sido imposible acercarse sigilosamente a Lance. La edad había embotado sus sentidos y aumentado su paranoia.

—¿Disculpa? —dijo Miranda.

Lance se despertó sobresaltado. «¿Qué quieren?». Tenía un rasguño en un lado de la cara, como si se hubiera caído recientemente.

—Estamos buscando a Ryan Sheehan —dijo Miranda. Mostraron sus placas—. ¿Está en casa?

Lance entrecerró los ojos. —¿Son federales?

—No está en ningún lío. Solo queremos hacerle unas preguntas —dijo Greco.

—¿Sobre qué?

Miranda y Greco intercambiaron miradas.

—¿Es usted pariente suyo? —preguntó ella.

—Soy su abuelo.

«¿Y su nombre es...?».

«No es asunto suyo». Lance dilató las fosas nasales.

Miranda hizo una pausa y luego dijo: «Estamos tratando de localizar un arma de fuego que se utilizó en un delito. Creemos que su nieto pudo haber poseído y vendido esta arma. No creemos que su nieto haya infringido ninguna ley. Solo queremos saber dónde consiguió el arma».

Lance los miró de arriba abajo como si fueran ganado y luego se burló. —Buena suerte.

«¿Ryan vive aquí?», preguntó Miranda.

—Viene de vez en cuando, pero nunca se queda mucho tiempo —respondió Lance—. Pero, aunque lo encuentren, dudo que pueda decirles nada. Hay demasiadas armas entrando y saliendo.

«Gracias por su tiempo», dijo Miranda, ofreciéndole su tarjeta. Él no la tomó, así que ella la dejó en el escalón del porche y luego ella y Greco regresaron a su Toyota Camry rentado.

LA VERDAD ERA que Ryan ya casi nunca estaba en casa. Lance estaba preocupado. Hacía unos días, Ryan había regresado en medio de la noche. Solo estuvo en casa media hora, pero fue tiempo su e para que Lance escondiera su iPhone en el Bronco de Ryan. Había aprendido a usar la aplicación «Buscar mi iPhone» hacía un par de años mientras jugaba con su iPad.

Lance rastreó el Bronco de Ryan hasta el medio de la nada. Preocupado por lo que pudiera encontrar, Lance optó por un enfoque sigiloso.

Escudriñó el recinto desde la distancia con sus binoculares de caza. Vio a los fundamentalistas vestidos con ropa de camuflaje entrenando y jugando a la guerra.

Jesús. Su nieto estaba pasando el rato con unos malditos terroristas.

Lance se acercó al recinto y fue detenido por un par de guardias armados.

«¡Alto!», dijeron, levantando sus rifles.

«Vengo a recoger a mi nieto».

«Esto es propiedad privada», dijo uno de ellos, dando un paso adelante. «Tiene que dar media vuelta».

Lance apartó el cañón del rifle de un golpe y le dio un puñetazo en la nariz. El otro guardia derribó a Lance. La tierra arenosa le arañó un lado de la cara. El miliciano con la nariz rota apretó su arma contra el cráneo de Lance y movió el dedo hacia el gatillo.

«¡No!», le dijo el guardia a su enfurecido compañero. «Aún no es el momento».

Tras un momento, el miliciano bajó el rifle.

«Lárgate de aquí, viejo».

Después de que Miranda y Greco se marcharan, Lance estaba hecho un desastre. No podía dejar de pensar en Ryan. ¿Y si esos locos milicianos le hacían algo a Ryan por su culpa?

Aún no es el momento. Eso fue lo que dijo el miliciano. Significaba que el momento se acercaba. El momento en que realmente apretarían el gatillo.

Estaban haciendo planes.

¿Cuánto tiempo duraría la batería del iPhone escondido?

Pronto perdería a Ryan para siempre. No podía. No podía perder a otro hijo. El reloj seguía corriendo y se estaba quedando sin opciones.

No confiaba en los federales, pero más vale malo conocido...

Se bebió un cuarto de botella de whisky irlandés, luego salió al porche y cogió la tarjeta de Miranda del escalón. Descolgó el teléfono fijo y marcó.

MIRANDA Y GRECO no estaban lejos. Habían estado vigilando toda la noche a las afueras del rancho, con la esperanza de atrapar a Ryan cuando regresara. El celular de Miranda sonó.

—Agente especial López.

—A veces creo que somos una nación de extremistas sin puntos en común, sin espacio para el entendimiento —dijo Lance lentamente. El whisky aún le calentaba el estómago—. Si te digo dónde está, prométeme que lo traerás a casa.

Miranda hizo una pausa. —Sr. Sheehan, le doy mi palabra.

MIRANDA Y GRECO utilizaron la cuenta de iCloud de Lance para rastrear el iPhone hasta el complejo de la milicia. Esto iba a ser complicado. El lugar era propiedad privada y no tenían una orden judicial. La milicia estaba fuertemente armada, pero no parecía estar infringiendo ninguna ley. Miranda y Greco sabían que su presencia solo serviría para antagonizarlos. Todo el asunto tenía el potencial de volverse mortal rápidamente.

Así que esperaron. Era lo único que podían hacer.

WILCOX DECIDIÓ que usarían la Bronco. Las camionetas pickup eran demasiado arriesgadas. La carga sería visible. Lo último que necesitaban eran miradas indiscretas. Ryan estaba más que feliz de ofrecer su vehículo.

Wilcox también había elegido a media docena de miembros de la milicia para que los siguieran en tres jeeps. Por si acaso. Ryan sabía que estos soldados eran considerados por Wilcox como la flor y nata. Ryan estaba encantado de estar entre ellos.

Una vez que todos tuvieron clara la operación, se subieron a sus vehículos y el convoy salió serpenteando del recinto.

MIRANDA DORMÍA en el asiento del copiloto cuando Greco notó actividad en la aplicación «Buscar mi iPhone». La sacudió suavemente. «Se están moviendo».

EL SOL COMENZABA A PONERSE y Ryan no veía nada a su alrededor más que un océano de desierto. Supuso que estaban en algún lugar cerca de la frontera.

Más adelante, vio cuatro vehículos estacionados en forma de luna creciente. El convoy no tenía más remedio que encontrarse con los vendedores en la zona de muerte.

MIRANDA y Greco los seguían a varios kilómetros de distancia, para no ser vistos en el desierto abierto. No tenían visión del

Bronco de Ryan y la señal del GPS se había perdido. Pero no importaba. Podían seguir las huellas de los neumáticos.

EL CONVOY se detuvo en el lugar de encuentro y Ryan se bajó con los demás miembros de la milicia. Cada uno de ellos iba armado con un AR-15. El rifle estadounidense.

«AHÍ ESTÁN», dijo Miranda, al ver unas luces en la distancia. Greco estacionó el Camry fuera de la vista.

Salieron y rodearon el maletero. Dentro había un par de chalecos tácticos con las siglas «ATF» y «FBI» escritas en grandes letras blancas, respectivamente.

Era hora de equiparse.

Miranda deslizó la corredera de su Glock y luego guardó el arma en la funda del pecho de su chaleco. Greco cargó una escopeta Remington 870 Express y deslizó cartuchos adicionales en el panel de velcro de su pecho.

Subieron a la cima de una cresta rocosa, se agacharon y observaron el lugar de la cita con prismáticos.

El lugar le recordó una historia que había oído sobre cómo, cuando los antiguos gánsteres de Las Vegas pillaban a alguien haciendo trampas en su casino, lo llevaban a ocho millas del desierto y lo enterraban a dos metros bajo tierra. Lo eliminaban.

Nunca pasaba nada bueno tan lejos en el desierto.

Desde luego, nada legal.

RYAN ESTABA EMOCIONADO. Todo parecía sacado de una película. Los vendedores se comportaban como soldados. Gorras, gafas de sol y bragueros. Sostenían sus rifles con el cañón hacia abajo y la culata fuera del brazo.

El tipo que parecía estar al mando se acercó a Wilcox. Llevaba botas de montaña, vaqueros, una camisa negra de campamento y un sombrero de vaquero. Era chino.

«¿Todo esto es necesario?», dijo Wilcox, señalando al grupo armado.

Después de todo, las armas ya estaban pagadas. Si alguien tenía que preocuparse por que le estafaran, ese era Wilcox.

—Parece que están haciendo algún tipo de trato —dijo Greco, con los binoculares en forma de copa sobre los ojos—. Deberíamos informar de esto.

«¿Cómo?». Estaban en una zona sin cobertura. Sin señal de celular. Sin frecuencia de radio. El maldito Salvaje Oeste.

Era extraño ver a un chino con un sombrero de vaquero.

En *Breaking Bad*, solo se veía a blancos o mexicanos en este tipo de tratos.

Todo el montaje le recordó a Ryan aquella escena en la que Walter White estaba en el desierto y miró a los malos a los ojos y les dijo: «Di mi nombre».

Ryan pensó en cuál debería ser su apodo cuando empezara a hacerse famoso.

Wilcox les dijo a sus hombres que se quedaran atrás. Caminó con el chino hasta la parte trasera de una de sus camionetas. Dentro había cuatro cajas del tamaño y la forma de ataúdes para bebés. Wilcox abrió una de las cajas, rebuscó entre la viruta de madera y sacó un lanzamisiles Stinger.

«¡Joder!». A ambos se les revolvió el estómago.

Cuando Miranda pensaba en las milicias de extrema derecha, solía imaginarse a una docena de desempleados, basura blanca rechazada por el ejército, pasando el rato con rifles de Walmart y hablando de cómo tenían que echar a todos los mexicanos. Esto definitivamente no era eso.

«¿Qué hacemos?», dijo Greco. «No estamos equipados para esto».

«Volvamos al coche», dijo Miranda.

Avanzaron por el oscuro desierto.

No se oía nada más que el sonido ocasional de una suave brisa.

A pesar del estrés de la situación, encontró el entorno relajante. Si alguna vez se quedaba sorda, se mudaría al desierto. Era uno de los pocos lugares del mundo que hablaba más alto sin sonido.

El zumbido interrumpió sus cavilaciones. Era extraño oír una abeja por la noche. No era natural. Entonces, su rostro se volvió ceniciento. No era una abeja.

El dron revoloteaba a unos seis metros del suelo, observándolos con su ojo de visión nocturna. Las palabras «ATF» y «FBI» estaban estampadas en sus chalecos como letras escarlatas.

Los hombres de Wilcox estaban cargando las cajas en el Bronco cuando el chino recibió una llamada telefónica. Escuchó, sonrió cortésmente a Wilcox y se alejó unos pasos.

Luego disparó a Wilcox en la nuca con una Magnum .357.

Fragmentos del cráneo y materia cerebral cayeron al suelo como confeti.

· · ·

SONÓ como el estallido de granos de maíz.

Miranda corrió de vuelta a la cresta y observó el horizonte con sus binoculares.

La milicia estaba ansiosa por un tiroteo y lo había encontrado. Bajó los binoculares, pensó en Camilla y luego corrió hacia la pelea.

—¿A dónde vas? —dijo Greco—.

«Si perdemos a Ryan Sheehan, perdemos nuestra única pista».

RYAN NO PODÍA MOVER las piernas ni respirar. Se quedó allí paralizado mientras los rifles disparaban a su alrededor. Era diferente cuando los demás podían devolver los disparos.

Un miliciano corrió hacia él e intentó sacarlo de su letargo. El miliciano recibió una bala en la yugular. Su sangre salpicó la cara de Ryan. Eso surtió efecto.

Ryan soltó su rifle y huyó hacia las zarzas del desierto.

MIRANDA PODÍA CORRER una milla en seis minutos. Esta la haría en cinco.

RYAN YACÍA boca abajo en la oscuridad. Vio cómo sus compañeros eran abatidos uno por uno. Entonces, las armas callaron. Sus hermanos y hermanas de armas yacían muertos en el suelo.

La matanza había terminado. Ahora era el momento de la caza.

El enemigo se dispersó y registró la zona en busca de supervivientes.

«Tengo uno», dijo uno de ellos, mientras apuntaba a un miliciano que huía para salvar su vida en el oscuro desierto. Una sola presión del gatillo lo derribó.

Estos tipos no tomaban prisioneros.

No había ningún lugar adonde ir. Y Ryan estaba desarmado.

MIRANDA SE ARRASTRÓ y se refugió detrás de uno de los jeeps. Se deslizó debajo del vehículo mientras un mercenario patrullaba por allí.

«Ponte de pie, maldita sea», oyó decir a uno de los hombres armados.

Vio a Ryan ponerse de pie. Las lágrimas le corrían por las mejillas y la mocos le burbujeaban en las fosas nasales.

«Este parece un adolescente», dijo el pistolero. «¿Te gusta jugar a G.I. Joe?».

Desde debajo del Jeep, Miranda sopesó los pros y los contras de su situación.

Contras: tendría que eliminar a otros dos hombres antes de poder llegar hasta el pistolero que tenía a Ryan. Contras: los disparos sin duda atraerían la atención de los demás pistoleros de los alrededores. A favor: como agente de la ATF, Miranda había recibido un entrenamiento exhaustivo en el manejo de armas de fuego. En contra: llevaba más de un año sin practicar el tiro. En contra: nunca había disparado a una persona viva. A favor: tenía el factor sorpresa. Todos sus objetivos le daban la espalda. En contra: tendría que identificarse.

Eso hacía dos pros contra cinco contras. Probablemente no saldría viva de esta.

Ryan se orinó en los pantalones.

Los pistoleros se rieron.

Miranda volvió a pensar en Camilla y salió silenciosamente de debajo del Jeep. «Agente federal».

El primer objetivo era el más cercano. Se giró con el rifle en las manos. Ella apretó el gatillo y dio en el blanco, partiéndole la sien. Tuvo que ajustar rápidamente la mira para apuntar al segundo objetivo. Disparó tres tiros seguidos. Las dos primeras balas pasaron por encima de su hombro derecho y la tercera se alojó justo encima de su chaleco, en la clavicula. No lo mató, pero fue suficiente para que dejara de ser una amenaza.

Esto le dio a su objetivo principal tiempo suficiente para apartarse de Ryan y apuntarle con su rifle. Su entrenamiento entró en acción. Se arrodilló y respiró hondo mientras las balas pasaban volando por encima de su cabeza. Apuntó con cuidado, exhaló y apretó el gatillo.

Fue un tiro perfecto. Justo entre los ojos.

Sin embargo, no tuvo tiempo de apreciarlo. Los demás estarían de camino. Corrió hacia Ryan, lo agarró del brazo y echó a correr de vuelta hacia la cresta.

Greco todavía estaba corriendo hacia el lugar cuando vio a Miranda corriendo hacia él con Ryan. Greco había dejado de fumar hacía cinco años, pero no antes de que su hábito de fumar un paquete al día le destrozara los pulmones.

Oyeron el estallido de los rifles.

«Contigo», dijo Miranda. Corrió en zigzag con Ryan por el desierto abierto. Las balas explotaban en nubes de arena a sus pies o silbaban junto a sus cuerpos, fallando por centímetros.

Encontraron refugio en un barranco poco profundo. El Camry estaba justo al otro lado de la siguiente elevación.

«Ve», dijo Greco, agarrando su escopeta.

Miranda se levantó con Ryan y corrió la última parte de su maratón.

Cuando oyó el estallido de los rifles, Greco se levantó de su refugio y respondió con ráfagas de escopeta, manteniendo a raya a los perseguidores.

Miranda y Ryan siguieron adelante. Sin mirar atrás. Cincuenta yardas. Cuarenta.

Greco se agachó y recargó.

Los rifles callaron.

Greco esperó en su escondite.

¿Se habían retirado?

Asomó la cabeza por el borde y una bala de alto calibre le destrozó el lado izquierdo de la cara.

Greco cayó hacia atrás en el barranco y se atragantó con sangre.

Miranda llegó a la cima y miró por encima del hombro lo suficiente como para ver varias figuras oscuras de pie junto al cuerpo inerte de Greco.

Los destellos de los cañones anunciaron la muerte de Greco.

Su Toyota de cuatro puertas, su salvación, estaba estacionado justo delante. Cuando vio que las llantas habían sido pinchadas, ya era demasiado tarde. El chino y un grupo de hombres armados habían estado esperando. Activaron su trampa.

Miranda y Ryan quedaron rodeados.

El chino vaquero evaluó a Miranda y luego hizo una señal a sus hombres.

La bala le alcanzó en la nuca, haciendo que su cabeza se echara hacia atrás y su sombrero de vaquero saliera volando por los aires. El disparo había sido silenciado, pero provenía de algún lugar por encima de ellos, por lo que los pistoleros levantaron sus rifles y escudriñaron la línea de la cresta.

Miranda se lanzó sobre Ryan mientras llovían balas desde arriba. Pequeños meteoritos acribillaban a los pistoleros como si fueran muñecos de alfileres.

Los pistoleros levantaron los brazos e intentaron rendirse, pero el ataque continuó.

Cuando el polvo del desierto se asentó, Miranda quedó agachada con Ryan en medio de un círculo de cadáveres.

El hombre con el rifle FN SCAR silenciado descendió de la

cresta. Era de estatura y complexión medias y tenía un aire tranquilo, casi ausente. No parecía ni se mostraba tan amenazador como debería.

Miranda levantó su Glock.

—Tranquila —dijo el hombre—. Trabajo para Marco Barros.

Miranda le apuntó con la pistola, con el brazo tembloroso.

—¿Quién carajos es usted?

Su voz era a la vez firme y tranquilizadora.

—Llámame Cal.

23

Un grito suena igual en cualquier idioma.
También lo es una risa.
Y una bala.

EL CHICO APRETÓ EL GATILLO.

EL CHICO SE LLAMABA RODRIGO. Trabajaba como vigía para la *banda* local MS. Era un trabajo voluntario. No le pagaban por ello. Lo hacía para ganarse el respeto.

Rodrigo no tenía ni un dólar a su nombre, así que cuando Cal le dio los cien, fue como ganar la maldita lotería.

Nunca había tenido suficiente para poder permitirse una pistola de verdad y, además, la *pandilla* no quería que nadie más llevara armas en su territorio.

Por un lado, en el país de los ciegos, el tuerto es el rey, al igual que en el barrio, donde nadie lleva armas, los hombres con las Glock 22 y las MAC-10 llevan la corona.

Estos pandilleros eran partidarios del control de armas todo el tiempo.

Pero, sobre todo, un delito relacionado con armas suponía muchos años de cárcel y podía llevar a que la gente delatara la identidad y las actividades delictivas de los miembros de *la pandilla*.

El barrio tenía ojos.

Pero Rodrigo nunca se delataría. Era un tipo duro. Al menos, eso quería ser.

Claro, tenía el tatuaje de la MS13, pero el tatuaje no significaba realmente nada. Todos en el barrio lucían tatuajes de la MS. Se trataba más de una identidad nacional que de una afiliación a una pandilla. A los líderes de la MS13 no les importaba porque así era más difícil para las fuerzas del orden distinguir entre los que solo fingían ser pandilleros y los que realmente lo eran.

La verdad era que pocas personas con tatuajes de la MS eran miembros de pleno derecho.

Los miembros incondicionales, los que controlaban el barrio, eran la *clica*, la pandilla. Cada *clica* controlaba su territorio y solo respondía ante *la mesa*, o la mesa. El consejo gobernante.

La clica local solo tenía unos diez miembros.

Miembros incondicionales.

Por debajo de ellos estaban los asociados. Los que subían en la jerarquía. La próxima generación de miembros incondicionales.

Y, por último, estaba el grupo más grande. Al que pertenecía Rodrigo. Los no iniciados. Los aspirantes.

Rodrigo le quitó el arma a un adicto al crack que intentó robarle. El tipo estaba flaco como una tabla y tan drogado que no veía bien, así que a Rodrigo le resultó fácil dominarlo. Le dio en la cabeza con un ladrillo y lo dejó sangrando en la acera. A la mañana siguiente, ya no estaba allí, así que Rodrigo supuso que había sobrevivido. De cualquier manera, le importaba un carajo.

La pieza parecía algo que se podría comprar en Toys R Us. Era pequeña y sentía que, si se esforzaba lo suficiente, podría aplastarla con la mano como una lata de Coca-Cola.

Había visto armas similares antes. La gente las llamaba «pistolas de puta». Unas Saturday Night Special. Su plan original era usarla para atracar a gente hasta tener suficiente dinero para comprarse una pistola de verdad.

Entonces Cal entró en su vida.

Un forastero que preguntaba por la *clique*.

Era su oportunidad de ascender.

Cal sería su golpe de iniciación. Estaría dentro.

Un socio.

El arma estaba cargada con una bala del calibre 22, que en realidad era más peligrosa a corta distancia que las municiones de mayor calibre, porque la bala solo tenía energía suficiente para penetrar el cráneo, pero no para salir, por lo que básicamente rebotaría dentro de la cabeza, convirtiendo el cerebro en guacamole.

Rodrigo diría que el tipo se acercó buscando meterse en la *clica*, así que lo fumó como si fuera kush.

Ese era el plan, pero entonces la *maldita* pistola se encasquilló.

No se puede forzar el destino.

Después de que la pistola de juguete fallara, Cal suspiró, se dio la vuelta e hizo lo que tenía que hacer. Sin embargo, fue indulgente con el chico. Solo le rompió la muñeca. El chico soltó el arma. Cal le preguntó por el tiroteo de Arianna Barros, pero, incluso con la muñeca rota, el chico se mostró desafiante.

«Vete al carajo. No le temo a la muerte», dijo. «Soy un hombre».

Cal sonrió. «¿Sabes lo que le pasa a un hombre después de cortarle los huevos?».

El chico no se inmutó. Ya había oído palabrotas antes.

«El cuerpo deja de producir testosterona», dijo Cal. «Engordas, pierdes músculo, te crecen las tetas». Cal sacó su cuchillo K-BAR de la funda que llevaba en el tobillo. «Te conviertes en mujer».

El chico tragó saliva.

«¿Sigues siendo virgen?», preguntó Cal, sabiendo muy bien que la mitad de la razón por la que cualquiera de estos chicos se había unido a la vida era para tener sexo. «¿Tienes el ojo puesto en alguna mujer en particular? ¿Quizás en unas cuantas ? Apuesto a que sí. Como tú mismo has dicho, eres un hombre. ¿Cómo no ibas a tenerlo? Ahora quiero que te imagines a esas jóvenes y que imagines cómo será cuando te vean caminando por la calle. Gordo, con tetas de perra, voz de niña pequeña.

Quiero que imagines a los amigos haciendo un trenecito con tu gordo y afeminado trasero, sujetándote mientras chillás como una rata ahogándose».

El chico empezó a palidecer.

Cal agitó el cuchillo. «Solo un movimiento de muñeca. Un corte limpio. Pero no dejaré que te desangres. Un poco de pólvora y un encendedor cauterizarán la herida. No te gustará, pero sobrevivirás. No. No voy a matarte, mi joven amigo. Porque la vida puede ser mucho peor».

Sí, el chico había oído palabrería antes. Lo suficiente como para saber que esto no era palabrería.

«Conducía un Bronco negro», dijo el chico. «De los antiguos. Como de los años 90».

Los años 90. Antes de que el chico naciera.

«¿Cómo era?».

El chico se encogió de hombros. «No lo sé. Llevaba un pasamontañas».

La mirada de Cal lo atravesó.

«El Bronco tenía placas de Arizona», dijo el chico.

CAL DEJÓ al chico sin hacerle más daño y llamó a Pat Roti. Pat pasó la información por su red de inteligencia y, en menos de una hora, le dio con un Ford Bronco negro de 1996, con matrícula de Arizona FNS-215, que fue visto en una cámara de tráfico de Compton justo después del tiroteo.

El rostro del conductor estaba oculto, pero el vehículo estaba registrado a nombre de John Irwin, de Tucson, Arizona. Utilizando los datos recopilados de las redes sociales de John Irwin, Roti le envió un perfil a Cal. Irwin era simpatizante de Antifa y se autodenominaba «socialista revolucionario».

Cal compró un café en un Burger King y emprendió el viaje a Arizona.

IRWIN VIVÍA en una urbanización que se alzaba en medio del inmaculado desierto de Arizona como una mancha de bacterias. Cal condujo su Range Rover por las interminables hileras de casas idénticas hasta que encontró la número cincuenta y nueve y aparcó en la entrada vacía.

Cal tocó el timbre y un perro ladró en algún lugar del interior. Tras unos instantes, se puso un par de guantes de nitrilo y forzó la cerradura. Cuando abrió la puerta, fue inmediatamente asaltado por una nube de mierda canina.

El perro seguía ladrando y Cal lo encontró en la cocina. Era un spaniel Boykin, encerrado en una jaula. Parecía que llevaba días solo. Tenía el pelaje cubierto de excrementos. Estaba hambriento y sucio. No había ninguna necesidad de hacerlo. No servía para nada. Era simplemente crueldad por crueldad. ¿Qué tipo de animal trataba así a otro ser vivo sin motivo alguno?

Cal dejó salir a la spaniel y le llenó un cuenco con agua. Ella bebió y bebió y bebió. Abrió la ventana sobre el fregadero para ventilar la habitación. Luego comenzó su búsqueda.

Había una gran pipa de agua en la mesa de la sala. La estantería tenía escritos de o sobre Karl Marx, Lenin, Che Guevara, Ho Chi Minh y otros revolucionarios comunistas y socialistas, así como varios frascos de marihuana.

En el armario del dormitorio, encontró un rifle y un par de pistolas.

Abrió la computadora portátil de Irwin. Estaba protegida con contraseña. Se la llevaría consigo y la descifraría más tarde.

Cal regresó al primer piso. El lugar seguía apestando. Se dirigió a la sala de estar.

El olor a pino de la Navidad chocaba con el olor a excremento de una manera nauseabunda. La pared adyacente parecía recién enlucida.

Cal fue al garaje y cogió un martillo. Golpeó la pared de la sala de estar como un escultor de hielo.

El cuerpo que había dentro estaba envuelto en plástico retráctil. Los ambientadores de coche con aroma a pino colgaban de él como adornos.

Cal estudió el rostro exangüe aplastado contra el plástico. Era Jon Irwin.

Feliz puta Navidad.

En el refrigerador, Cal encontró carne molida que solo había pasado unos días de su fecha de caducidad. La cocinó con un poco de arroz blanco y le dio la mitad al spaniel.

Después de comer, sacó al perro, le deseó suerte y cada uno siguió su camino.

· · ·

Pat Roti llamó dos días después. Cal estaba en el gimnasio de boxeo. Nadie quería entrenar con él, así que tuvo que conformarse con golpear el saco.

Gracias a las cámaras de tráfico, la gente de Roti había seguido el rastro del Bronco desde California hasta Arizona.

«Es como si el tirador ni siquiera hubiera intentado esconderse», dijo Pat Roti. «El tirador utilizó autopistas y carreteras de peaje durante todo el trayecto. Se mantuvo muy visible».

El rastro terminó en un Walmart a las afueras de Tucson. Pat Roti no pudo acceder a las imágenes de las cámaras de circuito cerrado del Walmart y no pudieron obtener una orden judicial porque se trataba de una operación encubierta, lo que era sinónimo de ilegal.

No podían decirle exactamente a un juez que habían averiguado lo del Bronco rompiéndole la muñeca a un niño y amenazándolo con castrarlo.

Así que tuvieron que enviar a un operador para que robara las imágenes de seguridad.

De forma encubierta.

Hank quería ser el Bruce Willis negro. Esto fue a principios de los 90, cuando las películas *de Die Hard* estaban de moda.

Ensayaba frente al espejo. «Ese punk me apuntó con una Glock 7. ¿Sabes lo que es? Es una pistola de porcelana fabricada en Alemania. No se ve en las máquinas de rayos X de los aeropuertos y cuesta más de lo que ganas aquí en un mes».

Willis pronunció esa frase en *Die Hard 2* y era una completa tontería. No existe ninguna Glock 7. Las pistolas Glock están fabricadas con polímero, no con porcelana. Se ven en los rayos X. Glock es austriaca, no alemana. Y, por último, las Glock son armas de fuego relativamente baratas. Pero los grandes actores te hacían creer lo que sabías que era mentira.

Hank se mudó a Los Ángeles cuando tenía poco más de veinte años. Sin dinero y sin contactos. Solo con un sueño. Y una anaconda entre las piernas.

Cuando entró en la sala, no se dio cuenta de que la audición era para una película porno softcore. No fue hasta que le pidieron que se desnudara. Para entonces, Hank llevaba dos meses en Los Ángeles y se había acostumbrado tanto al rechazo que pensó: ¿qué tenía que perder?

Lo contrataron en el acto.

No estaba seguro de aceptar el papel. No pagaban mucho. Pero entonces leyó que muchos actores de acción de primera línea habían comenzado su carrera en películas para adultos. Sylvester Stallone. Jackie Chan. Cameron Diaz. Puede que ella no sea una estrella de acción propiamente dicha, pero interpretó a una de las Ángeles de Charlie.

Después de rodar la escena, no podía creer que le pagaran. Apenas había trabajado.

Hizo algunos trabajos más en el porno solo para seguir ganando dinero mientras hacía audiciones «reales». Pero en Hollywood, gran parte de lo que eres depende de a quién conoces. Hank tenía que ir a las fiestas adecuadas, conducir el coche adecuado, consumir las drogas adecuadas.

El dinero escaseaba. Empezó a perder audiciones. Entonces le ofrecieron hacer escenas entre hombres. Era mucho dinero. Podría pagar sus deudas y volver a encarrilar su carrera como actor.

El único problema era que no era gay. Pero los grandes actores te hacían creer lo que sabías que era una mentira. Y no había papeles pequeños, solo actores pequeños.

Y Hank, bueno. No había nada pequeño en su papel.

Se entregó por completo. Puso su corazón y su alma en el papel.

Los fans lo adoraban. Hank el Colgado. Hank Horsecock. Se hizo famoso. Demasiado famoso. Ya ni siquiera conseguía papeles de hombre con mujer. Todo era gay, gay, gay. Lo encasillaron. Hank el Homosexual.

El público mayoritario no quería a una estrella de acción afeminada. Así que enterró sus sueños en Hollywood. Los descartó.

Eso fue hace treinta años. Cuando pesaba unos once kilos menos y tenía pelo en la coronilla. Ya nadie lo reconocía. Hoy en día, solo era Hank, el guardia de seguridad.

Sin embargo, todavía tenía la anaconda. Tenía una serie de novias de mediana edad. Todas sabían lo que era. Que Hank no era del tipo que se establecía.

Y ninguna de ellas buscaba sentar cabeza con él. Estaban solas. Eran viudas, divorciadas o mujeres atrapadas en matrimonios infelices. Solo buscaban un alivio temporal e . Como algunas personas van a clases de yoga, boxeo o spinning. O se dan un masaje. Un masaje profundo, muy profundo.

Esta noche era Wanda. Era maestra en una escuela para niños discapacitados y le encantaba su trabajo. Hank pensaba que tenía un alma hermosa. Le sorprendía que, a sus cuarenta y tres años, nunca hubiera encontrado a nadie. Wanda siempre atribuía su mala suerte en el amor a su peso. Era una mujer corpulenta, pero Hank no creía que esa fuera la razón. Su peso solo era un problema porque ella lo convertía en un problema. Su pobre autoestima le impedía arriesgarse en el amor.

Él le había dicho todo esto una vez, pero no estaba seguro de si ella se lo había tomado en serio.

Era martes a medianoche y allí estaba ella, de pie frente a las puertas automáticas cerradas, justo a tiempo.

Hank apagó las cámaras de seguridad. De todos modos,

nadie veía nunca las imágenes de la seguridad del turno de noche. Nunca había habido motivo para ello.

No era precisamente el Louvre.

¿Quién va a robar un Walmart perdido en medio de la nada un martes por la noche?

CAL ESTABA APOSTADO en el estacionamiento del Walmart cuando llegó Wanda. Observó cómo Hank, el guardia de seguridad, abría la puerta principal y la dejaba entrar.

Cal había venido preparado. Estaba listo para forzar la cerradura, hackear el sistema de seguridad e incapacitar al guardia. Pero eso era solo el plan B.

Descubrió que en operaciones de bajo riesgo como esta, las cosas solían resolverse por sí solas. El policía de alquiler, que cobraba quince dólares la hora, inevitablemente se tomaba un descanso extra largo para fumar, ir al baño durante treinta minutos o echarse una siesta en la sala de descanso.

Cal siempre esperaba a que se presentara una oportunidad antes de recurrir al plan B.

No tenía sentido hacer daño a la gente si no era necesario. Era mejor para todos que ni siquiera supieran que él estaba allí.

La llamada nocturna de Hank fue la oportunidad de Cal. Se coló en el Walmart e inmediatamente oyó gemir a Wanda. Ella y Hank estaban en algún lugar de la sección de decoración del hogar, montándoselo en un sofá de exposición.

Cal se coló en la oficina de seguridad y se dirigió al puesto de trabajo de Hank. Hank se había dejado conectado.

Wanda empezó a gritar.

Cal accedió al registro de vigilancia de seguridad, eligió la fecha y la hora e introdujo una memoria USB en la máquina.

Wanda ahora cantaba como una soprano...

La barra de descarga comenzó a llenarse...

Wanda empezó a gritar...
La descarga estaba a punto de completarse...
Wanda llegó y el archivo se transfirió.
Cal guardó la memoria USB en su bolsillo.
Yippie-ki-yay, hijo de puta.

LAS IMÁGENES ERAN de varias semanas antes. El retraso de Marco Barros en contratar a Pat Roti los había puesto en una situación difícil. El Bronco llegó a las dos y cuarenta y cinco de la tarde y se estacionó lejos de la cámara. A las tres y tres minutos, llegó un Uber y dejó a un joven blanco de secundaria vestido con jeans y una camiseta negra de Punisher. El adolescente se acercó al Bronco.

El conductor salió a su encuentro. Medía aproximadamente 1,78 m y tenía una complexión media. Llevaba vaqueros, botas tácticas raídas, una chaqueta de camuflaje descolorida, una gorra de béisbol y gafas de sol. En ningún momento giró la cara hacia la cámara. Por eso, era difícil determinar su edad. Probablemente tenía más de treinta años y menos de cincuenta.

Parecieron intercambiar unas palabras y, a continuación, el chico de la camiseta de Punisher le entregó un sobre al hombre. Este abrió el sobre y revisó lo que parecía ser dinero en efectivo, luego asintió con la cabeza, se volvió hacia la cámara y condujo al chico hacia la parte trasera del Bronco, manteniendo la cabeza gacha todo el tiempo y evitando cualquier superficie reflectante.

Hacía 32 grados, pero el hombre parecía llevar varias capas debajo de su chaqueta de camuflaje para confundir el análisis forense del vídeo de su complexión física. La gorra y las botas también dificultaban determinar con precisión su estatura.

El hombre abrió la parte trasera del Bronco. En el interior,

Cal pudo distinguir tres pistolas y un par de rifles, uno de los cuales era un AR-15.

Los dos charlaron unos instantes y luego el hombre le entregó al chico las llaves del coche. El chico cerró la puerta trasera, se sentó en el asiento del conductor y se alejó en el Bronco, mientras el hombre desaparecía a pie por la calle.

Todo el intercambio duró menos de dos minutos. Cal vio el video una y otra vez. Lo estudió, fotograma a fotograma.

Cuando Pat Roti le había asignado este caso a Cal, una parte de él se había preguntado si no estarían dando demasiada importancia al tiroteo. Al fin y al cabo, el universo era arbitrario y violento. ¿Y si Arianna fuera solo otra víctima más?

Pero ahora Cal estaba seguro. El asesinato de Arianna Barros no fue aleatorio. Fue un encubrimiento. Las otras personas del edificio fueron asesinadas para encubrirlo. El hombre era demasiado bueno evitando las cámaras de e es y ocultando su rostro. Era un oficio. Era un profesional. Pero había algo más en él. Los budistas lo llamaban *sati*, o atención plena. Centrar la conciencia solo en el momento presente. Se considera parte del camino hacia el renacimiento y el logro del nirvana.

Los samuráis japoneses tenían una tradición similar llamada *iaidō*. Un estado de conciencia total, en el que el samurái está preparado para desenvainar rápidamente su espada en respuesta a un ataque repentino. *Los iaidoka* pasaban innumerables días y horas desenvainando y envainando sus espadas. Desenvainando y envainando. Viviendo solo en el presente.

Cal entendió que, al fin y al cabo, todos somos sacos de sustancias químicas. Serotonina, dopamina, glutamato, norepinefrina. Somos poncheras andantes de drogas. Encerrados en carne y reforzados con huesos. Esclavos de nuestro sistema nervioso. El simpático. El parasimpático. El entérico. Dosificándonos.

Pero Cal había aprendido a controlar sus sustancias químicas. A automedicarse. Con atención plena. Y había aprendido a detectarlo en los demás.

Era difícil de explicar. El hombre del video mostraba microexpresiones que solo alguien como Cal podía percibir. Un lenguaje secreto.

El hombre flotaba. Como si caminara sobre el agua.

Cal lo entendió. Este hombre no tenía pasado. No tenía futuro. Solo existía el presente.

Cal sentía como si se estuviera persiguiendo a sí mismo. Y, de una manera extraña, se sentía menos solo en el mundo.

Pat Roti hizo un reconocimiento facial del chico del vídeo. Los servicios de inteligencia mantenían una amplia base de datos con registros faciales extraídos de las redes sociales. Facebook, Instagram, Tinder, lo que se te ocurra. Cualquiera que hubiera tenido alguna vez una cuenta o hubiera sido etiquetado en una foto estaba ahí.

Corderos que no eran conducidos al matadero, sino que se ofrecían voluntariamente a él.

Pat encontró al chico de la camiseta de Punisher. Se llamaba Ryan Sheehan.

Le reenvió la información a Cal.

¿Por qué el hombre no destruyó simplemente el Bronco?, pensó Cal mientras conducía hacia el sur, en dirección al rancho Sheehan. ¿Por qué venderlo y (presumiblemente) el arma homicida? Era el único cabo suelto. Lo único que vinculaba al hombre con el crimen.

¿Y por qué dejar todas estas pistas? ¿Tomar autopistas y carreteras de peaje que los llevaban al Walmart, pero ocultando hábilmente su identidad de las cámaras?

Si fuera él, Cal sabía por qué lo haría. Era como la ruleta rusa. La emoción. El hombre no podía dejar que terminara.

Necesitaba que la guerra continuara.

Ambos lo necesitaban.

Era 5 de julio y Lance se levantó antes de que saliera el sol. Necesitaba dejar de pensar en Ryan, así que cogió su Springfield del 30-06 y se fue a cazar.

Caza era como él lo llamaba, al menos. No le gustaba matar cosas. No desde la guerra. Así que disparaba a ramas de árboles en lejanas crestas, cactus en profundos valles, piedras en lo alto de altos cañones.

Había matado a su primer hombre en su segunda semana de servicio activo. Era el hombre de vanguardia, despejando lo que creía que era una aldea desierta, cuando se encontró cara a cara con un vietcong. Literalmente, casi chocaron al doblar una esquina. El pobre bastardo parecía tan sorprendido como Lance. Lance apretó los ojos y reaccionó, apretando el gatillo de su M16. La sangre y el tejido cerebral del hombre salpicaron todo su cuerpo.

Después de eso, se volvió un poco histérico. Fue una histeria silenciosa que lo acompañó durante toda la guerra. Y lo siguió hasta su casa.

Vio morir a mucha gente. No sabía por qué había sobrevivido.

Lance tuvo que pasar mucho tiempo en el hospital cuando regresó al mundo civil. Y, tantos años después, seguía sin poder dormir toda la noche. Así que ahora solo disparaba a cosas que no sangraban.

Como volver a coser una herida que nunca sanaría. Cada vez que apretaba el gatillo, el poder que aquellos terribles años tenían sobre él disminuía.

El arma era solo una herramienta. Nada más. Él era quien tenía el control, se aseguraba a sí mismo.

CAL VIO al anciano salir del rancho con su rifle del calibre 30-06 y, al ver que no había nadie más en el rancho, decidió seguirlo. Siguió sus huellas por el desierto hasta que oyó los disparos del rifle. Cal no iba armado, pero no estaba preocupado.

Siguió el sonido hasta que se silenció. En un claro, encontró balas incrustadas en los troncos de los árboles. Brazos de cactus arrancados y piedras astilladas por el rebote de las balas.

El anciano era o bien el peor cazador del mundo o bien le faltaban unos cuantos tornillos, pensó Cal. Retomó el rastro del anciano y lo siguió hasta un laberinto de acantilados y peñascos cubierto de rocas.

Lo siguió sigilosamente a través del laberinto de arenisca. Lo único que se oía era el viento.

De repente, las huellas desaparecieron.

Cal sonrió para sus adentros. Sabía que el anciano estaba en algún lugar más adelante, esperando para tenderle una emboscada.

Cal no sabría decir por qué lo hizo. Quizá fuera admiración. Por el anciano. Por la lucha que aún quedaba en él. O quizá fuera por la misma razón por la que permitió que el joven delincuente le apuntara con su arma en South Central. Algo que aún estaba tratando de comprender.

Pero, fuera cual fuera la razón, Cal no se dio la vuelta. Siguió caminando hasta que oyó el sonido del rifle amartillándose a sus espaldas.

CUANDO LANCE lo vio por primera vez, no pensó que el hombre lo estuviera siguiendo. Sin embargo, tenía que admitir que había algo raro en él. No llevaba rifle ni arco para cazar y no iba vestido para hacer senderismo. ¿Qué diablos hacía allí, en medio del desierto?

Lance tenía pocos motivos para sospechar que el hombre tuviera algún interés en él porque, bueno, no era tan interesante. Llevaba una vida tranquila y era muy reservado. Pero recientemente había ocurrido ese incidente con la milicia. Cuando intentó ir a buscar a Ryan. Cuando le rompió la nariz a ese tipo. ¿Lo harían...?

No.

De ninguna manera.

En cualquier caso, a Lance no le gustaba el intruso. Se retiró a la soledad y la privacidad de los acantilados para esperar a que se marchara.

Fue entonces cuando Lance vio al hombre examinando su puntería antes de seguir sus huellas hasta los acantilados. La «caza» de Lance se había convertido en una caza.

Lance dejó un rastro que conducía a un desfiladero estrecho con paredes rocosas escarpadas y múltiples lugares donde esconderse. De pie en medio del desfiladero, saltó de lado sobre una piedra y retrocedió. Se ocultó bajo la sombra de una pequeña roca.

Pronto oyó las pisadas de su perseguidor en la arena. Lance siguió el sonido mientras el hombre seguía el camino que él le había marcado y, cuando llegó el momento oportuno, Lance salió de su escondite y apuntó con su rifle a la espalda del intruso.

A Lance no le gustaba matar. Pero a veces un hombre debe hacer cosas que no le gustan.

CAL LEVANTÓ LOS BRAZOS LENTAMENTE. «No estoy armado».

El anciano apuntó con su arma a Cal. En silencio.

«Voy a darme la vuelta, ¿de acuerdo?», dijo Cal mientras se giraba lentamente y se enfrentaba al anciano. «Solo quiero hablar».

«Ya lo creo».

«Estoy buscando a Ryan Sheehan. ¿Lo conoce?».

El anciano entrecerró los ojos.

—Conduce un Ford Bronco robado —dijo Cal.

—La policía no ha dicho nada sobre que sea robado.

—Eso es porque aún no lo han denunciado.

—¿Por qué?

—Porque el dueño fue asesinado.

El anciano parpadeó. «Da la vuelta. Las manos donde pueda verlas».

Cal nunca se ponía nervioso en este tipo de situaciones. Mirando fijamente el cañón de un arma. Otros podrían sentir que les late con fuerza el corazón. Que les sudan las manos. Pero su cuerpo no reaccionaba así. Era la misma razón por la que podía pasar una prueba con el detector de mentiras. El hombre o la mujer promedio sienten ansiedad cuando mienten. Culpa. Este sentimiento se registra en un aumento de la presión arterial. El cuerpo de una persona normal siempre la traiciona. Pero no el de Cal.

Cal rara vez sentía culpa.

Sabía que probablemente tenía lo que los psicólogos consideraban una «personalidad antisocial». Por eso era tan bueno en lo que hacía. La culpa era una emoción inútil. Era una debilidad.

Sabía que podía desarmar fácilmente al anciano. Sabía que podía hacerle hablar. No sentiría nada al respecto. Pero iba en contra de sus principios.

Lo sabía. Este hombre era uno de los guerreros.

· · ·

Lance nunca fue a la universidad. En 1969, el país necesitaba desesperadamente soldados y le tocó a él. Fue a hacerse el examen físico y nunca salió. Tuvo que llamar a su madre desde el centro de reclutamiento y decirle que no volvería a casa para cenar. Ni siquiera tenía su cepillo de dientes.

Su primera escaramuza tuvo lugar menos de una semana después de su llegada. Estaba en una trinchera, manejando una ametralladora pesada M60. Las balas silbaban sobre su cabeza. El enemigo estaba ahí fuera, en la selva. Invisible. Omnipresente.

Lance apretó el gatillo y disparó a ciegas. Las lágrimas y los mocos le corrían por la cara. Todos los veteranos se reían de él.

El enemigo se retiró y, cuando Lance abrió los ojos, vio el hoyo humeante de fósforo a unos metros delante de él, excavado por las balas trazadoras. Había estado disparando al suelo.

Después de eso, aprendió a llorar solo por dentro. Llevaba su histeria silenciosa como un tumor que crecía y crecía. Estaba asustado cada segundo de cada día.

Pero el hombre al que Lance apuntaba ahora con su rifle parecía incapaz de sentir miedo. Lance se había encontrado con hombres como él en Vietnam. Era como si les faltara algo. No eran completamente humanos.

Participaban en las operaciones más oscuras y secretas. Eran hombres que no existían.

—¿Quién te ha enviado? —le preguntó Lance al desconocido.

—Estoy investigando un asesinato.

«No eres policía».

«Soy investigador privado».

«¿Qué quieres?».

—Hablar con Ryan Sheehan.

Lance hizo una pausa. El hombre no parecía pertenecer a la

milicia. Mostraba pocas emociones, mientras que los miembros de la milicia solían tener demasiadas. Odio, sobre todo.

Lance siempre pensó que no tenía sentido ofenderse por los racistas o los grupos de odio. En su opinión, esa gente iba en el autobús escolar corto. Se merecían sus propias Olimpiadas.

«Ya le dije a los federales dónde pueden encontrar a Ryan», dijo Lance.

—Son solo policías.

—¿Y tú quién eres?

El desconocido lo miró fijamente a los ojos. —Ya sabes lo que soy.

Lance vio la guerra en sus ojos. —Si te digo dónde está, ¿me prometes que lo traerás a casa?

—Sí.

—Tráelo vivo o juro por Dios que...

—Lo sé —dijo el desconocido en voz baja—. Lo sé.

LANCE LE DIO a Cal su ID de Apple y su contraseña para que pudiera rastrear el teléfono en el Bronco de Ryan. Estaba a diez millas de distancia cuando la señal se perdió. Todo lo que tenía eran las huellas en el desierto.

Era de noche cuando oyó el estruendo de los disparos. Aparcó su Range Rover y cogió su HK con silenciador y su rifle FN SCAR de la parte trasera. Siguió el sonido a pie, ascendiendo por una cresta rocosa.

Los disparos estaban ahora más cerca. Observó el claro que había debajo con sus gafas de visión nocturna. Vio a un grupo de hombres armados reunidos alrededor de un Toyota Camry. Un hombre asiático con un sombrero de vaquero estaba inclinado sobre el vehículo con un cuchillo, rajando los neumáticos.

Luego, el grupo se escondió en varios lugares, rodeando el coche. Una emboscada.

Los disparos continuaban en algún lugar de la oscuridad. Cal se desplazó hacia el este por la cresta y escudriñó el oscuro horizonte.

Ahora todo estaba en silencio. Un hombre con un chaleco del FBI estaba agachado en un barranco, empuñando una escopeta. Más al sur, pistoleros silenciosos acechaban como tigres en la hierba alta, esperando a su presa.

«No lo hagas», le susurró Cal al hombre agachado a través de su mira. «Quédate escondido».

A quince metros detrás del hombre agachado, una mujer con un chaleco de la ATF echó a correr con un joven a su lado. Cal enfocó con su mira el rostro del joven y lo identificó.

Ryan Sheehan.

Un solo disparo rompió la noche como un hueso.

Cal volvió a enfocar con su mira al hombre agachado. Ahora yacía boca arriba. Le habían disparado en la cara, pero aún estaba vivo. Sus verdugos se abalanzaron sobre él. Cal siguió sus figuras con su mira. Podía eliminarlos y salvar al hombre del chaleco del FBI, pero él no era la prioridad.

Cal se desplazó hacia el oeste para cortar el paso a Ryan.

Regresó a la cresta que dominaba el Toyota Camry. Observó al hombre asiático y a sus matones esperando en la emboscada.

Ahora observaba a la mujer con el chaleco de la ATF salir de la noche oscura con Ryan. Corrieron hacia el Camry.

Cal desplegó el bípode de su FN SCAR y se tumbó boca abajo en el suelo. A través de su mira telescópica, observó cómo los hombres rodeaban a Ryan y a la mujer.

Pasó el punto de mira por la media docena de hombres armados. Expuestos y desprevenidos.

Cada vez que apretaba el gatillo era como una dosis de cocaína. Primero disparó al hombre asiático y luego fue avanzando desde fuera hacia dentro. Tras las tres primeras muertes, los demás pistoleros parecieron darse cuenta de la futilidad de su situación, dejaron caer sus armas y levantaron los brazos. Pero un adicto no se detiene hasta que la bolsa está vacía.

Tras la masacre, Cal se colgó el rifle al hombro y bajó por la cresta. La mujer estaba frenética. Cubrió a Ryan y apuntó con su Glock a Cal.

«Tranquila», dijo Cal. «Trabajo para Marco Barros».

—¿Quién carajos eres tú?

Estaba muerta de miedo y eso hizo sonreír a Cal. No estaba seguro de por qué. Quizás pensó que era lindo. Que ella tuviera tanto miedo de morir. Intentó que su sonrisa despreocupada pareciera amistosa, no cínica. «Llámame Cal».

Después de que Miranda se tomara unos minutos para recomponerse, le dijo a Cal su nombre y que era la agente de la ATF a cargo de la investigación de Arianna Barros, y le pidió que soltara el arma hasta que ella pudiera llegar a un lugar con señal de celular y verificar quién era él.

—Llame a quien tenga que llamar —dijo Cal, entregándole un teléfono satelital. Ella lo tomó y llamó a McClean.

«Él solo está ahí para ayudar», dijo McClean.

«Creo que estás confundido. Esta es mi investigación».

«¿Y cómo va? ¿Estás más cerca de encontrar al asesino?».

Miranda no respondió.

—El senador no se arriesga —dijo McClean—. Ese hombre es el mejor de los mejores. Trabajarás con él o asignaremos a alguien más al caso que lo haga.

McClean colgó. A Miranda nada le habría gustado más que ser reasignada. Pero estaba Camilla. No podía volver con las manos vacías. Estaba atrapada trabajando con ese mercenario. Su investigación flotaba ahora en las turbias aguas de la legalidad donde viven los ricos y poderosos.

Cal buscó su teléfono satelital, pero Miranda se lo quitó.

—Tengo que informar de esto —dijo ella.

—Todavía no —dijo Cal, quitándole el teléfono—. Se alejó hacia el desierto.

—¿A dónde vas? —Ella lo siguió con Ryan.

Encontraron el cuerpo acribillado de Greco a unos doscientos metros al este de donde se encontraban.

«El primer disparo no fue mortal», dijo Cal. «Qué triste».

«¿Cómo lo sabes?».

—Porque lo vi suceder.

Miranda entrecerró los ojos. «¿Podrías haberlo salvado?».

Cal no respondió. Se echó el cuerpo de Greco al hombro.

—¿Qué diablos estás haciendo? —dijo Miranda—. Esto es la escena de un crimen.

Cal se dirigió hacia el norte con el cuerpo.

—Detente —dijo Miranda.

Cuando Cal no respondió, se interpuso en su camino y sacó su pistola. —He dicho que te detengas. Esta vez Cal obedeció. —Déjalo en el suelo —dijo ella.

—El FBI no tiene jurisdicción para operar en México —dijo Cal.

—¿México?

Cal levantó un receptor GPS Navstar. «Estás a unos cincuenta metros de la frontera».

Mierda, pensó Miranda.

—¿Quieres tener que explicar esto? ¿Por qué tú y otro agente federal os dedicasteis a disparar indiscriminadamente en territorio mexicano? —preguntó Cal. —Lo mataron en Estados Unidos. Y allí es donde encontrarán su cadáver. —Volvió a ponerse en marcha.

—¿Y qué hay de los demás cadáveres? ¿Qué hay de las personas a las que masacraste?

Cal se encogió de hombros. «Son problema de México». Cal comprobó su receptor GPS y luego dejó el cuerpo de Greco en lo que Miranda supuso que era el lado estadounidense de la frontera.

Cal se volvió hacia Ryan. «Ven conmigo, chico».

—Está detenido —dijo Miranda.

—Lo sé. Pero le prometí a su abuelo que lo llevaría a casa. Después podrás quedártelo.

—Eso no lo decides tú.

—Mira. Acabo de salvarte la maldita vida. Ahora puedes venir con nosotros a casa de su abuelo y quedarte con la custodia desde allí, o puedes quedarte aquí fuera, en el desierto, con tu amigo.

La amenaza era apenas velada.

Miranda nunca se dejaba intimidar. Por nadie.

Excepto quizá por Cal.

Ryan fue con Cal en el Range Rover. Miranda los siguió en el Camry.

Esto está completamente jodido, pensó, mientras llegaban al rancho Sheehan.

Lance los oyó acercarse. Cuando vio a Ryan, sus ojos brillaron. Luego vio las esposas.

—No puede quedarse —dijo Cal.

Lance abrió la boca para hablar, pero pareció cambiar de opinión y se limitó a asentir con la cabeza.

—Tienes cinco minutos —dijo Cal.

«No te alejes más de seis metros y no te pierdas de mi vista», dijo Miranda.

Lance y Ryan se acercaron a un viejo granero, dejando a Miranda con Cal.

—¿Cal? —dijo Miranda—. ¿Cal qué?

—Solo Cal.

—No entiendo por qué Barros te ha enviado a ti.

—Nunca está de más contar con otra persona que eche una mano.

—Pero no sé quién demonios eres.

—Soy alguien muy bueno en lo que hago.

Ella lo miró con recelo, insegura. «¿Y qué digo sobre Greco?», preguntó Miranda.

«Le dispararon en territorio estadounidense unos narcos».

«¿Y todos los demás cadáveres?».

«Una docena de bandidos muertos en el desierto mexicano. Ni siquiera saldrá en las noticias».

«Pero lo sabremos. Esos hombres se estaban rindiendo. Tú los masacraste».

«¿Eran buenos hombres?».

Miranda se detuvo. Por supuesto, Cal no creía en conceptos tan abstractos como el bien y el mal, pero supuso que ella sí.

«¿El mundo es mejor sin ellos?», preguntó Cal.

«Esa no es la cuestión», respondió Miranda.

«Había una vez un burro de tres patas», dijo Cal.

—¿Qué?

—Era el animal más solitario de la granja. Cuando ves un burro con tres patas, piensas: «Ese bastardo no puede tirar de nada, ¿para qué sirve?». Así que lo único que quería hacer ese hijo de perra era tirar de cosas. Lo único que quería era una oportunidad.

Hasta que un día, cuando el corral estaba muy ocupado, nuestro héroe cojo fue reclutado como último recurso para transportar un cargamento de leche. Y lo está haciendo muy bien. Con todo su corazón. Se diría que tiene cinco patas. Eso fue hasta que se encontró con una colina que incluso una mula de siete patas tendría dificultades para subir.

«Bueno, subió y subió, y las botellas de leche de la parte trasera se tambaleaban. Se torció un tobillo, pero no se rindió. Asustado, el conductor se largó. Porque no tenía fe. Pero el burro ni pestañeó. El burro persistió. Y cuando llegó a la recta final de su prueba, todas las botellas de leche se rompieron y fueron bebidas por la tierra.

Y cuando llegó a la cima de la colina, el sol brillaba gloriosamente sobre él y, justo entonces, de repente, sufrió un ataque al corazón, se cagó encima y murió. Muerto como un roble, en la cima de esa gran colina». Cal miró la hora. «Pero lo consiguió».

Cal se acercó a Lance y Ryan y acompañó al prisionero de vuelta al Camry de Miranda. «Es todo suyo», dijo.

«¿Y qué coño quería decir esa historia?», preguntó Miranda.

«El idiota triunfó, pero nadie lo supo nunca y murió solo en su propia mierda, así que, ¿fue realmente un triunfo?».

Miranda no supo qué responder.

«Como esos mexicanos que se están asando en el desierto en este momento. ¿Fue realmente una masacre si el conocimiento del evento está enterrado con los muertos?».

«Pero yo lo sé».

—¿Y eso te molesta?

«Sí. ¿A ti no te molesta?».

«¿Debería?».

«Sí».

«¿Por qué?».

«Porque eso es lo que nos hace humanos».

«Eso es lo que nos hace humanos. Y no dioses».

PARTE CINCO

LÁGRIMAS

24

Las aceras brillaban.

Russ miró al cielo y no pudo ver ni una sola estrella. Ni una sola maldita estrella. Solo el resplandor anaranjado y contaminado de las luces de la calle.

Miró al suelo y vio chicles y toda la suciedad y mugre que la gente llevaba en las suelas de sus zapatos, y entre todo eso, había pequeñas partículas brillantes de granito.

Una de las balas de Lamar le había seccionado la columna vertebral a Russ. Nunca volvería a caminar.

Cuando le dieron el alta del hospital, Shanay lo estaba esperando. Lo llevó a casa en silla de ruedas. Era bueno estar vivo.

Regresó a la casa de Shanay y abrazó a su hijo. Era finales de agosto y el clima comenzaba a cambiar, así que Shanay les puso una manta sobre las piernas y vieron la televisión, y él se sintió reconfortado.

Al día siguiente, Russ se dirigió al trabajo.

En ausencia de Russ, Bumpy supervisaba su esquina. Era un chico alto y delgado con una voz fuerte. Russ no sabía su verdadero nombre. Era algo islámico y Bumpy no quería que la gente pensara que estaba metido en Al Qaeda, así que se hacía llamar Bumpy.

«¿Qué tal, Russ?», dijo Bumpy. «He oído que te vas».

«¿Qué tal, Bumps?».

Antes de que Russ recibiera el disparo, Bumpy trabajaba para él, pero ahora Russ notaba un cambio en la dinámica. Bumpy se mantenía erguido, mirando a Russ desde arriba. Actuando como si fuera el alfa.

«¿Qué haces aquí?», dijo Bumpy.

«¿Qué crees? Esta es mi esquina».

Bumpy se encogió de hombros. —Hace tiempo que no te veía por aquí.

«Me dispararon».

«Cierto, cierto. Pero mira, amigo, esta ya no es tu esquina. ¿Me entiendes?».

—¿Quién lo dice?

«¿Quién crees que lo dice?».

LUCY PASÓ la mayor parte de su vida sola en un sótano oscuro, atada a una cadena corta y pesada que colgaba de su cuello. Hacía ejercicio en una caminadora durante horas cada día y la alimentaban bien, pero no socializaba con nadie.

Todos excepto AK. Él quería a Lucy como si fuera su propia hija.

Lucy había luchado contra doce oponentes. Y los había matado a todos. Esta noche le tocaba a Hugo. También invicto. Pero, por lo que parecía, no por mucho tiempo.

Lucy le hincó los dientes en el cuello. Su sangre cálida y metálica brotó sobre su lengua. Colmillos y garras. Trozos de pelo y carne.

Lucy era una dogo argentino. Hugo era un pitbull. Al menos,

lo era cuando entró en la jaula de pelea. La pelea había terminado y ahora era un cadáver.

AK vitoreó. 13-0, nena.

—Oye, AK. ¿Puedo hablar contigo? —dijo una voz detrás de él.

AK se dio la vuelta y vio a Russ mirándolo desde su silla de ruedas.

—Bumpy dice que ahora él está a cargo de mi esquina —dijo Russ.

AK se encogió de hombros. —Bumpy se ha ganado el respeto de los jóvenes.

«¿Y yo qué?».

AK se burló. «Mírate».

Russ negó con la cabeza. —¿Así que eso es todo?

—¿Qué, tengo que explicártelo con detalle?

AK volvió a mirar hacia el ring. Trajeron a un rottweiler al ring. Iba a pelear contra un terrier adolescente. Había algo raro en el terrier. Russ lo miró detenidamente.

«Oye. ¿No es ese el cachorro de D'Andre?», preguntó Russ.

«Ya no es un cachorro», respondió AK.

El terrier tenía cicatrices en el cuerpo de peleas anteriores.

Russ apartó la mirada cuando comenzó la pelea.

Aquella noche hacía un frío inusual y el viento no ayudaba. Russ no iba bien abrigado para el tiempo que hacía, pero no le importaba. Sentía que se merecía un castigo. Estuvo dando vueltas durante horas sin ningún destino concreto. Terminó en el centro de Chicago, el Loop, y observó a gente con vidas más cómodas comer en restaurantes elegantes.

Se preguntaba cómo podía sentirse tan solo estando rodeado de tanta gente. Eso era lo curioso de las ciudades. Si cerrara los ojos y muriera en ese momento, se preguntaba cuánto tiempo tardaría alguien en darse cuenta.

Russ terminó en Checkers y pidió una hamburguesa con queso y tocino a la barbacoa, papas fritas sazonadas y un batido de fresa.

Recordó cómo D'Andre solía mojar sus papas fritas en su batido. A Russ siempre le pareció asqueroso. D'Andre le decía que no dijera tonterías hasta que lo probara, pero nunca lo hizo.

Russ llevó su bandeja con la comida a una mesa y la dejó allí. Cogió una papita frita, le echó un poco de su batido de fresa y se lo metió en la boca.

En cuanto tocó su lengua, empezó a llorar.

Esa noche, se acostó en la cama con Shanay, incapaz de dormir, pensando en el perro de D'Andre.

25

Ryan fue arrestado por intentar importar armas de fuego ilegales. Durante la ejecución de una orden de registro en el rancho Sheehan, las autoridades pudieron relacionar una de sus Colt 1911 con el asesinato del propietario de un taller mecánico local, Arturo Maciel. Cuando lo interrogaron, Ryan no lo negó. No solo admitió haber matado a Arturo, sino que se enorgullecía del asesinato.

«Arturo era un narcotraficante ilegal y una amenaza directa para la seguridad nacional. Yo estaba protegiendo a mi país. Si tuviera otra oportunidad, no haría nada diferente».

Ryan iba a pasar mucho tiempo en la cárcel. Pero no tenía por qué ser cadena perpetua. No si cooperaba.

«Dime dónde conseguiste el AR-15», le presionó Miranda en la sala de interrogatorios de la policía.

Ryan se negó a cooperar. No reconocía la autoridad ilegítima de los federales, en particular de la ATF. Estas agencias violaban la Constitución, concretamente la Segunda Enmienda.

Ryan no cumpliría cadena perpetua. Tenía fe en que los Depredadores del Señor seguían ahí fuera. Pronto habría una revolución. Una segunda Guerra Civil. Y Ryan sería libre.

Pero pasaron un par de meses y aún no había señales de los Depredadores del Señor ni de la revolución. Ryan se aferró a la esperanza lo mejor que pudo, pero la cárcel puede ser un lugar desesperanzador. Se acercó más a Dios. Rezaba todos los días por una señal.

Entonces, un día, la recibió.

La NBC estaba haciendo un reportaje sobre el tiroteo sin resolver que mató a Arianna Barros y a otras doce personas, y los pastores Zach y Kelly estaban entre los entrevistados. Ryan vio a los pastores en la televisión de la sala de recreo de la prisión y fue como si Dios le estuviera hablando.

Los pastores dijeron que Arianna era un miembro muy apreciado de su comunidad y que no podían imaginar por qué alguien querría hacerle daño. Afirmaron que nunca habían relacionado que el senador Marco Barros fuera su padre. Hablaron de cómo rezaban todos los días por ella y su familia, e incluso por su asesino. Rezaban para que lo capturaran, para que tuviera la oportunidad de arrepentirse de sus pecados. Las puertas del reino de Dios no se cerraban para nadie hasta el juicio final.

Invitaron a los espectadores de NBC a descargar su aplicación Valorous y unirse a ellos en uno de sus servicios en línea transmitidos en vivo este domingo a las 9 a. m., 11 a. m., 1 p. m., 5 p. m., 7 p. m. o 9 p. m.

Ryan solicitó inmediatamente privilegios para usar la computadora y el internet. Sin mucho más que hacer para pasar el tiempo, se centró en Arianna y su iglesia.

Se convirtió en una obsesión. Veía todos los sermones. Todos los domingos. A las 9 a. m., 11 a. m., 1 p. m., 5 p. m., 7 p. m. *y* 9 p. m. Todo el dinero de su cuenta se destinaba directamente al pago de sus diezmos.

Ryan sabía que había poseído el rifle que mató a Arianna. Se sentía conectado a ella. Sentía que Dios le hablaba a través del rifle, llevándolo hacia los pastores.

Un día, Ryan escribió una carta.

Era una guerra abierta: los ángeles del cielo y los demonios del infierno luchaban sin descanso, día y noche. Y entre ellos estaban los hombres y mujeres de Dios, luchando por su causa. Yo lideraba uno de esos ejércitos. Al mirar hacia delante, pude ver las puertas del infierno. Así que me reagrupé con el ejército que Dios había puesto ante mí y asaltamos las puertas del infierno. Siempre he sentido que nací para proteger el Reino de los Cielos y a todos los que lo habitan, tanto aquí en la Tierra como allí en el Cielo. Siempre sentí que sería yo quien empuñaría la espada en Su nombre y protegería a Su pueblo. Un día, lideraré ese ejército. Y en el nombre de Jesús, derribaremos las puertas del infierno.

Dobló la carta y la metió en un sobre, que estaba dirigido a: «PASTOR ZACH. IGLESIA VALOROUS. 423 West 8th Street, Los Ángeles, CA 90014».

MIRANDA SABÍA que no era raro que la gente encontrara la religión en la cárcel. Para la mayoría, se trataba de lidiar con la culpa y adquirir disciplina para mejorar como personas. Ryan parecía utilizarla para justificar sus acciones y profundizar en su fanatismo.

Miranda había solicitado leer todo el correo entrante y saliente de Ryan. Leyó su carta al pastor Zach y luego leyó docenas más como esa.

RYAN NO LO ENTENDÍA. Carta tras carta, pero ninguna respuesta. Tenía que llamar la atención del pastor. Así que escribió una carta breve y concisa.

Mi nombre es Ryan Sheehan.
Número de recluso 04682957, FCI Victorville.
Fui arrestado por la agente especial de la ATF Miranda López.
Sé quién mató a Arianna Barros.
Tenemos que hablar.

26

D'Andre solo tenía diecisiete años, pero debido a la gravedad de su delito, estaba recluido en el MCC Chicago. La cárcel de los mayores.

Russ entró en silla de ruedas en la sala de visitas para reclusos de alta seguridad. Había una larga fila de cabinas que le recordaban a un campo de tiro.

Se subió de su silla de ruedas a un taburete metálico y se sentó frente a una mampara vacía de vidrio a prueba de balas. Un guardia acompañó a D'Andre al interior. Al principio, Russ no lo reconoció. Llevaba un pañuelo en la cabeza y el uniforme naranja de los presos, con los pantalones caídos hasta el trasero.

Russ nunca había visto a D'Andre vestido así. Pero no era solo la ropa. Era su forma de comportarse. No caminaba. Se pavoneaba. Un andar rígido, erguido, del tipo «no te metas conmigo». D'Andre nunca había tenido ese aire arrogante.

D'Andre se sentó al otro lado del cristal. Con la barbilla levantada. La mandíbula apretada. La mirada gélida.

Se llevaron los auriculares a los oídos y Russ se obligó a sonreír. «¿Qué tal está la comida ahí dentro? ¿Tan mala como dicen?».

D'Andre solo le dirigió una mirada fría.

Russ hizo una pausa y pensó en cómo empezar. «He venido para decirte que esto no es culpa tuya».

D'Andre se estremeció. «Que le den».

«No, amigo. Yo debería haberlo impedido».

«Nunca has sido duro», dijo D'Andre.

«Es culpa mía, amigo. No tuya. Tú eres buena persona».

«Eres un blando. Un marica».

«¿Te crees duro?», Russ dio un puñetazo al cristal. Un guardia de la prisión le gritó que dejara de hacerlo. «¿Quieres ser duro? ¿Te crees duro, negro?».

«Vete a la mierda», dijo D'Andre, y luego colgó el auricular y se alejó.

«¡No es culpa tuya!», gritó Russ golpeando el cristal con los puños. Se le llenaron los ojos de lágrimas. «¡Es culpa mía!».

ESE MISMO DÍA, AK llamó a Russ al garaje.

«¿Qué tal, Hot Wheels?», dijo AK con una sonrisa cruel mientras Russ entraba en su oficina en silla de ruedas.

«¿Qué pasa? ¿Querías verme?», dijo Russ.

«¿Te acuerdas de Chinaman Yu?».

Russ recordaba haber colocado carteles electorales por el barrio con D'Andre.

«Sí», respondió Russ.

«Ese hombre hizo ciertas promesas que no ha cumplido», dijo AK. «Ahora que lo hemos elegido, cree que puede olvidarse de nosotros, solo porque somos negros de la calle». AK hizo una pausa. «A veces pienso que la cárcel sería mejor que estas calles».

Russ no entendía qué tenía que ver todo eso con él. AK había cedido su territorio. Por lo que Russ sabía, él estaba fuera.

—Necesito que le des una paliza —dijo AK.

«¿Yo?».

AK abrió una de las cajas que había traído de Indonesia. «Esto es material militar», dijo, levantando una pistola ametralladora MAC-10. «Puedes limpiar una habitación llena de hijos de puta con esto. Solo tienes que acercarte lo suficiente, apuntar y apretar el gatillo. El chino no sabrá qué le ha golpeado».

AK le tendió el arma a Russ. Russ negó con la cabeza.

—No voy a disparar a ningún concejal.

«¿Por qué no? Nadie va a condenar a muerte a un lisiado».

—No, hombre.

AK frunció el ceño. Giró la MAC-10 en su mano y apuntó con el cañón a Russ.

—Sabes, tienes suerte —dijo AK.

«¿Por qué?».

«Todos los negros tienen su día. O van a la cárcel o los matan en estas calles. Es la única forma en que termina todo. Hoy es tu día».

«¿Y qué carajos me hace tan afortunado?».

—La mayoría de los negros no pueden elegir.

Russ miró fijamente el cañón.

—Está bien. Lo haré. Mierda.

AK sonrió y Russ cogió la MAC-10.

«Amigo mío», dijo AK.

27

D'Andre echó un vistazo a las estanterías. Había oído que la biblioteca de la prisión tenía una colección de cómics y novelas gráficas, así que se había creado un plan de estudios para sí mismo. Siempre se había esforzado mucho por aprender lo que le enseñaban en la escuela. Leía a viejos autores blancos y aprendía sobre viejos presidentes blancos. Cómo Abraham Lincoln liberó a todos los negros.

Sí, los negros eran realmente libres.

En realidad, Lincoln podía irse al carajo.

D'Andre se había pasado toda la vida aprendiendo lo que la escuela le decía que debía saber y mira dónde le había llevado eso. A partir de ahora, se educaría a sí mismo. Que les jodan.

No tenían a Black Panther ni a Miles Morales, así que se decantó por su tercera opción, Batman. Bruce Wayne puede que fuera otro blanco rico, pero al menos estaba metido en las calles, jodiendo a los gánsteres y toda esa mierda, así que D'Andre aún podía identificarse con él.

Quería empezar con los clásicos. Una búsqueda en Google le recomendó *Batman: Año Uno* y *El regreso del Caballero Oscuro*, de

Frank Miller. También le recomendaron mucho *La broma asesina,* de Alan Moore.

Mientras tanto, pidió Luke Cage, Blade y Black Lightning.

A DOS MIL kilómetros de distancia, Ryan también pasaba mucho tiempo en la biblioteca. Aunque lo único que leía era la Biblia. Ryan había sido un solitario en la cárcel hasta entonces y probablemente no habría sobrevivido tanto tiempo si no se le hubiera considerado de alta prioridad.

Los altos mandos de la prisión sabían que los federales seguían teniendo un gran interés en Ryan y sabían que si, por ejemplo, lo violaban en grupo o lo apuñalaban, eso les daría mala imagen. Por eso, los guardias habían estado prestándole especial atención. Aunque en las últimas semanas habían empezado a relajarse. Lo único que hacía Ryan era ver los sermones de la iglesia o leer la Biblia en la biblioteca. Después de un par de meses, parecía que los demás presos habían perdido el interés y se habían olvidado de él.

Estaba sentado solo, leyendo su Biblia como siempre, cuando CJ y Shifty entraron. Habían estado esperando pacientemente desde el día en que Ryan llegó para tener la oportunidad de atacar al chico blanco. Se sentaron en una mesa cercana y lo observaron con el rabillo del ojo.

Después de que el único otro preso de la biblioteca se marchara, un veterano con una coleta trenzada, solo quedaron CJ, Shifty y Ryan, y fue entonces cuando Shifty entró en acción. Se acercó sigilosamente por detrás a Ryan y le puso una navaja en la garganta.

«Oye, cariño. No te resistas».

CJ se quedó sentado en la mesa y se bajó la cremallera. Le gustaba mirar.

Con la navaja en el cuello, Ryan se levantó con calma y se enfrentó a Shifty. Sin miedo.

«Ahora bájate los pantalones», dijo Shifty.

Ryan respondió: «Levítico 18:22. "No practicarás la homosexualidad, teniendo relaciones sexuales con otro hombre como con una mujer. Es un pecado detestable"».

—Te he dicho que te los quites...

En un movimiento rápido, Ryan apuñaló a Shifty con su propio cuchillo. Shifty parecía aturdido. Levantó el brazo. Las arterias seccionadas de su antebrazo sangraban profusamente.

«Aunque camine por el valle más oscuro, no temeré, porque tú estás a mi lado. Tu vara y tu cayado me protegen y me reconfortan», dijo Ryan mientras apuñalaba repetidamente a Shifty hasta matarlo.

La sangre brotó como una tubería reventada.

CJ intentó darse la vuelta y huir, pero Ryan le clavó la hoja en la columna vertebral. El cuerpo de CJ se retorció mientras caía al suelo.

Ryan le abrió la garganta a CJ con el cuchillo. CJ jadeó mientras se desangraba por la herida.

Unos minutos más tarde, el guardia de la prisión que había estado vigilando a Ryan regresó del baño y lo encontró sentado en una de las mesas, cubierto de sangre y leyendo tranquilamente su Biblia. Dos cadáveres yacían en el suelo.

Ryan miró al guardia de la prisión y, respondiendo a una pregunta que no le habían hecho, dijo: «Dios me dijo que lo hiciera».

La noticia se difundió rápidamente. Cuando los guardias llevaron a Ryan esposado por el bloque de celdas, él podía sentir las miradas de todos los presos y guardias sobre él.

Lo llevaron a la unidad de aislamiento y lo metieron en una celda de dos metros y medio por tres, con una cama de cemento y sin ventanas. Los guardias lo dejaron solo en ese espacio silencioso y claustrofóbico. Pero él sonreía. Porque, a esas alturas, todos en la prisión sabían su nombre.

Alrededor de las 10:30 p. m., sonó el teléfono de AK.

«Hola».

«Hola», dijo Shanay.

«¿Qué tal, chica?».

«¿Dónde estás?».

AK ladeó la cabeza. «¿No eras la novia de Russ?».

«¿Estás enojada?».

—No estoy enojado.

«Ajá».

«Ya no puedo hacerlo por ti como él solía hacerlo, ¿eh?».

Shanay hizo una pausa. «¿Por qué no pasas por mi casa?».

AK sintió que le subía la temperatura corporal.

«Vale».

Treinta minutos más tarde, AK estaba frente a la casa de Shanay. Caminaba con paso alegre. Se acercó a la puerta principal y entonces oyó a alguien al lado de la casa. Entrecerró los ojos en la oscuridad.

«Oye, tú. ¿Quién es?».

La respuesta llegó en forma de ráfaga de disparos de metralleta. Le acribillaron el cuerpo y le tiraron al suelo. Murió antes de tocar el suelo.

Russ salió de las sombras con su silla de ruedas, empuñando la MAC-10.

Realmente era un arma militar.

Shanay salió de la casa y se colocó junto a Russ. «Vamos, cariño», dijo, y se llevó a Russ en su silla de ruedas.

SHANAY ESTACIONÓ a Russ al otro lado de la calle del garaje de AK.

—Debería entrar contigo —dijo Russ.

«Cariño, nadie va a meterse conmigo», respondió ella.

Cruzó la calle y desapareció en el garaje.

Al cabo de un momento, volvió a salir con el perro de D'Andre en brazos.

A LA MAÑANA SIGUIENTE, la señorita Evelyn se levantó con el sol. Preparó el café y se dirigió al porche para recoger el periódico. Cuando abrió la puerta, había un perro atado con una correa en el umbral. Le costó un momento reconocer al perro, pero cuando lo hizo, se agachó, le acarició las cicatrices del cuerpo y se le llenaron los ojos de lágrimas. Abrazó al animal y le dio la bienvenida a casa.

—¿Lo devolviste? —dijo D'Andre.

Russ estaba sentado frente a él en la sala de visitas.

—Es una anciana. Está sola y todo eso —dijo Russ.

—¿AK lo tenía peleando? —preguntó D'Andre con mirada severa.

—Ajá.

D'Andre negó con la cabeza. —¿Está bien?

—Tiene cicatrices, pero está bien. Todos tenemos cicatrices, ¿no?

D'Andre bajó la mirada y frunció el ceño. —Los negros te van a perseguir.

Russ se encogió de hombros. —Todo el mundo te va a perseguir.

«Es verdad».

Los dos se quedaron allí sentados. Russ observó cómo la tensión se disipaba del cuerpo de D'Andre.

«¿Qué tal?», dijo Russ.

«La comida aquí es una mierda. Mataría por unas Lay's».

«No lo dirás en serio, ¿verdad?».

D'Andre sonrió con aire burlón.

«Quiero decir, ahora que estás tan duro y todo eso».

«Vete a la mierda», dijo D'Andre.

Ambos se rieron.

«Oye, ¿te acuerdas de Cheese, el de la primaria?», dijo D'Andre.

—¿El negro que nunca lavaba su ropa y siempre olía a queso malo?

D'Andre asintió con la cabeza. —¡Hay alguien aquí que se parece mucho a él, tío!

—Cállate.

—Te lo juro, tío.

—¿Huele mejor que la comida? —preguntó Russ.

Se rieron y bromearon hasta que el guardia anunció que la hora de visitas había terminado y Russ prometió que volvería a verlo la semana siguiente.

«"Si encontramos el arma, encontraremos al asesino". ¿No es eso lo que dijiste?». McClean tuvo que mostrarse firme porque

Marco estaba en la habitación, de pie junto a la ventana de su oficina. Una gárgola silenciosa y decadente.

«El arma llegó a Arizona a través de una venta privada. Sin nombres. Sin comprobación de antecedentes. Pero aún así, legal», dijo Miranda.

«Sabemos lo que es una venta privada, gracias», dijo McClean.

«Este es el único país del mundo en el que cualquier persona puede conseguir un arma sin que se guarde ningún registro», dijo Miranda.

«No lo conviertas en un asunto político».

«La vida es política», respondió Miranda.

Finalmente, Marco rompió su silencio. «¿Quién carajos mató a mi hija?».

Miranda se encogió de hombros. «Podría haber sido cualquiera. Por cualquier motivo».

PARTE SEIS

PRO DEO ET PATRIA

L a religión afecta a las mismas partes del cerebro que las drogas. O el amor. O el sexo. O el juego. O la música.

El aislamiento no le molestaba a Ryan. Estaba drogado.

Rechazaba la comida. No salía de su celda. No permitía que sus captores tuvieran poder sobre él.

Vivía en un retrato que había pintado en su cabeza. Del rancho Sheehan, restaurado a sus días de gloria. Pintura fresca, ganado gordo y pasto verde. Estaba casado con Becky Brock, que vivía al final de la calle, y los trabajadores documentados trabajaban bajo la bandera estadounidense.

Entonces, un día, el enfadado guardia de prisiones pelirrojo le dijo a Ryan que se pudriría solo en aislamiento durante el resto de su vida y que todo el mundo ya se había olvidado de él.

A partir de entonces, a Ryan le costó vivir en su retrato.

Ryan sabía que era un profeta de Dios. Necesitaba que Dios le mostrara el camino. Rezó y rezó y rezó.

Entonces, esa perra que lo arrestó interrumpió sus oraciones.

. . .

LA CELDA APESTABA. Miranda se preguntó si al menos le dejaban ducharse a Ryan. Tenía un aspecto salvaje. Estaba cubierto de sus propios excrementos. Los gusanos se habían instalado allí.

Miranda miró con ira al guardia carcelario pelirrojo. «¿Cómo explica esto?».

El guardia se limitó a encogerse de hombros. «No es mi trabajo limpiarle el trasero».

Llevaron a Ryan a una sala de entrevistas. Ella le dio un momento para que se acostumbrara a su nuevo entorno. «¿Cómo estás, Ryan?», le preguntó Miranda.

Ryan entrecerró los ojos. Parecía uno de esos perros maltratados de los que cantaba Sarah McLachlan.

«¿Hay algo que te preocupe?», le preguntó ella. Por un momento, Miranda se preguntó si había perdido la capacidad de hablar. «Me enteré de lo que pasó en la biblioteca», le dijo. «Voy a hablar con los funcionarios de la prisión para que te trasladen de nuevo a la población general».

Ryan se incorporó en la silla. Su interés se despertó.

—Pero no puedo hacerlo si no me ayudas —dijo ella—. ¿Quién te vendió el arma?

Ryan frunció el ceño. —¿Por qué estoy aquí?

Miranda ladeó la cabeza. «¿Has olvidado por qué estás aquí, Ryan?».

Ryan negó con la cabeza. —Estoy aquí por proteger la libertad estadounidense. Protegerla de los terroristas, los narcotraficantes... y de ti.

—Ryan. Estoy tratando de resolver el asesinato de una joven inocente. Eso es todo.

—¿Crees que soy estúpido? Cuando las tropas de la ONU caen del cielo nocturno en helicópteros negros y los matones vestidos de negro de la ATF, que confiscan armas, amenazan nuestros derechos constitucionales, siempre habrá hombres como yo para enfrentarse a ustedes.

Miranda tenía claro que Ryan estaba demasiado ido como para razonar con él. Pasó al plan B.

—¿Entiendo que has estado escribiendo algunas cartas?

Ryan apretó la mandíbula. «¿Qué pasa con ellas?».

«Estoy aquí para preguntarte sobre algo que escribiste en una carta en particular».

Ryan se recostó en su silla y cruzó los brazos.

«Sé quién mató a Arianna Barros. Tenemos que hablar». El pastor Zach dobló la carta de Ryan y se la guardó en el bolsillo del pecho.

«Mis repetidas solicitudes para hablar con Ryan Sheehan han sido denegadas. Lo mantienen aislado en régimen de confinamiento solitario y no le permiten recibir visitas de nadie. Me pregunto quién no quiere que Ryan Sheehan hable y qué temen que pueda decir».

El pastor difundía sus teorías conspirativas en cada uno de sus sermones, que se transmitían en vivo por todo el país. Finalmente, los medios locales confirmaron que la ATF había arrestado e interrogado a un hombre llamado Ryan Sheehan en relación con el tiroteo de Arianna Barros. Luego se convirtió en noticia nacional. CNN. Fox News. MSNBC.

Para los pastores Zach y Kelly, fue una mina de oro. Los diezmos aumentaron un setecientos por ciento. El pastor Zach sintió que su destino finalmente se estaba cumpliendo.

Desde que era joven, había soñado con tener su propia megaiglesia. Otros chicos idolatraban a las estrellas de acción y a los jugadores de béisbol. Sus héroes eran hombres como Billy Graham y Jerry Falwell. Y su padre. El pastor Billy Beck. Quien, en la década de 1950, tomó la pequeña iglesia de renacimiento de su papá en Texas, entonces conocida como Tree of Life

Ministry, y la convirtió en WorldMovers Church Inc. Una de las megaiglesias más grandes del planeta.

El pastor Zach estaba orgulloso de que su pequeña parroquia de Los Ángeles formara parte de la familia WorldMovers, pero tenía planes más ambiciosos. Sabía que no era el Mesías. A menudo tenía que recordarse a sí mismo que era un sacrilegio pensar así. Pero al menos era un profeta. Uno importante. Y ahora Dios por fin le estaba dando los medios para difundir su mensaje al mundo.

El destino divino del pastor Zach era salvar el mundo.

El pastor Zach estaba en un concesionario de automóviles, cerrando el trato por su nuevo Rolls Royce Phantom Serenity color nácar cuando Miranda llamó.

«Soy la agente especial Miranda López, de la ATF».

Una leve sonrisa se dibujó en el rostro del pastor.«¿En qué puedo ayudarla, agente López?».

«Una persona de interés para mi investigación ha solicitado su presencia».

La prisión había limpiado a Ryan para la visita del pastor. Ryan insistió en que pudieran hablar a solas. De repente, ese fanático de mierda estaba tomando las decisiones. Miranda tuvo que aguantarse.

Ryan y el pastor hablaron durante casi cuatro horas. Después, Miranda intentó interrogar a Ryan, pero él se mostró hermético. «Todo se revelará», fue todo lo que el pequeño psicópata engreído le dijo.

Un guardia de la prisión acompañó a Ryan fuera de la sala de entrevistas y lo llevó de vuelta a la celda de aislamiento.

Después de que se fuera, Miranda retiró la grabadora que había pegado debajo de la mesa. No había ninguna base legal para que la conversación de Ryan con el pastor fuera confidencial, por lo que no era ilegal que ella la grabara.

Todo se revelará. Joder, claro que sí.

Al final, Miranda se enteraría de lo esencial de lo que Ryan y el pastor habían hablado incluso antes de pulsar el botón de reproducción de su grabadora.

En los primeros días de la investigación, Miranda se había inscrito en la lista de correo electrónico de la Iglesia Valorous. Regresó a casa, revisó su cuenta y encontró un nuevo correo electrónico masivo de la Iglesia Valorous. El asunto decía: *Todo será revelado.*

Abrió el correo electrónico y, entre varios gráficos hipsters y pseudocristianos, una sola frase destacaba como un tumor:

Este domingo, durante nuestro sermón de la 1 p. m., Ryan Sheehan revelará quién mató a Arianna Barros en directo desde la penitenciaría de Victorville. ¡Reserva tu lugar ahora y sé testigo!

Jesús. Iban a retransmitir en directo a Ryan para todo el mundo. Estaban vendiendo malditos asientos.

Miranda sacudió la cabeza con incredulidad. Se sentó con un bolígrafo y un bloc de notas. Sacó la grabadora y se puso a trabajar.

La grabación comenzaba con Ryan hablando mucho sobre cómo se sentía conectado con la labor del pastor. Cómo creía que Dios tenía un plan mayor para él. Que era uno de los guerreros elegidos por Dios. Las típicas tonterías de delirios de grandeza.

Estos dos tienen mucho en común, pensó Miranda.

Al cabo de una hora, llegaron a lo relevante. El pastor le preguntó si realmente sabía quién había matado a Arianna.

Ryan dijo: «Sí».

«¿Quién?».

«Yo», respondió Ryan. «Yo le disparé. Les disparé a todos. Lo hice con un Colt AR-15 A4 al que le habían quitado el número de serie».

«¿Por qué, Ryan?».

«El diablo me obligó a hacerlo».

«¿Te arrepentirás?».

«Sí».

Detuvo la grabación. Necesitaba un momento para respirar. Para asimilarlo.

Por supuesto, no se lo creyó. Sabía que Ryan estaba mintiendo. La pregunta era: ¿por qué? ¿Alguien le había incitado a hacerlo o solo era un simple caso de búsqueda de atención? ¿Más de sus delirios de grandeza?

Llamó a Lance y le preguntó si podía dar cuenta del paradero de Ryan la noche del asesinato de Arianna Barros. Lance no pudo. Ryan iba y venía a su antojo, incluso antes de unirse a la milicia.

Ryan había estado en posesión del arma homicida y parecía que todo el mundo quería cerrar el caso. Si él confesaba el crimen y ella no podía refutar que fuera él, su investigación habría terminado.

Llamó a McClean y le explicó la situación. McClean le dijo que la llamaría después de hablar con Marco.

Por un momento, Miranda se preguntó si sería tan malo que Ryan confesara. Podría decir que había hecho justicia por Arianna. Podría recuperar a Camilla.

Solo ella sabría que era mentira. Sabría que el verdadero asesino seguía libre y que ella había ayudado a que se saliera con la suya.

¿Podría vivir con eso?

Cuando McClean la llamó, no fue lo que Miranda esperaba.

—No interfieras.

—¿Qué?

«Deja que la iglesia siga adelante».

«¿Sabes lo que eso significa?».

«Es lo que quiere el senador».

Miranda puso los ojos en blanco. «Como siempre, agradezco tu apoyo».

—Mira. Llevas meses investigando la muerte de Arianna y no estás ni un poco más cerca de encontrar al sospechoso. No sabes lo que le está haciendo a Marco. Al menos así, podrá intentar seguir adelante.

«Pero es una mentira».

«No. Es misericordia».

MIRANDA LLAMÓ a Cal para ponerlo al día. Él le dijo que estaba en Los Ángeles y que debían verse. Le dio la dirección de un restaurante.

Era el tipo de lugar donde una hamburguesa cuesta dieciocho dólares y las papas fritas se venden por separado. *Qué estafa*, pensó Miranda mientras echaba un vistazo al menú. La decoración contemporánea y la música moderna les permitían cobrar un trescientos por ciento más por lo que, en esencia, era un McDonald's glorificado. Criminal.

La mesera era una chica redonda de cara aniñada con un piercing en la nariz y tatuajes de calaveras, rosas, espinas y dagas en los brazos. Comenzó promocionando su nueva hamburguesa Boundless , una hamburguesa vegetal que no solo sabía exactamente igual que la carne de res, sino que tenía menos calorías y era mejor para el medio ambiente, ya que el metano que liberan las vacas de carne representa más del cuarenta por ciento de las emisiones de gases de efecto invernadero. ¡Únete hoy mismo a la lucha contra los pedos de las vacas!

Dijo que volvería enseguida con unas botellas de agua.

«¿Cuándo se volvieron tan políticas las hamburguesas?», dijo Cal.

Añade carne sin carne cultivada en probeta a cualquier menú y gana puntos hipster. Miró a su alrededor a los jóvenes que usaban sus teléfonos para tomar fotos de sus hamburguesas. No pagaban por la comida. Pagaban por las publicaciones y los «me gusta». Todo por el Instagram.

«¿Por qué demonios quisiste quedar en un lugar como este?», preguntó ella. Estaban sentados en una mesa cerca de la entrada.

«No has prestado atención», dijo él.

«¿Qué?

«Aquí es donde ella trabajaba».

La biografía de Arianna volvió a la mente de Miranda. Volvió a imaginar el lugar. Sus ojos se dirigieron al mostrador de la recepcionista. *Ahí era donde ella estaba*, pensó Miranda. Una joven que intentaba pagar su renta. Sobrevivir.

El joven detrás de la barra no dejaba de mirar a Cal por alguna razón. Tenía unos músculos caricaturescos y su cuerpo era un confuso mosaico de tatuajes coloridos y discordantes que resaltaban como llamativos letreros de neón. Su piel brillaba con un tono naranja bronceado y sus dientes eran deslumbrantes focos de blanco.

Bien podría haber estado sosteniendo un megáfono y gritando: «¡Mírenme!».

Maldita Los Ángeles. Todos eran protagonistas de un reality show que solo se reproducía en sus cabezas.

Por supuesto, este fenómeno no se limitaba solo a Los Ángeles. La ciudad era simplemente el epicentro. Era una enfermedad nacional que afectaba de manera desproporcionada a cualquier persona menor de treinta años.

Pero luego estaba Arianna. Ella no había sido como otras personas de su edad. No tenía el «síndrome de la celebridad», la necesidad de ser el centro de atención.

No había buscado la fama, la atención ni la notoriedad. A

Miranda le parecía que esas cosas no la habrían reivindicado. No tenía ego. Solo quería llevar una vida tranquila y sin pretensiones. ¿Qué esperaba encontrar en Los Ángeles? ¿De qué huía?

Miranda sabía lo que era tener miedo del mundo. Para poder sobrellevarlo, se había construido una coraza. Arianna se había unido a una iglesia.

Camilla tenía razón. ¿Cómo podía permitir que sus prejuicios personales le impidieran ver a Arianna tal y como era? Un ser humano. Una joven inocente asesinada. No podía permitir que los pastores hicieran eso. No podía permitir que convirtieran la muerte de la chica en un espectáculo secundario.

¿Por qué Marco iba a estar de acuerdo con eso?

¿Por qué protegería a los verdaderos asesinos?

Quizá era como decía McClean. Quizá solo se trataba de un delirio provocado por la necesidad desesperada de un padre afligido de cerrar el capítulo por cualquier medio. O quizá era otra cosa.

Miranda tenía que considerar todas las posibilidades.

Arianna era un lastre político.

Marco era un hombre notoriamente ambicioso. Estaba perdiendo las elecciones, pero desde la muerte de ella, su popularidad se había disparado. Su reelección estaba prácticamente garantizada.

Ella seguía sintiendo que le faltaba algo.

A Miranda le costaba creer que Barros pudiera haber mandado matar a su propia hija solo para conservar un escaño en el Senado. Y su dolor parecía tan real.

Pero, por otra parte, los políticos son sociópatas.

Cuando Miranda era pequeña, su madre tenía una planta de tomates. La tarea de Miranda era estar siempre atenta a las plagas. Caracoles, gusanos, insectos y cosas por el estilo. Cada vez que descubría una criatura que no había visto antes, la atrapaba y se la enseñaba a su madre. Un día, encontró una oruga verde. Nunca había visto una así, así que la atrapó en un vaso de plástico transparente y le puso una tapa. La oruga exploró el vaso, pero al cabo de un rato, lo único que hacía era dar vueltas por el fondo. La cabeza perseguía a la cola. No iba a ninguna parte.

Entonces empezó a comerse a sí misma.

Al principio, Miranda pensó que el insecto se había mordido accidentalmente a sí mismo y había aprendido la lección. Pero no se detuvo. Siguió mordiendo ciegamente su propia cola, consumiendo su propia carne. Su viscosa sangre verde llenaba el fondo del vaso. Finalmente, se ahogó.

En ese momento, Miranda se sentía como esa oruga. Persiguiendo su propia cola. Perdiendo a Camilla, que lo era todo para ella. Ahogándose.

Era hora de escapar del vaso Dixie.

Las ventas habían aumentado. La tienda web de Valorous apenas podía satisfacer la demanda y el álbum debut de la banda Valorous obtenía millones de reproducciones cada mes.

El pastor Zach no solo estaba salvando el mundo. Lo estaba conquistando.

Siempre le había gustado el calor de las luces del escenario. La iluminación de la televisión no era diferente. Estaba sentado junto a su esposa y frente a Diana Jessa en su programa de noticias de difusión nacional, *Diana Jessa Live*.

«Ryan Sheehan me escribió una carta hace dos semanas desde la cárcel. Desde entonces, he estado manteniendo correspondencia con él a diario», dijo el pastor Zach.

«¿Por qué cree que se puso en contacto con usted, pero se ha negado a cooperar con las autoridades?», preguntó Diana Jessa.

«La policía no puede ofrecer la salvación».

«¿Pero tú sí?».

«Solo Jesús puede hacerlo. Pero yo puedo ayudarlo a abrir su corazón y encontrar el camino. Ryan Sheehan quiere la redención. El primer paso en el camino es la honestidad absoluta. Ha estado guardando un secreto que le ha estado carcomiendo el alma. La identidad de la persona o personas responsables del tiroteo que se cobró la vida de nuestra Arianna y otras doce personas».

«Pero ¿no sería más apropiado que Ryan Sheehan cooperara con las autoridades?», preguntó Diana. «Se podría argumentar que al permitir que Ryan Sheehan nombre públicamente a quien él afirma que mató a Arianna Barros y a los demás, estás dificultando el trabajo de las autoridades y, en última instancia, la justicia para Arianna».

«Dios es el juez supremo, el administrador supremo de la justicia, y no hay tribunal más grande que la iglesia», dijo el pastor Zach. «A través de la revelación pública de Ryan, el mundo puede unirse en oración no solo por Arianna, sino también por su asesino. Para que reciban justicia rápida y busquen la redención por el mal que han hecho».

«¿Qué les diría a quienes argumentan que usted y su esposa simplemente se están aprovechando de la muerte de Arianna Barros?».

El pastor Zach abrió mucho los ojos y su voz tembló con pasión. «¡Yo digo que estoy desenmascarando a Satanás! ¡Expulsándolo! Yo digo que estoy haciendo la obra de Dios...».

«Apáguenlo», dijo Miranda mientras ella y media docena de policías uniformados irrumpían en el plató. Sabía que el refuerzo era excesivo, pero las cámaras estaban grabando y quería montar un espectáculo.

Se acercó al pastor Zach. «Póngase de pie».

El pastor Zach miró a su alrededor, confundido. No parecía procesar que ella le estuviera hablando a él.

«No lo repetiré».

Se levantó vacilante de la silla. Miranda sacó sus esposas.

«Zachary Beck, tiene derecho a permanecer en silencio...».

«¿Qué?», dijo el pastor Zach.

«Todo lo que diga podrá ser utilizado en su contra ante un tribunal». Le colocó las manos a la espalda y le esposó las muñecas. «Tiene derecho a un abogado. Si no puede pagarlo, se le asignará uno de oficio».

El pastor Zach tartamudeó. La conmoción se convirtió en miedo.

—¿Entiende los derechos que le acabo de leer? Él la miró con ojos asustados. Ella casi sintió lástima por él. Lo condujo hacia la puerta como a un cordero al matadero.

En el pasillo fuera del estudio de grabación, el pastor finalmente se atrevió a preguntar por qué lo arrestaban.

«Fraude», respondió Miranda.

Miranda necesitaba detener el espectáculo de Ryan Sheehan y tenía la molesta corazonada de que los registros financieros de la iglesia revelarían algo escandaloso, pero un juez no firmaría una orden sin causa justificada. Durante años, el pastor Zach había prometido construir una iglesia permanente, para no tener que alquilar clubes nocturnos para los servicios dominicales. Miranda argumentó que utilizar los diezmos religiosos para alquilar una mansión en Huntington Beach y pagar vacaciones en Hawái, en lugar de cumplir su promesa de construir una iglesia permanente, constituía un fraude.

Era una acusación dudosa, en el mejor de los casos, y Miranda sabía que nunca prosperaría. Innumerables predicadores de megaiglesias habían hecho cosas similares y peores con el dinero de sus feligreses. Era su *modus operandi*.

Pero la acusación de arresto le concedió a Miranda el acceso a los registros financieros de la iglesia que necesitaba.

Sabía que los pastores estaban siendo estafados y que era ella quien les estaba estafando, pero los fines justifican los medios, ¿no? Además, se habían enriquecido a costa de trabajadores esclavos vulnerables y lavados el cerebro, a los que llamaban voluntarios. No eran precisamente inocentes.

Tenía que admitir que le resultaba gratificante encerrar al pastor un sábado por la noche. No vería a un juez hasta el lunes.

Cuando Miranda obtuvo la orden judicial para revisar los libros de la iglesia, lo último que esperaba era ver el nombre de Marco Barros por todas partes.

«La persona más poderosa de Estados Unidos es un hombre blanco religioso».

Cal estaba en una operación en el norte de África cuando uno de los miembros de su equipo hizo ese comentario.

«Basta con fijarse en los presidentes. El noventa por ciento encaja en el patrón. Obama era negro. Lincoln y Jefferson no tenían afiliación religiosa. Todos los demás eran hombres blancos cristianos».

La persona más poderosa de Estados Unidos es un hombre blanco religioso.

Cal se preguntó si Warren Buffett, Jeff Bezos o Jamie Dimon eran religiosos.

MIRANDA CONDUJO con Cal por el centro de Houston. El pastor Billy Beck había quedado con ellos en el campus principal de la iglesia WorldMovers, un estadio deportivo reformado al sur de la ciudad.

La revisión de Miranda de las finanzas de Valorous había

dado sus frutos. Pero el fruto estaba envenenado. Tenía que tener cuidado al morderlo.

Descubrió que Marco Barros había estado donando grandes sumas de dinero a Valorous durante años.

Por lo que Miranda sabía, Marco no tenía ninguna afiliación con la iglesia del pastor Zach. Así que investigó un poco y descubrió que llevaba décadas tratando con la iglesia del padre del pastor Zach.

Hoy en día, la megaiglesia conocida como WorldMovers era una de las más ricas del planeta. Era la iglesia matriz de Valorous y Marco había sido un generoso y silencioso donante desde que tenía veintitantos años. Prácticamente la había construido él.

Era una afiliación sobre la que Marco había guardado un silencio llamativo.

Tras la muerte de Arianna, Marco volvía a tener buenos resultados en las encuestas. El dinero fluía hacia Valorous y, por extensión, hacia WorldMovers. Pero a Miranda, su dolor le parecía tan legítimo. ¿Podría haber sido arrepentimiento? ¿Se había salido algo de control?

En cualquier caso, los hechos eran los hechos. La muerte de Arianna había beneficiado a Marco. Motivo, medios y oportunidad. Y si Marco estuviera involucrado de alguna manera en la muerte de su hija, eso explicaría por qué estaba tan ansioso por dejar que Ryan Sheehan cargara con la culpa.

Antes de enfrentarse a Marco, Miranda pensó que era mejor interrogar al presidente de la Iglesia WorldMovers.

Llevó a Cal con ella, pero no le dijo nada. Era un hombre de Marco y sabía que no podía confiar en él. Quería evaluar cuánto sabía. Mantén cerca a tus amigos, pero aún más cerca a tus enemigos. Todavía estaba calculando cuán cerca debía estar Cal.

El presidente de la Iglesia WorldMovers se llamaba Billy Beck. Era el padre del pastor Zach. Este hombre, de unos setenta años, todavía tenía la vitalidad y el carisma necesarios para animar a decenas de miles de personas en los estadios. Las cámaras se balanceaban a su alrededor. Su imagen llegaba a los hogares de más de diez millones de televidentes estadounidenses todos los domingos.

Pero fuera del escenario, Billy Beck era William. Billy Beck tenía un acento sureño, pero William utilizaba una dicción no regional.

Billy Beck era carismático y extrovertido. Un hombre del pueblo. William era reservado y superior.

Billy Beck era un showman. William era un director ejecutivo.

No te convertiste en multimillonario sin tener cabeza para los negocios.

«Tienes preguntas», dijo William, con tanto encanto como una calculadora de escritorio. Estaban sentados frente a él en su oficina.

«Sí».

Él la miró sin comprender.

«¿Conoce a Marco Barros?», preguntó ella.

«Sí».

—¿De qué?

«Es feligrés».

—¿Cuándo lo conociste?

«Hace aproximadamente cuarenta años».

«¿Y cómo ocurrió ese encuentro?».

«Se me presentó después de uno de nuestros servicios dominicales. En aquella época, nuestra congregación era mucho más pequeña».

«¿Sabías que se dedicaba a la política?».

«Creo que lo mencionó».

«Ha donado mucho dinero a su iglesia a lo largo de los años». Esperó a que él dijera algo.

«¿Hay alguna pregunta?».

«¿Por qué les ha donado tanto dinero?».

«Tendrías que preguntárselo a él».

«¿Pidió algo a cambio?».

«No».

—Tu congregación apoyó mucho a Marco Barros. Se podría decir que WorldMovers es la razón por la que él está donde está hoy, y viceversa.

Él la miró sin comprender. Ella suspiró.

«¿Marco Barros le pagó por respaldarlo?».

«No», respondió él secamente.

«¿Conocías a su hija?».

«Nunca la conocí. Según tengo entendido, ella estaba más involucrada con la parroquia de mi hijo».

—¿Y no le molesta que su hijo haya convertido la muerte de ella en un truco publicitario?

«Esa pregunta es provocadora». Miró su Rolex.

«¿Por qué un árbol?», dijo Cal.

Miranda y Billy Beck lo miraron. Era la primera vez que hablaba en toda la reunión. Cal se refería a una pancarta que colgaba detrás del escritorio de Billy Beck con la imagen de un árbol. Sus ramas se extendían hacia el cielo.

«Al principio, nos llamábamos Ministerio del Árbol de la Vida. Ese era nuestro logotipo».

Miranda miró a Cal. Él permanecía sentado, impasible. Ella volvió a mirar a Billy Beck.

«Gracias por su tiempo, pastor Beck», dijo, y luego se levantó y se dirigió con Cal hacia la puerta.

«Te has metido con las personas equivocadas».

Miranda se detuvo y lo miró. «¿Perdón?».

Su acento sureño se hizo notar lentamente. La emoción se apoderó de su voz y sus ojos se oscurecieron.

—Ha arrestado a mi hijo por un cargo que ambos sabemos

que es una tontería. Ha atacado mi fe y a mi familia. La gente suele pasar por alto el Antiguo Testamento. Olvidan que Dios puede ser vengativo y verdaderamente violento. Tenga cuidado, agente López.

Esto distaba mucho del espiritual McDonald's que el hombre servía cada domingo.

«¿Es eso una amenaza, pastor?».

«No, señora. Solo un sermón de un viejo predicador».

DE VUELTA EN LOS ÁNGELES, el agente especial Scarpelli estaba furioso.

«¿Estás completamente loco? ¿Qué tiene que ver WorldMovers con el asesinato de Arianna Barros?».

«Todavía estoy investigando eso, señor», dijo Miranda, de pie, rígida, frente a su escritorio.

«¿Cómo encaja el arresto del pastor de la chica en su gran teoría?».

—Como he dicho, todavía estoy trabajando en ello.

—No. No es cierto.

—¿Señor?

—El senador quiere que te retires del caso.

«No sabía que tuviéramos que rendirle cuentas».

«No. Respondes ante mí y, francamente, estoy de acuerdo con él».

—Esto es una mierda.

Scarpelli dilató las fosas nasales. —Lo siento. ¿Podría repetirlo?

—Hay algo raro entre Marco Barros y Billy Beck.

—El agente Cooley se hará cargo de la investigación. Ponlo al corriente. —Le indicó con un gesto que saliera de su oficina.

Miranda apretó los dientes.

El agente especial Chad Cooley.

Un lameculos. Un adulador. Un político de oficina. Y totalmente incompetente.

Si ella fuera una persona rica y poderosa que intentara salirse con la suya tras cometer un asesinato, él sería el tipo al que querría que investigara el caso.

Lo miró con ira desde el otro lado de la oficina.

Con sus grandes dientes de castor y su cara de ardilla, solo quería darle un puñetazo.

Descansa en paz, Arianna.

CAL CONTEMPLÓ el Árbol de la Vida que colgaba detrás del escritorio de Billy Beck.

Lo deformó en su memoria.

Sus ramas afiladas y definidas que se elevaban hacia arriba se inclinaban y se difuminaban en manchas borrosas.

Como algo crucífero.

¿Por qué un hombre gordo tendría un tatuaje de brócoli? Cal se lo preguntó de nuevo.

Estaba esperando a Pat Roti en un banco del parque Maguire Gardens, frente a la Biblioteca Pública de Los Ángeles. Era poco después de medianoche y los drogadictos y los lunáticos estaban fuera. Vio a un hombre adulto que llevaba una bolsa de basura a modo de pantalones cagando en la fuente del parque.

Cal odiaba el centro de Los Ángeles. Todo en ese lugar le parecía vacío y hueco. Le recordaba a un poema que había leído en alguna parte. Forma sin figura, sombra sin color. Pero, por alguna razón, decidió vivir allí.

Sentía un apego frío y rencoroso por el lugar. Una similitud venenosa. No era una ciudad real. Más bien parecía una forma de vida alienígena que intentaba imitar a una ciudad.

¿Y él mismo? ¿Una IA que intentaba imitar a un humano?

Un Mercedes se detuvo y se quedó parado junto a la acera. Pat Roti salió y se sentó junto a Cal en el banco.

—¿Quién era Kilo?

—¿Quién?

«¿El hombre gordo que maté en el desierto?», preguntó Cal.

«Sabes que no es tu trabajo hacer preguntas».

—Solo necesito saberlo.

Los ojos de Pat se posaron en Cal. Esto no era propio de él. Lo pensó y finalmente dijo: «Era un traficante. Traía chicas de México. Créeme, ese bastardo se merecía lo que le pasó».

—Kilo tenía un tatuaje en el antebrazo —dijo Cal—. Estaba viejo y descolorido, pero parecía el símbolo del Árbol de la Vida que utilizaba la iglesia que he relacionado con Arianna Barros. Kilo se escondió solo unas semanas antes de la muerte de Arianna. ¿Por qué?

—Eso no es importante.

—Podría serlo.

—No lo es —dijo Pat—. Mira. Estoy en una situación delicada. Mi trabajo es mantener la confidencialidad de mis clientes, pero también es mi responsabilidad protegerte. Cuanto menos sepas, mejor. Tu única tarea es encontrar a la persona que disparó a Arianna Barros y matarla, así que deja de hacer tantas malditas preguntas». Pat se levantó del banco. «Te han ordenado hacer algo, así que hazlo. Nunca antes ha sido un problema para ti».

Pat Roti regresó al Mercedes.

Así que Kilo era un traficante sexual, pensó Cal. Era la primera vez que preguntaba por alguien a quien había matado. Sí, el tipo era un cabrón, pero saber quién era lo hacía de alguna manera más real. Algo inanimado se animaba. Y él se sentía más culpable.

Quizá Pat tenía razón. Cuanto menos supiera, mejor.

. . .

CAL NO ESTABA seguro de por qué le había contado a Miranda lo de Kilo.

Quizás Kilo le recordaba a Pat.

Putas fugitivas.

Quizás estaba cansado de que lo trataran como a una puta.

Había trabajado para Pat Roti durante años y Pat seguía viéndolo solo como un lacayo. Un subordinado. Mata y no preguntes por qué.

Miranda investigó a Víctor «Kilo» Cortés. Era ministro de la Iglesia WorldMovers hasta que desapareció sin dejar rastro unas semanas antes de que Arianna fuera asesinada. Le preguntó a Cal si valía la pena intentar encontrarlo. Cal no respondió.

Por supuesto, no había forma de relacionar esta nueva información con el asesinato de Arianna. Al menos, todavía no. Así que lo dejaron estar. Otra pieza del rompecabezas.

Mientras tanto, Cal estaba cada vez más inquieto. Una vez leyó que el gran tiburón blanco es lo que se conoce como un ventilador ram obligatorio. Carecen de la capacidad de utilizar los músculos bucales, o de las mejillas, para introducir agua en la boca y sobre las branquias como otros peces. En su lugar, deben «empujar» el agua sobre sus branquias nadando. Deben estar en constante movimiento para poder respirar. Si dejan de nadar, se ahogan.

Cal era un gran tiburón blanco. Podía sentir cómo el caso se enfriaba. Podía sentir cómo perdía oxígeno. Así que decidió volver a Arizona y volver a intentar con Lance.

Se sorprendió. El veterano fue más acogedor de lo que esperaba. Cal supuso que era porque extrañaba a su nieto y aceptaba cualquier compañía que pudiera conseguir. Incluso los solitarios se sienten solos.

Lance le ofreció una cerveza y se sentaron en el porche. Le preguntó si tenía noticias de Ryan y Cal respondió que no, pero ambos sabían que la situación no pintaba bien.

Lance negó con la cabeza, con la mirada perdida. «¿Tienes hijos?», preguntó.

«No, señor».

«No veo cómo alguien puede criar a un hijo en el mundo actual».

Cal se encogió de hombros. «La gente siente que es lo que se supone que debe hacer». Porque eso es lo que hicieron sus padres y sus abuelos. *La Tierra está superpoblada de gente que hace lo que se supone que debe hacer*, pensó Cal.

Follando como conejos. Contaminando y deforestando. Haciendo más conejos. Que contaminan y deforestan. Provocando el cambio climático y pandemias.

O eso se dice. Cal no era científico, solo creía en la ciencia.

Incendios, huracanes y enfermedades. Desastres naturales. Y así era como Cal se veía a sí mismo.

Una fuerza de la naturaleza, un desastre natural. Eliminando a la maldita manada de conejos.

Cuando un tsunami mata a mil personas, no lo llamas maldad.

Cal no sabía cuántas víctimas había causado, pero sin duda eran menos de mil.

«Sé que esto me hace parecer un viejo, demonios, soy un viejo, pero...», Lance se calló, con la mirada perdida. «Demonios, recuerdo que solíamos llevar nuestros rifles a la escuela. Los dejábamos en nuestros autos y nos íbamos a cazar después de clase. Ahora, parece que hay un tiroteo masivo cada dos días. Tenemos malditas milicias ansiosas por cazar a otros seres humanos. Es como una maldita película de terror que no termina nunca». Sacudió la cabeza. «¿Cuándo cambió todo? ¿Cuándo se volvió todo el mundo en este país tan malditamente loco?».

Ahora hablaba más al universo que a Cal, lo cual le parecía bien a Cal, porque estaba seguro de que no tenía una respuesta.

«Es que no reconozco este mundo», dijo Lance. «Supongo que por eso le fallé. A Ryan. Nunca supe cómo relacionarme con él».

Ahora su mirada se centró en Cal cuando se volvió hacia él. «Ese chico me da miedo», dijo con dolor en los ojos.

Cal sabía lo peligrosas que eran las personas como Ryan. Conocía ese tipo de personas.

A Ryan le prometieron el sueño americano por ser quien era. Llámalo privilegio masculino. Llámalo privilegio blanco. Llámalo privilegio cristiano. Cal no lo sabía, joder.

Lo que sí sabía era que pocas cosas eran más peligrosas que un hombre despechado con un arma.

Lo había visto con dictadores y asesinos en masa. Harían cualquier cosa, dañarían a cualquiera, para asegurarse de que sus fantasías de poder y control se hicieran realidad.

Pero la preocupación de Cal no era salvar al mundo de personas como Ryan. Su único objetivo era obtener la información que necesitaba de ese pequeño narcisista de mierda y, tal y como él lo veía, Lance era la mejor manera de hacerlo.

—Ryan afirma saber quién mató a Arianna Barros, pero no quiere cooperar —dijo Cal—. ¿Crees que puedes ayudar?

Lance se encogió de hombros. —No estoy seguro de lo que puedo hacer.

—Le han condenado a entre veinticinco años y cadena perpetua. Si no nos ayuda, puedes estar seguro de que será cadena perpetua.

El veterano vio la oportunidad de corregir lo que él creía que era su error. De arreglar lo que él consideraba sus deficiencias como abuelo. «Hablaré con él. Eso no significa que me vaya a escuchar, pero hablaré con él», dijo.

· · ·

Tras el arresto del pastor Zach, decidió «posponer» el evento en directo de Ryan y animó a este a colaborar con las autoridades. Al principio, Ryan estaba deprimido y enfadado con el pastor por ceder ante los federales, pero los designios del Señor son inescrutables.

Ryan fue trasladado de nuevo a la población general y descubrió que, mientras estaba encerrado en aislamiento, se había convertido en una especie de celebridad.

Valorous lo había pintado como un pecador en busca de la redención, comparándolo con el ladrón arrepentido.

Los grupos de extrema derecha se habían enterado de que había asesinado al «miembro del cártel» Arturo Maciel y luego había luchado valientemente en un tiroteo en la frontera con la milicia Lord's Predators. Lo veían como un patriota fuera de la ley.

Incluso había oído que la gente peregrinaba al rancho Sheehan solo para ver de dónde era.

Y el asesinato de dos reclusos negros en la biblioteca le había valido todo tipo de muestras de afecto por parte de los arios.

Ryan no los mató porque fueran negros. Los mató porque eran sodomitas. Pero dejó que los arios creyeran lo que quisieran creer.

Verán, Ryan solo tenía problemas con los musulmanes y los mexicanos. Pero la prisión amplió sus horizontes.

Aprendió todo sobre otras razas y culturas y por qué debía odiarlas también.

Su nuevo compañero de celda era un hombre de treinta y tres años de Arkansas llamado Tom Wiggles. Lo primero que le llamó la atención a Ryan fue lo suave que tenía la piel. Ni siquiera para los estándares de la cárcel. Era suave como la de una mujer. Tenía un diente delantero astillado y negro por un «enfrentamiento con los negros» y le hacía parecer feo cada vez que sonreía. A Ryan le inquietaban un poco sus tatuajes nazis, pero, aparte de eso, parecía estar bien.

«No es culpa tuya», le dijo Tom Wiggles. «La sociedad te ha desinformado y condicionado para que te avergüences de quién eres. Para que te sientas inferior».

Tom le enseñó a Ryan sobre el genocidio blanco y cómo el Holocausto nunca ocurrió realmente y que la esvástica es en realidad un antiguo símbolo de buena suerte. Cómo la esclavitud fue una bendición para los negros.

«Si no fuera por los blancos, todos seguirían cagando en chozas, contagiándose de sida o cortándose las extremidades unos a otros en África. ¿Y cómo nos lo agradecen?», dijo Tom. «Los blancos son la única raza del mundo a la que se le hace sentir culpable por sus logros. Si todos los demás se salieran con la suya, borrarían nuestra cultura de la faz de la tierra. ¿Por qué debería ser malo el "orgullo blanco"? ¿Por qué no podemos estar orgullosos de quienes somos? Es una tontería».

Tom Wiggles hizo que Ryan se sintiera bien consigo mismo. Le dio confianza. Le hizo sentir seguro.

Ryan no lo sabía, pero se estaba enamorando.

CAL SE HABÍA OFRECIDO A PAGAR el viaje de Lance a Los Ángeles, pero el anciano se había negado. Era algo que tenía que hacer por sí mismo. Lance aterrizó en el aeropuerto de Los Ángeles, alquiló un coche y tomó la 210 Este hasta la 15 Norte en dirección a Victorville. El aire fresco, el cielo soleado y las pintorescas montañas le parecían una afrenta a su depresión.

Llegó a la FCI Victorville. El edificio era gris y el terreno era árido.

El sol no brillaba aquí, era opresivo. El aire era polvoriento y seco, y todo estaba muerto o moribundo.

Lance encontró el lugar reconfortante. Un compañero para su miseria.

Se sentó en la sala de visitas de la prisión. Pensó que se sentiría ansioso, pero no fue así. Simplemente estaba muy cansado. Como un boxeador que había perdido el combate tres asaltos antes, pero se negaba a caer.

Ryan entró saltando en la sala y se sentó frente a él, detrás de la ventana de vidrio reforzado. Levantó el auricular.

—Hola, abuelo —dijo Ryan, sonriendo—. ¿Cómo está Bronc?

Lance carraspeó. —Ellos... lo se llevaron como prueba.

«Si no es una cosa, es otra». Ryan se recostó, relajado. «¿Sabes en qué estaba pensando esta mañana? En cómo en séptimo grado solían molestarme dos chicos mayores. Bobby Walker y Chucky Malone. ¿Los recuerdas? Eran unos cabrones grandes y fornidos. No me gustaba demostrarlo, pero les tenía miedo. Fue entonces cuando mi papá me enseñó a disparar. Me enseñó, igual que tú le enseñaste a él. La S&W .38. La AR-15. Vaya, vaya, cómo me gustaba esa Colt 1911. Resultó que tenía una vista de halcón. Cuando esos chicos lo vieron, dejaron de meterse conmigo. "Dios creó al hombre, pero Sam Colt los hizo iguales"».

Lance frunció el ceño y luchó contra la presión detrás de sus ojos. —Arturo no se merecía lo que le hiciste.

Ryan lo miró desconcertado. «Abuelo. Claro que se lo merecía. De todas las personas, pensaba que tú lo entenderías. Esto es la guerra».

—La ATF tiene algunas preguntas para ti. Solo respóndelas.

Ryan negó con la cabeza y cruzó los brazos. «Estás equivocado, abuelo».

«Es lo correcto», dijo Lance. «Si les ayudas, tal vez algún día, dentro de muchos, muchos años, te permitan volver a casa».

«Estoy en casa. Estamos en casa».

—Ryan. Si no los ayudas, pasarás el resto de tu vida en la cárcel.

«El Señor es nuestro hogar. Ha sido un largo camino, pero no he dado marcha atrás. Y he llegado. Alabado sea Él. ¿No ves lo que ha hecho?».

«¿Qué ha hecho?».

«Vuelven a conocer nuestro nombre. Los Sheehan vuelven a ser reyes».

Una lágrima recorrió la mejilla de Lance. «Por favor, dime que sientes lo que has hecho».

Ryan se quedó en silencio.

«No sabía cómo estar ahí para ti», dijo Lance. «No sabía cómo afrontar lo que no entendía. Me decía a mí mismo que estabas bien, pero en el fondo sabía que era mentira. Tenía miedo. Fui un cobarde. Por favor, dime que lamentas lo que le hiciste a Arturo».

Ryan se inclinó hacia adelante y miró a Lance a los ojos. —Estoy orgulloso de lo que hice. —Colgó el auricular de un golpe.

«Lo siento, Ryan», dijo Lance. «Te quiero».

Pero Ryan se había ido.

Lance tomó el siguiente vuelo a casa. El dolor lo acompañaba. Pensó en emborracharse, pero se dijo: «¿Para qué desperdiciar el whisky? Beber no serviría de nada. No para un dolor como este».

Salió al viejo y destartalado establo. El lugar era la pesadilla de un recuerdo que alguna vez fue hermoso. Recordó la época en que estaba vivo.

Después de Vietnam y del hospital psiquiátrico. Tenía veinte años e intentaba rehacer su vida. Los caballos eran su grupo de apoyo. Él los cuidaba y ellos lo cuidaban a él.

Y entonces conoció a Maddy.

Escondido en el pajar y cayendo del techo a través de las trampillas de las pacas de heno, asustándola muchísimo. Ella gritaba y luego se reían tanto que no podían respirar.

Dos años antes de su matrimonio y cuarenta y tres antes del diagnóstico de cáncer que se la llevaría lejos de él.

Se ahogaban juntos en risas.

Lance caminó por los oscuros puestos. Ahora solo había sombras. Pero los fantasmas seguían allí.

Splash, Magic y White Christmas.

Y ambos cuidaban de los caballos. Él y Maddy juntos. Ya no estaba solo. Y la guerra se calmó por un tiempo.

Apollo, Guinness, Connery.

Y luego nació Michael y él sostuvo su pequeño cuerpo y le dio gracias a Dios por haber sobrevivido a la guerra para crear esta vida.

Y luego Michael creció y se fue a la guerra y regresó a casa y Lance volvió a dar gracias a Dios porque ningún padre debería sobrevivir a su hijo...

Las noches empezaban a ser frías. El frío lo envolvía. Podía ver su aliento. Pero no estaba listo para irse. Todavía no. Solo unos minutos más con los caballos.

Lucky Line, Debutante, Silver Rain.

Y Toby. Un hermoso pura sangre marrón.

Su primera cita con Maddy. La llevó a dar un paseo en Toby.

Cuando la dejó montar sola, Toby se escapó con ella y ella entró en pánico, se cayó y aterrizó en un espeso charco de lodo. Él se quedó petrificado. Corrió hacia ella, extendió la mano, ella le agarró las muñecas y tiró de él, y él cayó al lodo con ella y se ahogaron en risas otra vez, y allí fue donde se dieron su primer beso. Cubiertos de lodo, en una época en la que aún no existían los celulares.

Fue el momento más feliz de su vida.

Deslizó una sola bala en la recámara de su revólver y se puso el cañón en la cabeza.

El disparo resonó en los establos vacíos.

31

Cuando Ryan se enteró del suicidio de Lance en las noticias, Lance ni siquiera era el protagonista de la noticia. «El abuelo de Ryan Sheehan muere por una herida de bala autoinfligida».

Las noticias lo utilizaron como excusa para dar a conocer las estadísticas de suicidios con armas de fuego y abogar por un mayor control de las armas.

Malditos medios liberales. Marionetas del ZOG. Ryan sabía que su abuelo había sido asesinado.

Pero ¿por qué? ¿A qué se estaba acercando demasiado?

Había tantas preguntas dando vueltas en la cabeza de Ryan que le dolía. La ATF había enviado a Lance para averiguar sobre el AR-15. ¿Lo habían matado porque había fracasado? ¿O había ido su abuelo por su cuenta? ¿Con la esperanza de que Ryan hablara, para poder llegar a un acuerdo con la ATF? Y eso les asustó.

Por supuesto. Todo era una farsa. La investigación, todo. No querían que se supiera la verdad. Y mataron a Lance porque estaba preguntando por el arma.

Pero ¿quiénes eran exactamente? ¿Los federales que querían

confiscar las armas, o tal vez las Naciones Unidas? ¿Y qué era lo que no querían que Lance descubriera?

Todo se reducía al AR-15.

Los pastores estaban detenidos y el gran evento de Ryan se pospuso indefinidamente. Alguien no quería que hablara. Esa era la única explicación.

Ryan pensó en su abuelo, muriendo solo. Se angustió pensando en cuáles habrían sido sus últimos pensamientos.

Tenía que hacer algo. Defenderse. Honrar a su abuelo.

Pero no confiaba en ese cabrón del FBI.

Así que llamó a Cal.

—Tú no eres un federal —dijo Ryan—. Y yo necesito respuestas. Estaba sentado frente a Cal, al otro lado del cristal de la prisión. —Quiero atrapar a los que mataron a mi abuelo. Quiero que sufran. Que recuerden mi nombre.

¿Asesinado?, pensó Cal. Dios, el chico estaba loco. Pero le siguió el juego. «Dime qué quieres que haga», dijo Cal.

—No quieren que hable del arma. No quieren que se sepa la verdad.

Cal no se molestó en preguntar quiénes eran exactamente «ellos» según Ryan. «Si encontramos al hombre que te vendió el arma, podremos descubrir la verdad», dijo.

Ryan asintió. «Solo quedé con él para comprarle un par de rifles y pistolas. Me vendió el Bronco por mil dólares. Era como si quisiera deshacerse de él».

«¿Era este uno de los rifles que te vendió?», le mostró Cal una foto de la AR-15 utilizada contra Arianna como prueba. Ryan asintió.

«¿Estás seguro?», preguntó Cal.

—AR-15 A4. Mira metálica. Empuñadura personalizada. Nunca olvido un arma.

—¿Qué me puedes decir sobre él?

—Blanco. Treinta y tantos años. Creo que era veterano.

—¿Qué te hace decir eso?

«Por su forma de hablar. Por su porte. Usaba la hora militar y tenía una especie de calma. Mi papá era igual. Mi abuelo también. No es una calma pacífica. Es más bien la calma que hay en el ojo de la tormenta. ¿Entiendes lo que quiero decir?».

Cal sabía exactamente a qué se refería.

«Y luego estaba su cara. Estaba destrozada», dijo Ryan. «Parecía una cicatriz de bala. Le faltaba el ojo derecho».

Cal llamó a Pat Roti y le pidió que buscara en los registros de la Administración de Veteranos a hombres caucásicos de unos treinta años con heridas de bala de alto calibre en el lado derecho de la cara.

Al día siguiente, volvió a la sala de visitas. Acercó su iPhone a la mampara de cristal y se desplazó por las fotos de los pacientes. Una presentación de caras recién cosidas, rojas e hinchadas.

Después de unos minutos, Ryan se incorporó en su asiento. «Es él», dijo.

«¿Estás seguro?».

«Al cien por cien. Es él».

EL HOMBRE que Ryan identificó era Wyatt Lemieux. Era un exmarine, herido en Irak. Un francotirador le había arrancado la mitad de la cara.

Después de regresar a casa, el Departamento de Asuntos de Veteranos señaló «inestabilidad psicológica caracterizada por un marcado sentimiento antigubernamental». Se declaró ciudadano soberano y desapareció. No tenía dirección actual ni forma de contactarlo, solo un apartado postal en Oregón donde le enviaban sus cheques de prestaciones por discapacidad.

Un veterano descontento y sin hogar. Podría haber atacado a Arianna por ser quien era su padre, pensó Cal.

Cal no se lo contó a Miranda. Estaba trabajando en una orden de asesinato. No habría arresto ni juicio. Solo una maldita ejecución.

Condujo toda la noche, deteniéndose solo para comprar una botella de agua y una bolsa de cecina en una gasolinera a las afueras de Salem.

La oficina de correos de Lemieux estaba situada en un tranquilo y antiguo pueblo maderero cerca del Bosque Nacional Mount Hood. Los cheques de la prestación del Departamento de Asuntos de Veteranos llegaban el cinco y el veintiuno de cada mes. Cal llegó la mañana del veintitrés.

Pasó el día inspeccionando el lugar. Quizás tendría suerte y Wyatt aún no habría recogido su cheque.

La tarde dio paso a la noche y la esperanza de Cal de encontrar a Wyatt en la oficina de correos se desvaneció con la luz del día. Justo antes del cierre, Cal entró en la oficina de correos y le preguntó a la amable mujer asiática que estaba detrás del mostrador si podía hablar con el gerente.

El gerente, un hombre alto y delgado, le preguntó a Cal en qué podía ayudarlo.

Cal explicó que era un investigador privado que intentaba localizar a una persona de interés. «Este hombre», dijo, colocando la foto de Wyatt Lemieux.

El gerente se puso tenso. «Tienes que tener cuidado», dijo con mirada temerosa.

«¿Lo conoce?».

El gerente asintió lentamente.

«¿Sabe dónde puedo encontrarlo?».

«Tienes que tener cuidado», repitió, esta vez con más claridad. «La gente no va allí».

«¿Ir adónde?».

—Sigue la carretera y gira a la derecha en Mayapple. Sigue hasta que veas la señal.

«Gracias», dijo Cal, dándose la vuelta para marcharse.

—Si entras, estarás solo. Nadie te rescatará.

Cal asintió y salió por la puerta.

Condujo por Main Street, giró a la derecha en Mayapple Road y atravesó un espeso manto de abetos. La visibilidad era prácticamente nula. Solo veía la carretera delante y detrás de él. Cuanto más se adentraba, más aislado se sentía. No había casas allí. Ni direcciones. La carretera de grava dio paso a un camino de tierra, que terminaba en un gran letrero pintado con spray sobre una chapa oxidada.

TERRENO SOBERANO
PROHIBIDO EL PASO

EL LETRERO obviamente no tenía validez legal. Wyatt había reclamado los derechos de ocupación de terrenos públicos y los lugareños habían decidido dejar en paz a ese loco bastardo.

Cal abrió la parte trasera de su Range Rover y equipó su FN SCAR. Escudriñó el perímetro del bosque. Era una pesadilla estratégica. Las zarzas eran espesas y el terreno se inclinaba hacia arriba a través de densos árboles y rocas irregulares. Había innumerables puntos estratégicos ocultos para que el enemigo se escondiera, observara y organizara una emboscada.

La amenaza era invisible y, por lo tanto, estaba en todas partes.

Cal no era un hombre religioso, pero había una frase de la Biblia que siempre le venía a la mente en esos raros momentos en los que se sentía impotente.

Si perezco, perezco, pensó.

Luego cruzó la frontera, como un turista oscuro en esta tierra supuestamente soberana.

Caminó con cuidado, fijándose en los lugares donde Wyatt había escondido trampas para osos bajo el follaje caído.

Wyatt había elegido un lugar ideal. La geografía estaba diseñada para mantener alejada a la gente. Era una traicionera y hostil caminata cuesta arriba sobre un terreno rocoso y a través de densos matorrales. El avance se veía aún más obstaculizado por árboles caídos y desprendimientos de rocas bien colocados, arrancados de las paredes rocosas.

Y, por supuesto, Cal tenía que estar constantemente atento a cualquier otra trampa que Wyatt pudiera haber dejado.

Era una aventura lenta y frustrante, por decir lo menos. Pero una vez que Cal penetró las defensas perimetrales, tanto naturales como artificiales, el bosque se abrió a un lago azul espejo, que reflejaba los árboles, las montañas y el cielo con la teatralidad de una película de 35 milímetros.

La belleza era simplemente surrealista.

Cal quedó seducido por el lago. Se paró en la orilla y, aunque sabía que era una tontería, dejó su rifle y se sentó en un tronco caído.

El viento que soplaba desde el agua le acariciaba el rostro y el cuero cabelludo con dedos frescos, y la cálida fragancia de las agujas de pino al sol parecía envolverlo. El tranquilo arrullo de un colimbo lejano ralentizó su pulso como un metrónomo, sumiéndolo en un estado de paz casi hipnótico.

Tierra soberana.

Pensó en el anciano que se había pegado un tiro en su propio granero.

Se sintió triste y feliz por él. Su guerra había terminado. Esa es la única forma en que realmente termina.

Pero aquí. Se veía viviendo en un lugar como este. Al menos por un tiempo.

El ruido era más suave aquí. Las pesadillas se difuminaban.

Se preguntó por qué aún no había tomado la misma salida que el anciano.

Cal creía que la mayoría de los seres humanos eran en realidad al menos dos personas. Estaba la que quería vivir y la que quería morir. Ambas luchaban constantemente entre sí. En la mayoría de las personas, la que quería vivir dominaba.

La fortalecían con diversos nutrientes: posesiones, trabajo, estatus, antidepresivos, meditación, ejercicio, familia, amor, religión.

Para Cal, todo eso era novocaína. La seguridad y la protección eran lo que te llevaban sonámbulo a la tumba.

Él necesitaba un equilibrio entre sus dos yos. La vida contra la muerte. Dios y la Parca.

La homeostasis era sinónimo de coma. La guerra era la vida.

El sol estaba alto en el cielo y pronto se pondría. Cal se apartó de su meditación junto al lago, cogió su rifle y reanudó su misión. Supuso que el campamento de Wyatt estaría en algún lugar cerca del agua.

Escudriñó el horizonte boscoso. Su mirada se posó en un acantilado que se alzaba como una fortaleza de piedra caliza sobre el lago limpio y tranquilo. Se puso en marcha en esa dirección.

Cuando llegó a la base del acantilado, el sol se estaba poniendo. Se encontraba en un terreno desconocido y era probable que el camino que tenía por delante estuviera minado. La oscuridad no era su aliada. Por no mencionar que, a esas alturas, era muy probable que Wyatt lo hubiera visto, estuviera donde estuviera.

Si muero, muero. Cal comenzó el ascenso.

El camino hacia arriba era peligroso. Wyatt había escondido

media docena de granadas con cables trampa, que Cal logró detectar y esquivar.

La cima estaba a oscuras. Escaneó la zona con su visor térmico.

No había señales de vida. Lo cual no significaba nada. Si Wyatt era un soldado entrenado, sabría cómo ocultar la firma infrarroja de su cuerpo.

Cal se abrió paso entre los pinos hasta llegar a un claro donde el suelo era blando. Tomates, remolachas, cebollas, frijoles negros, papas y coles brotaban de la tierra en hileras ordenadas.

Más adelante, entre los matorrales de pinos, Cal divisó un campamento bien camuflado construido con palos y ramas cubiertos de musgo. Levantó su rifle, apuntó al objetivo y, inclinándose hacia adelante sobre su arma, se arrastró hacia el refugio.

Justo a la entrada, se colocó el rifle en el hombro y agarró con firmeza la parte delantera del arma, manteniendo los codos pegados al cuerpo y la boca del cañón en posición.

El rifle estaba bajo tensión. Su mira temblaba ligeramente, pero no importaba. Estaba preparado para disparar rápidamente a corta distancia.

Por última vez:

Si muero, muero.

Y se lanzó al campamento.

Su cuerpo reconoció la sensación del cable trampa y reaccionó antes de que su cerebro tuviera tiempo de procesar que el campamento era un señuelo y que había caído en una trampa.

Sus reflejos, y no la lógica, lo controlaron cuando saltó a ciegas y el campamento explotó en una bola de fuego.

Cayó ocho metros y medio por un barranco rocoso. Se le rompieron las costillas y se le astilló el antebrazo izquierdo. La parte media irregular de su cúbito le miraba burlonamente a través de la carne enrojecida.

Tardó veinte minutos en quitarse la camisa y el cinturón. Otros treinta en encontrar un palo rígido y fabricar una férula.

Observó sus alrededores. Estaba en el fondo de un valle. La única salida era hacia arriba, pero las paredes del acantilado sobresalían hacia afuera. Desearía haberse roto una pierna, porque era físicamente imposible salir con un solo brazo.

Era la tercera vez que caía en una emboscada. Primero el chico en South Central, luego el veterano en Arizona y ahora esto. ¿Estaba perdiendo su ventaja? ¿O era que una parte de él quería esto? No era suicida. Pero ser suicida no era lo mismo que tener deseos de morir. Quizás una parte de él creía que su lugar estaba allí abajo.

Golpeado, destrozado, moribundo.

Se había acabado. Wyatt lo descubriría y lo mataría o, lo más probable, lo dejaría morir solo allí abajo. Pensó que la deshidratación lo mataría antes que la infección. El descanso eterno en lo alto de los acantilados de tierra soberana.

Recostó su cuerpo maltrecho en la tierra y se rió porque recordaba la parábola del asno.

«LO INTENTÉ. De verdad que lo intenté. Me quitaron el caso. Todo está jodido. Por favor...». La voz de Miranda se quebró. «Te necesito». Colgó el teléfono.

Miranda caminaba de un lado a otro por el loft. Pensó en fumar un porro, pero se trataba de un tipo de ansiedad que las drogas no podían anestesiar. Era ansiedad existencial. Sentía que se asfixiaba. Tenía que salir.

Bajó en el elevador hasta el vestíbulo y le abrió la puerta del edificio al repartidor de UPS. Si no hubiera estado tan alterada, se habría dado cuenta de que las nueve de la noche era muy tarde para una entrega o de que ya había anochecido y no había motivo para que el repartidor llevara puesta su gorra marrón de UPS.

Bueno, quizá una razón. La cicatriz.

Una horrible deformación en el lado derecho de la cara del repartidor, que ella intentó no mirar fijamente.

Bajó la mirada y asintió cortésmente cuando Wyatt le dio las gracias por sujetarle la puerta, y luego siguió su camino.

32

Miranda no tenía ningún destino en mente, pero terminó en el este de Los Ángeles, el barrio donde había crecido. Aunque estaba a solo unos kilómetros de donde vivía ahora, hacía muchos, muchos años que no volvía por allí. Aparte de que algunas de las antiguas tiendas de su madre y su padre se habían convertido en Dominos o T-Mobiles, la zona seguía siendo prácticamente igual.

Se paró frente a la casa en la que había vivido con su mamá y sus hermanas. Se preguntó cuántas veces habría cambiado de dueño después de que se marcharan. Una valla oxidada protegía el césped amarillento. Un carrito de la compra robado estaba aparcado en la entrada agrietada que conducía a un garaje sin coches y repleto de escombros. La austera y descuidada fachada de estuco gris de la casa la miraba como un anciano con Alzheimer. Si las luces de las ventanas no hubieran estado encendidas, habría pensado que el lugar estaba abandonado.

Decidió que era mejor no quedarse parada. La gente podría hacerse una idea equivocada en este lugar.

Mientras caminaba por su antiguo barrio, los recuerdos volvieron a ella. El primer beso, el primer porro, la primera pelea, el primer encontronazo con la policía. El lugar era como un portal a su yo más joven. Pensó en todas las cosas que quería decirle a aquella chica. Pero, sobre todo, quería asegurarle que todo saldría bien. Esa chica enfadada, asustada y confundida, que intentaba parecer dura. Ella quería abrazarla como le hubiera gustado que hiciera su madre si no hubiera estado trabajando constantemente para sobrevivir. Quería decirle que todo saldría bien.

¿Pero sería así? Porque, si era sincera, ella seguía enojada, seguía asustada, seguía confundida.

¿Quién mató a Arianna? ¿Y por qué esta iglesia estaba tan empeñada en encubrirlo?

No importaba. Eran demasiado ricos y poderosos. Se había engañado a sí misma creyendo que había salido del este de Los Ángeles. El loft caro, el arma, la placa, el *respeto*. Todo era solo una maravillosa ilusión. La realidad era que solo llegabas tan alto como ellos te dejaban. Los poderosos no ceden su poder voluntariamente. Puede que la hubieran vestido muy bien, pero ella seguía siendo y siempre había sido una de las que no tenían voz.

Wyatt no tuvo ningún problema en forzar la cerradura del apartamento de Miranda. Una vez dentro, se puso en silencio un par de guantes de nitrilo, sacó su Beretta M9 y revisó todas las habitaciones.

Una vez que confirmó que el lugar estaba vacío, guardó su pistola y se puso a trabajar. Abrió su MacBook y presionó una lámina de plástico sobre el Touch ID. Había entrado.

Conectó una memoria USB al puerto USB y buscó en el disco duro de la Mac cualquier cosa relacionada con «Arianna Barros». Arrastró y soltó los resultados de la búsqueda en su memoria USB.

A continuación, desatornilló la parte inferior del router WiFi. Estaba a mitad de la instalación del micrófono oculto cuando oyó que alguien abría la puerta del apartamento.

Dejó el router en el suelo. No había tiempo para volver a montarlo. Apenas logró meterse en el armario cuando se abrió la puerta del apartamento y entró Camilla.

«¿Miranda?», dijo ella.

Él se asomó por una rendija de la puerta del armario. La vio dejar el bolso y las llaves.

Camilla se encontraba justo entre él y la salida.

Camilla miró su iPhone e inclinó la cabeza. Golpeó la pantalla con los dedos y luego soltó un profundo suspiro. Se acercó al router WiFi y revisó los cables.

Wyatt vio una escalera de incendios junto a la ventana trasera. Su vía de escape.

Mientras Camilla examinaba el router, se le cayó la parte inferior.

«¿Qué diablos?».

Camilla se quitó el enrutador de encima, dejó su celular y se desató el hiyab. Se sintió bien al soltarse el cabello. Se acercó al armario. Wyatt se agachó como un animal listo para saltar.

Camilla abrió la puerta del armario y Wyatt se abalanzó sobre ella y le rodeó el cuello con las manos.

No tenía intención de matar a nadie. Así que le cortó el flujo de aire el tiempo suficiente para que perdiera el conocimiento y luego escapara.

Nunca habría imaginado que aquella mujer musulmana de metro sesenta y cinco pudiera darle un rodillazo tan fuerte en los testículos.

Jadeó en busca de aire, perdió el agarre y se inclinó hacia adelante. Ella le dio una patada baja en el punto débil justo encima de la rodilla y luego le dio un puñetazo en la nariz.

Tres veces por semana hacía cardio kickboxing en Equinox. Era mejor para aliviar el estrés que el Xanax.

La sangre le corría por la cara y le lloraban los ojos. A través de su visión borrosa, vio a Camilla correr hacia la puerta.

Maldición. Se suponía que esto iba a ser limpio.

Cuando Camilla abrió la puerta y salió, Wyatt levantó su Beretta M9 y le disparó tres veces por la espalda. Su cuerpo cayó al pasillo.

Wyatt agarró el celular de Camilla y salió corriendo por la ventana trasera y bajó por la escalera de incendios.

La estación Union Station estaba a poco más de un kilómetro y medio del apartamento de Miranda. Corrió hasta allí. Compró boletos para el primer tren a Chicago.

Entró en su casa. Su maldita casa. Ahora esto era personal.

Camilla estaba en cirugía y Miranda estaba en pie de guerra.

Las cámaras de seguridad del edificio de Miranda habían captado al hombre maltrecho y con cicatrices en la cara, vestido con el uniforme de UPS, huyendo del lugar. También tenían su sangre, tomada de los nudillos de Camilla.

No tardaron mucho en identificarlo.

Naturalmente, Miranda quería crucificar al imbécil, pero Scarpelli no la dejaba acercarse. Conflicto de intereses.

—Esta es mi investigación —protestó Miranda.

«No. Arianna Barros es tu investigación», dijo Scarpelli. «No sabemos si esto es eso».

«¿Qué otra cosa podría ser?».

—Mucha gente guarda rencor a los agentes de la ATF. No hay pruebas que relacionen este allanamiento con tu caso.

No hay pruebas, pensó ella.

Condujo hasta Victorville y utilizó sus credenciales de la ATF para conseguir una entrevista de emergencia con Ryan.

Eran poco más de las dos de la madrugada. Los guardias arrastraron a un somnoliento Ryan a la sala de entrevistas, donde Miranda esperaba furiosa.

«Te voy a mostrar una serie de fotos». Miranda extendió media docena de retratos sobre la mesa. Entre ellos estaba el de Wyatt. Le preguntó a Ryan si veía al hombre que le vendió el AR-15.

Ryan sonrió con aire burlón. «No te lo dijo».

«¿Qué?

—Cal vino a verme. Le dije quién me vendió el arma. Y aquí estás tú, haciéndome la misma pregunta. Hice bien en confiar en él.

Miranda apretó los dientes. «¿Ves a ese hombre en alguna de estas fotos?».

«Vete a la mierda».

Le costó todo el esfuerzo posible no romperle los dientes.

Antes de salir de la prisión, Miranda revisó el registro de visitas y vio que Cal había visitado a Ryan.

Mientras conducía a toda velocidad hacia el sur por la I-15, intentó llamar al celular de Cal. El número estaba desconectado.

Qué cabrón.

La falta de una identificación positiva por parte de Ryan significaba que no podía vincular a Lemieux con su caso. Lo que significaba que se quedaría al margen en lo que a él respectaba.

Estaba frustrada. No solo porque en su interior estaba segura de que ese cabrón de Wyatt estaba relacionado con la conspiración. Aún no sabía si era a través de la iglesia, de Marco Barros, de ambos o de ninguno.

Pero había algo más.

No podía precisar cuándo ni dónde, pero estaba segura de ello. Había visto su rostro en alguna parte antes.

· · ·

MIRANDA REGRESÓ a Los Ángeles a tiempo para asistir a la reunión informativa de Scarpelli.

Wyatt Lemieux. Veterano de la guerra de Afganistán. Trastorno de estrés postraumático. Vagabundo. Asiduo a las ferias de armas. Considerado armado y peligroso.

«Tras el asalto, el sospechoso huyó a Union Station y tomó un tren a Chicago. El sospechoso también robó el celular de la víctima. El GPS lo sitúa en el tren».

«Es demasiado obvio», dijo Miranda. «Está tratando de despistarte».

«Miranda...».

«Lo sé, lo sé. No es mi investigación. Pero, vamos. ¿Quién no sabe que los teléfonos celulares pueden ser rastreados?».

«Está asustado. No estamos tratando con una mente estable».

«¿Y qué hay del apartado postal en Oregón?».

«¿No tiene más sentido que huya en lugar de volver a un lugar donde podrían reconocerlo?».

Scarpelli tenía razón. Después de la reunión informativa, Miranda habló en privado con él en su oficina.

«Mira, supongamos que solo es un fanático de las armas con cuentas que saldar con la ATF», dijo ella. «¿Cómo consiguió mi dirección? ¿Y la diapositiva con mi huella dactilar que utilizó para acceder a mi computadora? ¿Este tipo es un veterano sin hogar y está intentando instalar un micrófono oculto en mi router? Alguien le está ayudando».

«Sin duda, es una posibilidad», dijo Scarpelli. «Pero no lo sabremos hasta que lo atrapemos». Le puso una mano reconfortante en el hombro. «Aprecio que quieras que este hombre sea llevado ante la justicia, pero estás demasiado involucrada en esto. Tómate un descanso. Déjanos hacer nuestro trabajo».

· · ·

Oh, se tomaría un descanso, claro que sí.

Tendría que quedarse al margen, no podía hacer nada al respecto, pero seguía siendo un país libre. Si quería irse de vacaciones a Oregón, su jefe no podía impedírselo.

Por supuesto, como iría de forma no oficial, eso significaba que no tendría refuerzos si las cosas se torcían, pero tal y como ella lo veía, ese hijo de puta había entrado en su casa.

Ahora ella iba a entrar en el suyo.

33

Cal soñó que se deslizaba por uno de esos toboganes acuáticos tubulares y que este se hacía cada vez más pequeño a su alrededor hasta que sus brazos quedaron inmovilizados a los lados y su nariz se presionó contra la fibra de vidrio, y cuando se acercó al final del tobogán, este no lo expulsó, sino que simplemente terminaba en un callejón sin salida y él se quedó atrapado en el fondo, incapaz de moverse, con el agua acumulándose y sin poder respirar.

La lluvia despertó a Cal y se sorprendió al descubrir que seguía vivo.

ESTABA oscuro y la calefacción insuflaba aire caliente en el coche. Los limpiaparabrisas barrían los fríos granizos de lluvia mientras golpeaban el parabrisas. Miranda siguió la carretera que le había indicado el gerente de la oficina de correos. Él le dijo que un investigador privado había estado por allí haciendo las mismas preguntas. Le dijo que le contaría lo mismo que le había contado a él. «Ten cuidado».

Más adelante, la carretera terminaba en un callejón sin salida y los faros iluminaron el letrero de Sovereign Land.

Se detuvo y aparcó junto al Range Rover de Cal.

Salió del coche y alumbró con su linterna a través de las ventanillas del Range Rover. Una vez que se aseguró de que el vehículo estaba vacío, comprobó su arma, una Glock 22, y pasó junto al letrero para adentrarse en el oscuro bosque.

Llovía con fuerza y hacía frío, y la lluvia empapaba el suelo cubierto de hojas, dejando al descubierto las trampas para osos. Al verlas, Miranda se tensó y agarró con fuerza su Glock y su linterna.

Ten cuidado.

No hay pasado. No hay futuro. Solo el presente.

Cal estaba atrapado entre dos mundos. Su cuerpo destrozado yacía en el abismo lluvioso, pero su alma se ahogaba en un tobogán claustrofóbico y sin salida en el fondo del mundo.

¿Y si esto era la vida después de la muerte? Una eternidad de frío, oscuridad y asfixia. Paralizado. Sus músculos y su mente en un estado de atrofia perpetua.

Nadie para escuchar sus gritos. Ni siquiera capaz de gritar. ¿Era este su castigo? Por su arrogancia. Su superioridad. Por creer que era el dios de su propio universo.

¿Se había equivocado todo el tiempo? ¿Era la moralidad, de hecho, real?

Si lo era, entonces eso significaba... que Cal era malvado.

Nunca antes había considerado seriamente ese concepto, siempre tan seguro, tan convencido de su infalibilidad, pero ahora ese pensamiento se propagaba por su mente y su pecho como planetas en explosión.

Soy malvado. Y ahora me estoy ahogando. En un lugar frío y oscuro.

Y rezó para que alguien lo rescatara.

Entonces vio la figura en el acantilado, mirándolo.

Cuando el tren Four llegó a la estación Union Station de Chicago, Scarpelli estaba esperando con un equipo de agentes de la ATF. Subieron rápidamente, rodearon el compartimento de Wyatt y se identificaron. Cuando derribaron la puerta, encontraron la habitación vacía.

El celular de Camilla estaba sobre la cama, intacto.

Scarpelli soltó un profundo suspiro. «Nunca estuvo en este tren. Nos engañó».

Wyatt descendió por el barranco rocoso con una cuerda. Llevaba un rifle M16 con mira telescópica colgado al hombro. Se acercó a Cal y se colocó sobre él, mirándolo como si fuera su cena.

Sin decir una palabra, Wyatt ató las manos de Cal y le ató la cuerda alrededor del pecho. Luego agarró el FN SCAR de Cal, volvió a subir por el acantilado y tiró de Cal para que lo siguiera. La presión de la cuerda contra sus costillas rotas era agonizante. Cal luchó contra el impulso de su cuerpo de desmayarse por el dolor. Una vez que lo sacó del barranco, Wyatt condujo a Cal a punta de rifle a través del bosque frío y lluvioso.

Quince minutos más tarde, llegaron al pie de una gran roca cubierta de musgo. Wyatt arrancó algunas zarzas de su base, dejando al descubierto la entrada de una cueva.

Wyatt hizo entrar a Cal con la culata de su rifle y lo sentó en el suelo frío y duro. Había una tienda de campaña y un fogón artificial. Un tendedero, una linterna eléctrica, libros y cuadernos de mármol. Montones y montones de cuadernos de mármol, que Wyatt comenzó a recoger.

«Tenía que volver. No podía irme sin mis escritos», dijo mientras apilaba los cuadernos. «Mi trabajo aún no ha terminado».

Apiló los cuadernos en una bolsa militar raída y luego se volvió hacia Cal. «¿Quién te envió?».

Cal no dijo nada. Entonces Wyatt le pisoteó el antebrazo destrozado. Cal gritó.

«Fue él, ¿verdad?».

Cal apretó los dientes.

Wyatt examinó el rifle FN SCAR de Cal con una sonrisa cómplice. Apuntó con la mira del rifle.

«Cabrones de las Fuerzas Especiales con sus sofisticadas armas belgas», dijo Wyatt. Tiró el rifle a un lado. «Prefiero el M16. Esa es la arma de un verdadero soldado estadounidense».

Agarró su carabina y miró a Cal con ira. —Supongo que te han entrenado para resistir interrogatorios intensivos. Podría torturarte con agua hasta que sufrieras daño cerebral y aún así no sacaría nada de ti, ¿verdad?

Wyatt se colgó el M16 al hombro y desenvainó lentamente un cuchillo KA-BAR. —Los hombres suelen cooperar más cuando ven que les cortan partes del cuerpo.

Wyatt dio una patada frontal a Cal y lo tiró de espaldas. «¿Qué has dado por tu país? ¿Para qué?». Balanceó el cuchillo. «Esto es lo que hacen. Te desmembran, pieza a pieza, hasta que no queda nada».

Acercó el cuchillo a la nariz de Cal.

«Los dos deberíamos saberlo, pero nunca aprendemos, ¿verdad? Él te envió. Me traicionó», dijo Wyatt, mirando a Cal directamente a los ojos. «Nunca se puede confiar en un político».

Cal se retorció cuando Wyatt le presionó la hoja contra la nariz.

El estruendo fue fuerte. Incluso a esa distancia.

Una granada explotó en algún lugar. Un cable trampa.

. . .

EL CLIMA LA HABÍA SALVADO.

Había notado el primer cable trampa cuando las hojas mojadas por la fuerte lluvia se engancharon en la cuerda, dejando al descubierto la trampa. Después de eso, fue muy cuidadosa con cada paso que daba.

Cuando se acercó a la base del acantilado que conducía al campamento de Wyatt, un deslizamiento de tierra desprendió otro de los cables trampa de Wyatt y lo hizo detonar.

Joder, pensó Miranda.

Eso iba a llamar la atención de alguien.

WYATT CRECIÓ VIENDO películas del oeste. Pistoleros, agentes de la ley y salvajes.

Lanzó un lazo sobre la rama de un árbol y ató un extremo al cuello de Cal. Luego apiló tres piedras a los pies de Cal. Tiró del otro extremo de la cuerda, levantando a Cal por el cuello. Cal se subió a la tambaleante torre de piedras y luchó por mantener el equilibrio y evitar morir ahorcado.

Wyatt ató el otro extremo de la cuerda. Luego colocó su linterna eléctrica cerca y dejó a Cal así.

Wyatt subió a la cima de una cresta boscosa y encontró un punto estratégico despejado con mucha cobertura. *Igual que cuando se caza al ciervo*, pensó.

Se arrodilló y apuntó con la mira de su M16 a la primera piedra de la pila que había bajo los pies de Cal. Era un tiro de unos cien metros.

Inhaló, contuvo la respiración y apretó el gatillo.

La primera piedra salió volando del montón y Cal apuntó con los dedos de los pies para mantener el equilibrio en la siguiente.

Todavía lo tienes, pensó Wyatt.

MIRANDA OYÓ el disparo del rifle y corrió en esa dirección. Daba zancadas largas y altas y se mantenía alerta por si había más cables trampa.

Se agachó entre la maleza. Había una luz más adelante. Avanzó lentamente y vio a Cal colgado y expuesto a la vista.

Las venas de su cuello se hincharon y se le formaron manchas de sangre en los ojos.

Él la miró, moribundo.

Ella lo miró fijamente desde entre las zarzas.

Otro disparo.

La siguiente piedra salió disparada de los pies de Cal.

Miranda localizó el sonido. Calculó la ubicación y la distancia del tirador.

Los dedos de los pies de Cal apenas rozaban la última piedra. Su rostro estaba azul. Pero ella seguía allí, inmóvil, observándolo sufrir.

Los ojos muy abiertos e inyectados en sangre de Cal suplicaban: «*Ayúdame. Ayúdame*».

Wyatt escaneó la zona con su mira telescópica. Nadie venía a ayudar.

Apuntó con su rifle a la última piedra y apretó el gatillo.

La piedra salió disparada de debajo de los pies de Cal en una pequeña explosión de tierra, dejándolo completamente suspendido por el cuello. Miranda vio cómo la vida se le escapaba del rostro y frunció el ceño. Levantó su Glock y disparó a la linterna eléctrica.

Wyatt puso su M16 en modo automático, apretó el gatillo y disparó a ciegas hacia el oscuro valle. Las balas de 5,56 x 45 mm destrozaron el paisaje como si fuera papel. Los destellos de su cañón brillaban como bengalas en la oscura cresta.

Wyatt llegó al final de su cargador, se colgó el rifle al hombro, sacó su Beretta M9 y marchó hacia el claro.

Encontró el cuerpo de Cal tirado en el suelo. Quienquiera que hubiera disparado a la linterna también lo había matado, pero por lo que parecía, habían llegado demasiado tarde.

«Agente federal». La voz provenía de detrás de él. «Suelta el arma y date la vuelta lentamente hacia mí».

Miranda apuntó con su Glock a la espalda de Wyatt. Wyatt se quedó allí, paralizado.

«No te lo repetiré».

Wyatt soltó la pistola y se volvió hacia ella.

Miranda lo miró con repugnancia durante un instante, fijándose en el rostro espantoso que la observaba. El mismo rostro que había visto bajo la gorra de UPS. Su dedo se tensó sobre el gatillo.

Pero entonces se acordó de Arianna. Camilla habría querido que lo arrestara.

—Ponte de rodillas y coloca las manos sobre la cabeza.

Wyatt obedeció.

Ella rodeó a Wyatt por detrás, sacó unas esposas de su bolsillo y le agarró la muñeca. Wyatt rápidamente se giró, la agarró por el antebrazo y la lanzó por encima de su hombro. Su cuerpo se estrelló contra el suelo delante de él. Rápidamente sacó su cuchillo KA-BAR y se lo clavó en el pecho mientras...

Los disparos atravesaron la espalda de Wyatt.

Cayó hacia delante sobre Miranda. Muerto.

Miranda apartó el pesado cuerpo de Wyatt y miró a Cal, que yacía en el suelo, sosteniendo la pistola M9 de Wyatt. Había vaciado el cargador.

«Lo necesitaba vivo», dijo ella.

34

N*o sé quién soy.* Ese pensamiento daba vueltas en la cabeza de Cal como una bala en un cilindro. Nunca había hecho preguntas. Siempre había seguido órdenes. Siempre había sido un buen soldado. Y ahora estaba tirado en una cama de hospital y no tenía ni idea de por qué.

No sé quién soy. No sé nada.

Ese hijo de puta sabe algo, pensó Miranda. Estaba sentada junto a la cama de Cal. *Ese hijo de puta sabe algo y no lo dice.*

—¿Por qué no me dijiste nada sobre Wyatt Lemieux? —preguntó ella, entrecerrando los ojos—. ¿Por qué lo mataste?

Quería aplastarle la cara contra el asfalto hasta que pareciera carne molida y gritara todo lo que sabía.

Mira cómo me mira, pensó Cal. *Hay una sádica detrás de esos ojos.*

Ella pensaba dejarme morir en ese bosque. Me observó mientras colgaba de ese árbol. Incluso después de saber de dónde venían los disparos. Esperó. Me vio sufrir. Lo disfrutó.

«Te salvé la vida», dijo él, con la voz ronca y la garganta quemada por la cuerda.

«Y yo te salvé la tuya», respondió ella.

Camilla estaba en coma por culpa de ese hijo de puta. Miranda le había abierto la puerta a ese lunático con la cara llena de cicatrices, lo había mirado a los ojos y lo había dejado entrar en el edificio, para que pudiera irrumpir en su apartamento y disparar a Camilla. Cal lo había sabido entonces. Sabía lo de Wyatt y no había dicho nada.

CAL SE HABÍA ENTERADO de que Wyatt había irrumpido en el departamento de Miranda y había enviado a su amante al hospital.

Se enteró de que la mujer era musulmana y que su familia, que no sabía que era lesbiana, ahora tenía muchas preguntas.

—Tú mataste a Wyatt. Ahora nunca podremos demostrar quién estuvo realmente detrás de esto —dijo Miranda.

Cal había visto el otro lado. La oscuridad, el confinamiento, la desesperación. Sabía que era responsable del dolor que Miranda estaba sintiendo en ese momento. Sabía que era por su culpa que la mujer que ella amaba estaba en estado crítico. Y quería ayudar.

—Wyatt dijo que lo habían traicionado —dijo Cal—. Parecía pensar que él y yo trabajábamos para la misma persona.

Miranda lo miró fijamente, insegura.

«Dijo: "Nunca se puede confiar en un político"».

EN LA NATURALEZA, cuando escasea el alimento, los animales a veces se comen a sus propias crías. A las más débiles. Las que tienen menos posibilidades de sobrevivir en un mundo depredador.

No existe tal cosa como un lobo pacifista. Comer a los débiles para que los fuertes puedan sobrevivir. ¿Es natural o patológico?

Marco Barros tenía buenos resultados en las encuestas. Las acciones de las armas de fuego estaban al alza. La influencia de la Iglesia crecía. En seis años, Marco tendría una oportunidad real de llegar a la presidencia. Medios, motivo y oportunidad.

Camilla murió alrededor de las dos de la madrugada en su cama del hospital. Miranda no tenía fuerzas para enfadarse. Ya no tenía fuerzas para nada. No le quedaba nada. Y nada que perder.

Cómete a los débiles.

Cómete a los fuertes.

Cómete a todos.

MARCO BARROS LLEVABA tres días sin aparecer por Washington y nadie había podido localizarlo. Habían pasado ocho meses desde el funeral de Arianna, pero parecía que aquello no iba a terminar nunca. No podía quitárselo de la cabeza y la ansiedad le estaba pasando factura.

¿Y si de alguna manera se descubría la verdad? Su vida se acabaría.

Estaba al límite, así que el viernes por la tarde les dijo a sus empleados que estaría fuera de la ciudad y sin contacto durante el fin de semana, luego se subió a su Mercedes y condujo ocho horas hasta las montañas Adirondack. Todavía llevaba puesto su traje cuando entró en la tienda. Compró todo lo que necesitaba: mochila de montaña, botas, ropa, tienda de campaña, comida liofilizada, agua. Luego alquiló una canoa y se adentró en la naturaleza.

No lloró en el funeral de Arianna y los medios de comunicación se dieron cuenta. Algunos de los tabloides más sensacionalistas y sitios web de teorías conspirativas incluso tuvieron la osadía de sugerir que no lamentaba la muerte de su única hija. O incluso que estaba involucrado en su asesinato.

Pero nadie se tomó en serio esas afirmaciones. Al menos eso era algo.

Todo lo que recordaba de ese día estaba filtrado por una mezcla de alcohol, benzodiacepinas e insomnio.

¿Cómo había llegado a esto?, recordaba haber pensado en el funeral. ¿Cómo había perdido tanto el rumbo que estaba enterrando a su propia hija?

Jimmy McClean estuvo a su lado durante todo ese tiempo. Consolándolo. Haciendo todo lo posible para aliviar el sufrimiento de Marco. Siempre lo había admirado como a un padre.

No conocía el secreto de Marco. Eso le hacía sentir culpable. Este chico que lo idolatraba, pero que no sabía quién era realmente.

Se preguntaba qué sentiría McClean si supiera la verdad.

¿Asco? ¿Desilusión? ¿Odio?

McClean era un buen chico, muy cercano a Arianna. Se mantenía fuerte por el bien de Marco, pero Marco estaba seguro de que le había afectado mucho su muerte. Se propuso mentalmente ser más indulgente con él.

En su primera noche, Marco se hizo amigo de una familia de patos en Long Lake. Una mamá y dos patitos. Se sentó fuera de su tienda y les tiró trozos de lasaña liofilizada.

Al día siguiente, remó en canoa por el río Raquette entre abetos, pinos y hierba alta. De vez en cuando se cruzaba con otra canoa o kayak y saludaba a sus pasajeros. Le gustaba que no lo reconocieran. Como si fuera otra persona.

Cualquiera menos él mismo.

Llegó al estanque Raquette al atardecer. Un vibrante resplandor naranja se extendía sobre el estanque azul cristalino.

Había tanta belleza en el mundo. ¿Por qué había desperdiciado su oportunidad de formar parte de ella? ¿Para qué?

¿Por el poder? ¿Por el dinero? ¿Por la comodidad?

Podría quedarse aquí, en el anonimato, viviendo en la naturaleza el resto de sus días. Como los patos. Sin volver a poner un pie en Washington D. C.

Aquella noche, junto a la fogata, recordó cuando estaba en Edinburg, Texas. No debía de tener más de diez años. Él y otros niños acampaban en el desierto a las afueras de la ciudad y cocinaban malvaviscos en brochetas de metal.

Un niño llamado Roberto encontró un sapo del desierto y lo arrojó al fuego con una patada. El sapo intentó saltar, pero Roberto seguía devolviéndolo al fuego con patadas.

Marco y los otros niños se limitaron a mirar. Al final, la piel del sapo quedó carbonizada y negra, pero su bolsa gular seguía hinchada de aire. Quemado, negro y crujiente, pero aún vivo.

Entonces Roberto empaló al animal con un pincho y lo asó como si fuera un malvavisco.

Marco no lo detuvo.

Mientras observaba cómo se quemaba el sapo con los otros niños, no sintió gran cosa.

¿Qué le pasaba?

Venía de un lugar difícil, lleno de gente dura con vidas duras. Un lugar de lobos. De sufrimiento.

Ser blando era ser un *maricón*. Un afeminado.

La iglesia lo salvó. Lo rescató. La riqueza y la comodidad, o tal vez la edad, lo habían ablandado. Porque ahora, al mirar atrás, sentía lástima por el sapo. Pero también sabía que ya no era ese niño de diez años.

El niño podía ver arder al animal y no sentir nada, pero ese niño también era incapaz de acercar él mismo al sapo a la llama.

El Marco adulto podía quemar un pueblo, mientras lloraba por sus habitantes.

A la mañana siguiente, regresó en canoa a Long Lake y buscó a la familia de patos, pero no los encontró, así que no pudo despedirse.

Cuando regresó a su Mercedes y revisó su celular, tenía docenas de llamadas perdidas y mensajes de voz. Los ignoró.

Llamó a la madre de Arianna. Después de su divorcio, ella insistió en que la llamara por su nombre completo, Cecilia, y no por el apodo que él le había puesto, Ceci.

Pero en su corazón, ella seguía siendo Ceci.

No habían hablado en el funeral. Ni después. Todavía no habían hablado de Arianna.

—¿Marco?

—Hola

—¿Dónde diablos estás?

La quería como a una hermana.

—El Servicio Secreto me ha estado acosando —dijo ella—. Elián está muy alterado.

«Lo siento».

Tras el asesinato de Arianna, el Departamento de Seguridad Nacional le había asignado protección, pero él la había rechazado. Su ausencia sin permiso durante tres días debió de haberles molestado.

«Estoy bien», dijo él.

«Me alegro por ti».

Se preguntaba si ella sabía quién era realmente el hombre con el que se había casado y de quien se había divorciado. Quería decirle que la amaba. Pero no podía amarla como debería. Como ella se merecía. No era capaz.

Quería llorar. Pero no podía.

Ambos procedían del mismo lugar. Ella nunca se había ido. Y él sabía cómo le sonaría a ella.

Un *maricón*.

Quería hablar de Arianna.

«No sé por qué me llamas», dijo ella. «Arianna se ha ido. Ya no hay motivo para que hablemos».

Ella colgó.

LLAMÓ a todas las personas a las que tenía que llamar para decirles que estaba bien y siguió rechazando la protección del Servicio Secreto. Sabía manejar un arma de fuego mejor que cualquier agente y tenía muchas a su alrededor. Cuando llegó a su casa en Georgetown, eran casi las cinco, así que se sirvió un whisky.

Su estado de ánimo había cambiado durante el viaje de regreso desde las montañas Adirondacks. Había intentado ver el vaso medio lleno. Ceci tenía razón. Arianna ya no estaba. No quedaba nada que lo atara a su antigua vida. Los últimos vestigios del mexicano pobre de una ciudad fronteriza de inmigrantes habían desaparecido para siempre.

Era Marco Barros y, en seis años, sería presidente.

Todo lo que tengo ahora es el futuro, se dijo a sí mismo. *Puedo volver a ser feliz. Puedo sentirme completo.*

Las ilusiones son como pastillas que tomamos para pasar el día. Se sirvió otro whisky.

Entonces Miranda entró en su estudio con una pistola en la mano.

35

Miranda había previsto algún tipo de presencia de seguridad. Si él tenía Servicio Secreto, ella sabía que estaría jodida.

Había vigilado la casa todo el fin de semana sin encontrar rastro de Barros. Entonces se enteró de que el senador había desaparecido. Al tercer día, justo cuando estaba a punto de darse por vencida, Marco aparcó su Mercedes en la entrada.

Estaba solo. Ni siquiera cerró la puerta principal con llave. Era un hombre que o bien se creía a prueba de balas, o bien no le importaba morir.

Ella se quedó en la entrada de su estudio con su Glock en la mano.

Marco miró alrededor de la habitación, buscando respuestas que no estaban allí. Estaba sola.

—Wyatt Lemieux está muerto —dijo ella.

—¿Quién?

—El hombre que disparó a tu hija. Lo mataron hace cuatro días. Justo antes de que te ausentaras sin permiso.

—No tenía ni idea.

—Claro que no.

—¿Estás insinuando algo? —Él miró la Glock que ella tenía en la mano y tragó saliva—. Lo siento. ¿Qué haces aquí? Creía que te habían quitado el caso. —Buscó su celular—.

—No te muevas, maldita sea —dijo ella—. Ni siquiera respires.

Con la pistola en la mano, se adentró en el estudio y se sentó en la silla frente a su escritorio. Marco permaneció de pie con las palmas de las manos levantadas frente a él.

—Wyatt apretó el gatillo, pero aún no sabemos por qué —dijo ella, sin apartar la Glock de Marco—. La verdad murió con él.

—Agente López. No tengo ni idea de qué demonios está pasando. Es la primera vez que oigo hablar de esto.

Ella arrojó un expediente sobre su escritorio. —Léalo.

Marco abrió el expediente, lo examinó y frunció el ceño.

—Donaciones a WorldMovers que se remontan a cuarenta años atrás. Primero cinco mil al mes, luego diez, luego veinte. Cuarenta años. Eso es más o menos cuando usted entró en política. Se podría argumentar que fue su base religiosa la que le hizo ganar sus primeras elecciones. Se hicieron ricos juntos. La iglesia le construyó a usted y, a cambio, usted la construyó a ella.

Marco se indignó. «¿Qué tiene que ver mi fe con todo esto?».

Entonces ella colocó una fotografía de Kilo sobre su escritorio. Marco palideció.

«¿Conoce a este hombre?».

Él la miró con los ojos muy abiertos. «No».

«¿Está seguro?».

«Sí».

—Era ministro de su iglesia. Miembro desde el principio.

«No lo conozco». La mirada de Marco era turbia y distante. Tuvo que sentarse. «Es decir, lo he visto antes, sí, pero no lo conozco».

«¿Cómo se llama?».

—Victor. —Se aclaró la garganta—. Victor Cortés.

—¿Y qué hacía?

—¿Qué quieres decir? Acabas de decir que era ministro.

—Ya sabes a qué me refiero. ¿Qué hacía?

Marco bajó la cabeza.

—Víctor Cortés era un proxeneta —dijo Miranda—. Traficaba con niñas menores de edad procedentes de México.

Marco cerró los ojos y exhaló.

—Menuda iglesia —dijo Miranda.

Se recostó en su silla, sin apartar la Glock de Marco. —Hay algo que todavía me molesta. ¿Alguien realmente organizaría un tiroteo masivo, mataría a su propia hija, solo para ganar apoyo?

Marco abrió los ojos como platos. «¿Qué?».

«Es decir, eso es una locura solo un peldaño por debajo de Hitler. Por no mencionar lo arriesgado que es. "La hija de un senador a favor de las armas muere en un tiroteo masivo". ¿No podría ser contraproducente?». Se inclinó hacia delante. —Pero tú lo tenías todo controlado, ¿no? «El senador Barros reafirma su apoyo al derecho a portar armas tras el tiroteo de su hija». Saliste como víctima y héroe. Tus índices de popularidad se dispararon. Fue una maniobra política realmente brillante.

«Hay una cosa que no consigo entender. ¿De qué huía ella? Ustedes dos no se hablaban. Se mudó al otro lado del país para alejarse de ti».

«No fue así».

«¿Qué sabía ella? ¿Por qué tuvo que irse?».

Él negó con la cabeza. «No tengo ni idea de lo que estás hablando».

«¿Qué temías que se supiera? Te estás preparando para presentarte a las elecciones presidenciales dentro de unos años. No puedes tener ningún esqueleto en el armario. Así que estás limpiando la casa. Primero, Kilo, luego Arianna...».

—No tengo tiempo para esto —dijo, levantándose de su asiento.

—Luego yo.

—¿Qué?

«Siéntate».

«No vas a dispararme».

Ella disparó por encima de su hombro derecho, destrozando la ventana panorámica que había detrás de su escritorio. Él se estremeció y se agachó en su silla.

—Enviaste a Wyatt Lemieux a poner micrófonos ocultos en mi apartamento...

—Ni siquiera conozco a Wyatt Le...

—Cállate.

Marco inclinó la cabeza como un colegial regañado.

—Usted envió a Wyatt Lemieux a poner micrófonos ocultos en mi departamento —continuó ella—. Él metió la pata y mató a alguien muy cercano a mí. Así que sí, senador Barros. Voy a dispararle. Pero primero me gustaría que me dijera por qué mandó matar a estas personas. Empezaremos por Kilo.

—Ni siquiera sabía que estaba muerto.

—¿Tenía algo contra usted, senador?

—No.

—¿Le gustan jóvenes?

—¡Nunca! ¡Nunca lo haría! ¡Por el amor de Dios, tengo una hija! —Las lágrimas comenzaron a correr por el rostro de Marco.

Miranda se quedó paralizada por un momento. No se esperaba esto. Luego se endureció y levantó el arma. «Última oportunidad para hacer las paces con tu creador».

Marco solo lloró más.

Miranda suspiró. «Adiós, senador».

«Solo tenía veintitrés años. Estaba llevando a cabo mi primera campaña para el ayuntamiento. Iba a la iglesia todos los domingos. Era virgen, me guardaba para el matrimonio... Yo no... Nunca lo haría...».

Hizo una pausa, recuperó el aliento y dijo: «No había ninguna mujer». Luego tragó saliva y dijo: «Se llamaba Raúl».

Miranda se estremeció.

«Lo conocí en la iglesia. Nos hicimos amigos», dijo. «No sabía que trabajaba para Víctor».

«Y tú y Raúl...».

Marco se encogió. «Víctor lo grabó. A mí con él. No lo supe hasta después».

—¿La iglesia te chantajeó? ¿Durante cuarenta años?

—No lo llamaban así. El pastor Beck lo llamaba «arrepentimiento». Yo pagaba mis diezmos mensuales y él mantenía mi pecado en secreto, decía, para ayudarme a seguir el camino de la rectitud. Durante un tiempo, incluso lo creí.

Pero entonces, Arianna empezó a involucrarse con la iglesia. Ella no tenía ni idea, por supuesto. Conoció la iglesia en Texas y pensó que eran legítimos. Su sección juvenil estaba dirigida por el pastor Zach».

«Valoroso».

Marco asintió con la cabeza. «Intenté proteger a Arianna. No quería que se involucrara con la iglesia, pero ella lo malinterpretó. Su madre y yo nos habíamos divorciado recientemente. Me había mudado a Washington D. C. y no estaba mucho por allí. Creo que pensó que no quería que formara parte de mi vida y que por eso la alejaba de la iglesia. Así que se mudó a Los Ángeles para trabajar para Valorous. Ahora no solo me tenían a mí, sino también a mi hija. Los diezmos aumentaron.

«No quería decir esas cosas. Que estaba a favor de las armas justo después de que mi hija hubiera recibido un disparo. Estaba bajo la presión de la NRA. Estaba por debajo en las encuestas y Billy Beck no estaba dispuesto a perder su representación en el

Senado. Si perdía el apoyo de la NRA, habría sido el fin para mí. Era jugar o nada...».

«¿O si no qué? ¿Por qué no decir la verdad?».

Marco negó con la cabeza.

«Me habría arruinado. Cuando la gente ve algo así, da por sentado que eso es lo que eres».

«¿Y no es así?».

«No es lo que soy. Es solo algo que hice».

Las ilusiones son como pastillas que tomamos para poder pasar el día.

—¿Tuviste algún tipo de desencuentro con la iglesia? ¿Se te ocurre alguna razón por la que pudieran hacerle daño a tu hija?

Él negó con la cabeza. «Afróntelo, agente López. Solo fue un tiroteo aleatorio. No hay ninguna gran conspiración. Estas cosas pasan todos los días en Estados Unidos».

«Si realmente cree eso, ¿por qué contrató a un investigador privado?».

Marco frunció el ceño. Parecía genuinamente desconcertado. «¿Qué investigador privado?».

CAL SE SENTÓ en un banco del parque Maguire Gardens. El sol se había puesto y los delincuentes habituales estaban fuera, pero no le molestaban.

Los animales pueden sentir a un depredador.

Era una noche cálida y, si no fuera por el hedor y la falta de alma de la ciudad, podría haber sido un lugar agradable. No se podía negar que Maguire Gardens era estéticamente agradable, con sus fuentes, sus cuidados jardines y sus cipreses.

Era un lugar donde la gente literalmente se meaba en la cultura.

Habían rodado la famosa escena de la película *Heat* por

aquí, donde Robert De Niro, Val Kilmer y Tom Sizemore se disparaban en plena calle con M16 a plena luz del día.

A Cal siempre le pareció curioso cómo la gente veía a De Niro en esa película. Como si hubiera dos héroes. Pacino, el policía, y De Niro, el criminal. Las dos caras de la misma moneda.

Cal dudaba que Michael Mann viera al personaje de De Niro como un héroe cuando escribió y dirigió la película.

No era la misma moneda, ni siquiera la misma cartera.

Cal recorrió con la mirada la calle 5. Recordó a De Niro descargando al azar su M16, sin importarle un carajo.

¿Por qué adoramos a los sociópatas? Para satisfacer nuestros deseos, pensó Cal.

La gente siempre está tan preocupada por lo que está bien y lo que está mal. La recompensa y el castigo. Son como granos llenos de culpa en el trasero de un Dios imaginario, a punto de estallar.

Lo que los psiquiatras llamaban sociopatía, Cal lo llamaba libertad. Su falta de conciencia era su superpoder. Pero todo eso fue antes de ver el final de la diapositiva.

La cárcel no lo había conseguido, la meditación consciente no lo había conseguido, voltear hamburguesas no lo había conseguido.

Solo la muerte pudo hacerlo. Ese maldito tobogán sin salida en el fondo del mundo.

Cal podía sentir cómo le crecía la conciencia. Como un nervio al descubierto que no podía proteger. Eso le preocupaba.

El Mercedes negro se detuvo. Pat Roti salió de la parte trasera y se sentó junto a Cal en el banco.

—Ya está hecho —dijo Cal—. El hombre que mató a Arianna Barros era un veterano mentalmente inestable llamado Wyatt Lemieux. Lo localicé en Oregón. Ahora está muerto.

—Nuestro cliente estará encantado.

—Lemieux apretó el gatillo, pero no actuó solo. Tienes que decírselo a Marco Barros.

—¿Por qué iba a hacerlo?

—El senador nos contrató para hacer justicia por su hija. Debe saber que puede que haya otras personas involucradas.

Pat Roti negó con la cabeza. —¿Qué te dije sobre hacer preguntas? —Miró a Cal a los ojos—. ¿Quién dijo que trabajábamos para Marco Barros?

EL PASTOR ZACH había pasado mucho tiempo en la playa desde que salió bajo fianza. Rezando por la mañana, al mediodía y por la noche. Rezando por Arianna. Rezando por la prosperidad continua de él mismo, su familia y su iglesia. Y también rezando por la agente federal que intentaba destruirlo.

La agente especial Miranda López.

«Perdónala, Señor. No sabe lo que hace».

Pero una parte de él quería castigarla por su arrogancia. Esa incrédula, esa filistea mancillada, desafiándolo a él, el elegido de Dios.

Tengo un ejército de jóvenes que me seguirían hasta el precipicio, pensó. *¿Qué tiene ella?*

Estaba bastante seguro de que ella era gay. Y, por alguna razón, eso le hacía sentir más seguro.

Ella no merece mi ira, se dijo a sí mismo. *Ella merece mi compasión.*

Ojalá pudiera conseguir que aceptara a Jesús como su señor y salvador personal.

Esta era una de las diferencias entre su iglesia y la de su padre. El tema de la homosexualidad. Su padre predicaba que ser gay era un pecado. Pero el pastor Zach aceptaba a los homosexuales (aunque el sexo antes del matrimonio era un pecado y el matrimonio, por supuesto, solo era entre un hombre y una mujer).

El pastor Zach creía en la inclusión de las personas marginadas.

Ojalá pudiera hacerle ver a Miranda que él no era el enemigo. Porque él sabía algo. Algo sobre Arianna. Algo que no le había contado a nadie. Arianna le había confiado esa información y él se sentía en la obligación de guardar su secreto.

Estaba sentado en la playa. El sol lo calentaba como el amor de Dios. Recordó cuando iba a la playa de niño. De pie en la arena y sintiéndose tan pequeño ante el vasto e infinito océano. Ya no se sentía tan pequeño. Siempre supo que estaba destinado a grandes cosas y estaba en camino. Sabía que Dios lo estaba poniendo a prueba con la agente federal lesbiana. Y sabía que triunfaría.

Sonó su celular. «Hola, papá», dijo.

Billy Beck estaba en su oficina de Houston. «Acabo de hablar con los abogados. Se han retirado todos los cargos».

«Alabado sea Dios», dijo el pastor Zach.

«También conocí a esta agente federal».

—Bueno, afortunadamente, ya no tenemos que preocuparnos por ella.

«No seas tonto, hijo. Esa mujer es como un perro con un hueso. Lo vi en sus ojos. Es una pagana», dijo Billy Beck. «Necesito que la hagas desaparecer».

«¿Cómo?».

«Tiene que haber algo que puedas darle».

«Papá. Solo es una mujer. Tenemos al Señor de nuestro lado».

«No merece la pena perder el tiempo con ella».

«Pero no hemos hecho nada malo».

«Eso no importa. Es la apariencia de impropiedad. Valorous es una iglesia de WordMovers. Lo que te lastima a ti, nos lastima a todos. Tu pequeña parroquia MTV se está convirtiendo rápidamente en una mancha en nuestra marca».

El pastor Zach pensó en el secreto de Arianna. No podía traicionarla. «No puedo hacerlo, papá».

«Entonces no puedo permitir que tu iglesia se asocie con WorldMovers».

«¿Me estás echando?».

«Eso depende de ti. Cuando una extremidad está infectada, la curas o la cortas. Tu iglesia está infectada, hijo. Reza por ello. Muéstrame cómo tratarte».

Billy Beck colgó.

Eso significaría traicionar la confianza de Arianna, pero si eso significaba encontrar al asesino de Arianna, que aún podía estar ahí fuera, siendo un peligro para la sociedad, ¿no era eso un bien mayor?

Esa noche, Arianna lo visitó en sueños y le dijo que cooperara porque no quería ver a su iglesia sufrir de esa manera.

Al día siguiente, llamó a Miranda.

JIMMY MCCLEAN TENÍA que dar algunas malditas explicaciones.

Miranda lo había llamado después de su pequeña reunión con Marco Barros y le exigió saber por qué el senador no tenía idea de que Cal estaba trabajando en el caso de su hija.

—Francamente, no confiaba en ti —dijo McClean—. Después de cómo fue nuestra primera reunión, ¿puedes culparme? No quería molestar a Marco, así que contraté a Cal para complementar la investigación a sus espaldas.

—Complementar, y una mierda —dijo Miranda—. Contrataste a un sicario.

—Wyatt Lemieux mató a Arianna y a otras doce personas —dijo McClean, con la voz ahogada por la emoción—. Recibió su merecido.

Hubo un momento de silencio en la línea mientras McClean se reponía. «Necesito que vengas a Washington para informarme, así podremos cerrar definitivamente este asunto», dijo McClean.

«Puedo estar allí pasado mañana».

—¿Tienes algo más importante que esto?

—Sí —dijo ella—. Lo tengo. —Colgó el teléfono.

Miranda se dirigía al Aeropuerto Nacional Reagan. Tenía que estar en Los Ángeles por la mañana.

El pastor Zach la había llamado. Dijo que tenía información relevante para la investigación de Arianna Barros que solo le daría en persona. Quería reunirse con ella en la playa.

Miranda no solía dejar que las personas de interés tomaran las decisiones, pero, tal y como ella lo veía, Huntington Beach era mejor que una sudorosa sala de interrogatorios. Además, Miranda se moría por saber cuánto sabía el pastor Zach sobre los sucios secretos de su padre en relación con Marco Barros. Así que dejó que ese ególatra de mierda se saliera con la suya y se reunió con él en Humboldt Beach poco después del mediodía.

Llevaba el pelo recogido en un moño masculino. Pantalones cortos de mezclilla desgastados, una camiseta negra sin mangas teñida con lejía y un crucifijo de madera alrededor del cuello.

El cristianismo patrocinado por Urban Outfitters, pensó Miranda.

Él le sonrió. «Gracias por venir».

«Tengo una agenda muy apretada, así que adelante, dime lo que tengas que decirme».

El pastor Zach frunció los labios. «Quiero que prometas dejar de atacar a mi iglesia...».

«De acuerdo», dijo Miranda. «Ahora, escuchémoslo».

«Pero no solo eso», dijo el pastor Zach. «Quiero mostrártelo. Antes de decirte lo que has venido a escuchar, necesito que sientas el Espíritu Santo».

«¿De qué diablos está hablando?».

—Agente López. —La miró con los ojos muy abiertos y con expresión estúpida, y señaló hacia el océano—. ¿Me permite bautizarla hoy?

Tienes que estar bromeando, pensó Miranda. *¿Tomé el vuelo nocturno para esta mierda?* «Si está ocultando información relevante para este caso, lo acusaré de obstrucción».

El pastor sonrió con aire burlón. «Crees que todas las personas religiosas están locas, ¿verdad?», preguntó. «¿Crees que estoy loco?».

—Pastor —Miranda lo miró con ojos de acero—. Creo que acabas de hacerme aún más decidida a joderte la vida.

Se dio la vuelta y regresó furiosa a su coche.

—Mi padre ha amenazado con echarme de su iglesia si no consigo que te vayas —dijo el pastor Zach.

Miranda se detuvo y lo miró.

—Pero no es por eso por lo que estoy haciendo esto —dijo él.

—Entonces, ¿por qué lo hace?

—Porque es lo que Arianna querría. —Volvió a señalar el océano—. Solo será un momento y luego te contaré el secreto de Arianna.

Que se joda este predicador. Regresó a su auto, lo abrió, sacó su arma y su funda del cinturón y las guardó en la cajuela. Luego cerró el auto con llave y regresó con el pastor Zach.

«Acabemos con esto», dijo ella.

Él sonrió y le tomó la mano. Se adentraron en el océano hasta que el agua les llegaba por la cintura. El pastor Zach le puso suavemente la mano izquierda en la parte superior de la espalda.

«Miranda López. En el nombre del Padre, del Hijo y del Espíritu Santo», dijo, colocando la palma de su mano derecha sobre el pecho de ella. «Te bautizo». La empujó hacia atrás.

El agua le susurraba en los oídos como fantasmas silenciosos. Sabía a tierra salada. Le escocía en los ojos. Vio la figura borrosa del pastor de pie sobre ella. La gravedad de su mano empujándola hacia abajo, hacia abajo, hacia abajo. De repente, se sintió como si estuviera en su propio funeral.

Por lo tanto, fuimos sepultados con él mediante el bautismo en la muerte...

Su infancia católica volvió a su mente. El misterio de la fe, que Miranda siempre había interpretado como el hombre de arriba echando la culpa de todas las cosas malas que les pasan a las personas que no se lo merecen.

Dios nunca asumía la responsabilidad, ni siquiera por las cosas malas, así que o Dios era un holgazán o no existía.

Miranda era una niña piadosa, así que optó por creer lo segundo.

Vio el rostro de Camilla, danzante, etéreo y acuoso, y jadeó en busca de aire e intentó llamarla. Intentó levantarse, pero el pastor Zach la sujetó con fuerza con todas sus fuerzas.

No escaparía. No escaparía de esto. Se estaba ahogando. Ahogándose en Camilla.

Gritó y luchó, y las olas y las burbujas salpicaban la superficie, pero el pastor Zach seguía sujetándola.

Tenía los pulmones destrozados y sentía el océano en su piel, partículas y moléculas que existían antes del principio y que persistirían mucho después de que ella se hubiera ido, y de repente se dio cuenta de lo pequeña que era, no solo en este inmenso océano, sino en un universo de agujeros negros y materia oscura y tantas cosas que no entendía y en algún lugar ahí fuera estaba...

Camilla.

Arianna.

Nunca las conoció, nunca las entendió, solo supuso que lo hacía. *¿Quién era yo para menospreciarlas por querer sentirse conec-*

tadas con algo más grande?, se preguntó. ¿Por buscar consuelo en algo espiritual en este cruel y irresoluble cubo de Rubik que es la vida?

El pastor Zach la levantó justo antes de que se desmayara. Ella se atragantó con el aire y lo empujó... y quiso abrazarlo hasta romperle las costillas y que se le salieran las tripas por la boca.

Ahora sabía que *no sabía nada*.

El misterio de la fe.

MIRANDA SE SENTÓ en la arena con el pastor, todavía escurriendo el agua salada de su cabello.

«Acababa de empezar a hablar de ello con mi esposa y conmigo», dijo el pastor Zach. «Pero había una razón por la que Arianna se unió a mi iglesia. Una razón por la que vino a Los Ángeles.

Había sufrido abusos sexuales. Empezó cuando era muy pequeña. A los ocho años. Y continuó durante años. Por eso entregó su vida a Cristo».

«¿Quién?», preguntó Miranda. «¿Quién abusaba de ella?».

—Me temo que no llegamos tan lejos.

«¿Qué te hace pensar que esto tiene algo que ver con su asesinato?».

«No sé si es así, pero cuando me enteré de su muerte, fue lo primero que se me vino a la mente», dijo el pastor. «Fuera quien fuera esa persona, parecía tenerles mucho miedo. Tanto es así que no nos dio ninguna pista sobre quiénes eran».

No importaba, porque en cuanto el pastor Zach le contó por qué Arianna había venido a Los Ángeles, Miranda lo entendió todo.

Miranda sabía quién había matado a Arianna y por qué.

36

Miranda cruzó la playa hacia su coche.

Decidió que el pastor Zach no tenía nada que ver con la muerte de Arianna ni con el chantaje a Marco Barros.

Se puso al volante de su coche. Más allá del parabrisas, el cielo se tiñó de rojos intensos, púrpuras y naranjas mientras el sol se ponía en el océano.

Sus pensamientos volvieron a Camilla. Y a través de Camilla, de nuevo a Arianna.

Pobre Arianna. Una joven. Aprovechada y abusada. Buscando consuelo y alivio donde pudiera.

«¿Por qué te pasó esto? ¿Por qué?».

Ya no era solo una pregunta material, era una pregunta existencial. Porque ahora sabía quién era el verdadero asesino de Arianna.

Miranda pensó en Arianna antes de la iglesia. La niña rebelde. Marihuana, alcohol. Todo antes de los quince años. Todo encajaba con alguien que intentaba bloquear el trauma. Su madre, con su problema con la bebida. Una larga serie de novios de mala reputación, uno tras otro. Podría haber sido cualquiera de ellos.

Entonces, ¿cómo estaba tan segura de que fue Elián Killington quien abusó de Arianna y luego la mandó matar?

No era el porno. Aunque eso sin duda era un indicio.

Era la bandera estadounidense que colgaba sobre su cama, con las estrellas azules y las franjas rojas y blancas en vertical. Era la matrícula «EXEMPT» hecha a mano en su destartalado Honda.

Elián Killington se consideraba un ciudadano soberano. Al igual que Wyatt Lemieux.

Arianna se escapó de casa. El plazo de prescripción no había expirado para la violación o el abuso sexual infantil y Elián se puso nervioso. Ella se fue de casa y él ya no podía controlarla, y si hay algo que obsesiona a los pedófilos es el control.

Así que se puso en contacto con Wyatt, a quien conocía del movimiento, y se encargó de ella. ¿Para qué servían los cadáveres adicionales? ¿Para camuflarlo? ¿Para que pareciera otro tiroteo masivo, en lugar de un asesinato?

En ese momento, todas las pruebas eran circunstanciales. No eran suficientes para procesarlo.

Así que decidió allí mismo que averiguaría los detalles de por qué lo había hecho, aunque tuviera que sacárselos a la fuerza.

Quizás McClean tenía razón. Estas personas no merecían ser arrestadas.

Se quedó sentada en su coche durante treinta minutos, contemplando la puesta de sol.

Llorando un océano.

No durmió en el vuelo de regreso a Washington. Solo podía pensar en acabar con Elián. Su reunión con McClean era a las nueve de la mañana. Él querría que le informara sobre Lemieux y probablemente también querría suavizar el hecho de haber contratado a Cal sin el conocimiento del senador, pero Miranda ya lo había superado. Demonios, ella estaba con él.

McClean solo se estaba asegurando de que Arianna obtuviera justicia. Por cualquier medio.

Por eso estaba segura de que él la ayudaría. Ahora que Lemieux estaba muerto, Scarpelli y los poderes fácticos intentarían cerrar la investigación. Necesitaba que McClean los convenciera de mantenerla abierta. Necesitaba que él abogara por enviarla a Texas, para poder atrapar al pedófilo soberano.

Tenía que establecer un vínculo definitivo entre Elián y Wyatt. Estaba segura de que podría encontrarlo, solo tenía que investigar.

Para ello necesitaría recursos. Las fuerzas del orden federales consideraban al movimiento de los ciudadanos soberanos como la amenaza terrorista interna más inmediata. Peor que el islamismo fundamentalista, peor que la supremacía blanca. Los ciudadanos soberanos interpretaban la Constitución de forma selectiva, según les convenía. Hacían sus propias leyes. No podía creer que no se hubiera dado cuenta antes. Estaba demasiado empeñada en atrapar a la iglesia y a Marco Barros. Un ciudadano soberano era justo el tipo de persona que habría disparado contra todo un complejo de apartamentos porque una chica le había huido.

Miranda se sentó frente a McClean en su oficina, llena de fotos enmarcadas. Seguía pensando que la habitación era ridícula, pero de alguna manera lo veía menos idiota.

Jesús, maldita sea. Volvió a tener esa sensación. Le caía bien. No de forma romántica. Camilla aún estaba demasiado reciente. Era más bien una sensación del tipo «quizás en otra vida».

—Se llamaba Wyatt Lemieux. Era un vagabundo —dijo

Miranda—. Un habitual en el circuito de ferias de armas. Compraba y vendía armas de fuego desde su Bronco.

—¿El Bronco que le vendió al chico Sheehan? —preguntó McClean.

«Así es».

«¿Por qué lo vendió?».

Miranda se encogió de hombros. «Era un individuo perturbado».

«Supongo que las personas que cometen tiroteos masivos no piensan de forma lógica que tú o yo podamos comprender», dijo McClean.

Miranda estaba a punto de mencionar el motivo y la posibilidad de que Elián lo hubiera contratado cuando la joven y guapa secretaria de McClean asomó la cabeza y dijo algo sobre que tal y tal necesitaban cinco minutos de su tiempo.

McClean se disculpó con Miranda y le preguntó si no le importaría esperar.

«No hay problema», respondió Miranda.

McClean siguió a su secretaria fuera de la oficina.

Ahora sola, Miranda observó la gran cantidad de fotografías. Oprah Winfrey, Barack Obama, Steven Spielberg, Elon Musk, Lebron James, el Papa que había renunciado y el actual.

Antes, ella veía estas fotos como un monumento a su vanidad. Ahora se daba cuenta de que era otra cosa. Algo que podía entender. Jimmy era huérfano. Ambos habían tenido una infancia difícil y ambos habían superado las adversidades. Ambos eran jóvenes estrellas en ascenso en sus campos. Ambos conocían la sensación de tener que compensar con creces su falta de educación y experiencia, por lo que ella podía perdonar las llamativas fotografías. No era arrogancia. Era inseguridad. Después de todo, todo el mundo decía que Jimmy McClean era el futuro. Es mucha presión tener tantas expectativas puestas en ti. Compañeros que, en secreto, desean que fracases.

El teléfono de Miranda sonó. «¿Hola?».

—Agente López. Soy el pastor Kelly, de la Iglesia Valorous.

¿La esposa del pastor Zach? Miranda se estremeció.

«¿He oído que ha hablado con mi marido sobre Arianna?».

Miranda no sabía muy bien cómo responder. ¿Adónde quería llegar? Sus ojos recorrieron la estantería de fotos mientras pensaba en cómo responder.

«¿En qué puedo ayudarle, pastor Kelly?», dijo.

«Nunca supimos el nombre del agresor de Arianna».

—Sí. Su esposo me lo dijo.

—Pero Arianna me contó algo sobre él. Un apodo.

Su mirada se posó en la foto de McClean y sus compañeros soldados posando con sus M-27 en Irak. Lo que Miranda consideraba «la foto del pene».

—¿Tenía un apodo?

«No. Ella sí. Su agresor tenía un apodo para ella».

Los ojos de Miranda se enfocaron. Luego se agrandaron. Tomó «la foto del pene». La miró entrecerrando los ojos. Había un soldado pelirrojo con bigote rojo, un soldado negro corpulento con una cresta al estilo Travis Bickle y un soldado con cara de rata y ojos pequeños y brillantes.

«¿Qué era eso?», dijo Miranda.

Miranda sabía que había visto esa cara antes. En ese momento, no podía recordar dónde y eso la molestaba muchísimo.

«Angel Eyes», dijo el pastor Kelly.

Posando justo sobre el hombro derecho de McClean en la foto, con el rostro aún sin cicatrices, estaba Wyatt Lemieux.

«Su agresor la llamaba Ojos de Ángel».

37

«"Ojos de ángel"», había dicho Marco. «Así es como Jimmy solía llamarla. "Ojos de ángel"».

Miranda recordaba su primer encuentro con Marco. Esas fueron las únicas palabras que dijo antes de que Jimmy los echara.

Tenía las palmas sudorosas y se sentía mareada. Tiró la «foto del pene» y salió corriendo de la oficina. Tenía que ir a un lugar seguro. Un lugar donde pudiera pensar.

«NO HAY DESCANSO PARA LOS MALVADOS», dijo McClean con una sonrisa mientras regresaba tranquilamente a su oficina unos momentos después. Se detuvo al ver que Miranda se había ido.

«¿Agente López?», preguntó mientras echaba un vistazo a la habitación. «Eh…».

Entonces se dio cuenta de que una de las fotos de su estantería estaba boca abajo. Cuando la recogió, se le paró el corazón.

¿Cómo había podido olvidarse de ella? Sabía que el diablo estaba en los detalles. Por eso había planeado cada ángulo. Cada resultado posible. Al menos, eso creía.

Su viejo amigo Wyatt Lemieux lo miraba desde la fotografía.

Miranda la había visto. Sabía lo que había hecho.

McClean frunció el ceño.

A plena vista. El mejor lugar para esconderse.

Punto, el diablo.

MIRANDA CERRÓ con doble llave la puerta de su loft, caminó por la habitación con su arma en la mano e intentó resolverlo todo en su cabeza.

Había sido McClean todo el tiempo. La había matado no solo porque era un lastre político, sino también porque ella lo había rechazado. Se había mudado a Los Ángeles para alejarse de él.

Recordó el desdén en la voz de McClean cuando hablaba de «esa secta» que le había quitado a Arianna.

McClean la mató no solo porque temía lo que ella pudiera decir, sino también porque no podía tenerla. Controlarla.

Pocas cosas son más peligrosas que un hombre despechado con un arma.

Pero entonces, ¿qué hay de WorldMovers? ¿Y de Billy Beck? ¿Por qué esta iglesia estaba tan empeñada en encubrirlo?

A veces, la respuesta correcta es la más obvia. La iglesia nunca intentó proteger al asesino de Arianna. Solo quería la publicidad que le daría la confesión de Ryan.

Los poderosos solo quieren una cosa. Más publicidad = más seguidores = más dinero = más influencia = más poder. El poder era lo único que importaba.

Lo único que no podía entender era cómo encajaba Cal en todo eso. ¿Por qué McClean enviaría a su amigo Lemieux a matar a Arianna y luego contrataría a alguien externo para matar a Lemieux?

En cualquier caso, Lemieux tenía razón en una cosa: debería haberlo sabido. Nunca se puede confiar en un político.

Su celular sonó. Era McClean. Intentó parecer despreocupada.

—Agente especial Miranda López.

—No pudimos terminar nuestra reunión. Espero que todo esté bien. No había tensión en su voz. Era amistosa.

—Lo siento. Surgió un imprevisto.

—¿Caza? —La pregunta fue repentina. La tomó por sorpresa.

—Mañana voy a cazar codornices. Me encantaría que me acompañaras.

Su mente se aceleró. Estaba tan aturdida en su oficina, tan desprevenida. Simplemente dejó la foto y salió corriendo. Su único pensamiento era salir pitando de allí y llegar a algún lugar donde pudiera pensar. Mierda. ¿Por qué no pudo mantener la calma?

Se aclaró la garganta. —Nunca he cazado antes.

—Oh, te encantará. Tengo una escopeta que te puedo prestar. —Hizo una pausa—. ¿Qué tal al mediodía? Te enviaré la dirección por correo electrónico. —Hizo otra pausa—. Es una reserva privada. Muy privada. —Hizo una última pausa y luego dijo—: El lugar perfecto para una conversación privada.

Escopetas cargadas en medio de la nada con un asesino sociópata que la quería muerta. ¿Qué podía salir mal?

Había descubierto quién y por qué, pero aún le quedaba un problema, y era uno grande. No podía probar nada. El pastor no quería declarar, así que ni siquiera podía probar el abuso y, aunque pudiera, el hecho de que McClean abusara sexualmente de Arianna no significaba que la hubiera matado.

A estas alturas, McClean ya habría destruido la fotografía. Probablemente podría relacionarlo con Lemieux a través de los registros militares, pero había más de doscientos marines en una compañía y nadie iba a hablar en contra de un compañero de armas. El ejército adoraba a McClean.

El caso era circunstancial. Necesitaría mucho más para derribar a alguien como McClean. Necesitaría una confesión.

Sabía que era arriesgado, pero ese cabrón era responsable de lo de Arianna. De lo de Camilla.

¿Qué le quedaba?

Calculó que había un cincuenta por ciento de probabilidades de que McClean estuviera planeando matarla. O eso, o intentaría sobornarla y, si ella se negaba, la mataría.

El cable era un resto de la operación de tráfico de armas en México. Nunca había tenido tiempo de devolverlo.

Condujo por una carretera apartada de Virginia. Altos abetos y un espeso bosque la rodeaban a ambos lados. Se preguntó si este sería el último viaje que haría.

La carretera se estrechaba hasta convertirse en un camino de tierra. Miranda tomó la curva con cuidado y el bosque se abrió ante un gran campo de hierba alta que bordeaba un maizal. Aparcó en un claro junto a la reluciente camioneta Mercedes-Benz gris de McClean.

McClean la esperaba con una escopeta colgada a un lado y otra al hombro. Miranda salió del coche y él le sonrió.

—Me alegro de que hayas podido venir —dijo—. No la necesitarás. —Se refería a su arma de servicio.

Miranda miró las escopetas, luego se dio la vuelta y guardó su arma en la guantera de su coche. Se volvió y miró a McClean.

Él levantó una de las escopetas. —Supongo que sabes cómo usar una de estas, ¿no?

Miranda tomó el arma y la examinó. Era una Mossberg 500 Classic de bombeo. Revisó la recámara. Estaba cargada.

McClean la observó con una leve sonrisa. Una vez que Miranda quedó satisfecha con su arma, él dijo: «Las codornices están esperando».

Miranda siguió a McClean a través de la hierba alta. El viento susurraba entre la hierba como fantasmas.

McClean la condujo hasta un seto protector cubierto de matorrales, que bordeaba una vieja cerca astillada al borde del maizal.

«A las aves de tierra les encanta la cobertura lineal», dijo McClean mientras caminaba por la cerca. «Voy a sacarlas de ahí».

De repente, una caótica ráfaga de plumas y picos salió disparada del seto protector. McClean levantó su escopeta y apuntó a la pareja de codornices en vuelo. Disparó una ráfaga y una de las codornices cayó al suelo. La otra escapó.

«No has disparado», dijo, volviéndose hacia Miranda.

Ella le apuntaba con su escopeta al pecho. «No he venido aquí a disparar a pájaros».

McClean bajó la cabeza, se dio la vuelta y se acercó tranquilamente al pájaro abatido. Miranda mantuvo su arma apuntándole todo el tiempo. Él recogió y examinó su presa.

«¿Crees que las personas son animales?». Guardó la codorniz muerta en su bolsa de caza. «Al fin y al cabo, todos hacemos lo que tenemos que hacer para sobrevivir, ¿no?».

Se giró y miró fijamente el cañón de su escopeta.

«Entonces, ¿cuánto?», dijo.

Miranda hizo una pausa. *Haz que hable*, pensó. *Ponlo contra las cuerdas.*

«Antes de hablar de cifras, necesito que me lo cuentes todo. Dejar esa foto en tu oficina fue un descuido. Necesito asegurarme de que no hay nada más que se te haya pasado por alto».

McClean la estudió. No parecía inmutarse por la escopeta apuntando a su corazón. Se dio la vuelta y miró al horizonte.

—No creo que seamos animales —dijo—. Creo que tenemos alma. Los animales no son capaces de amar.

—Tampoco todas las personas.

—Quizá. —Sonrió, pero no estaba contento—. Ya te lo he dicho antes, solo he estado enamorado de una persona en toda mi vida. Y ahora está muerta.

McClean se volvió hacia ella y la miró a los ojos. Sus ojos brillaban. «Te daré un millón de dólares», dijo.

Ella sabía que si aceptaba el dinero, se estaría implicando en el crimen. Estarían juntos en ello.

Miranda bajó la escopeta. «Empieza por el principio. Si vamos a hacer esto, necesito estar segura de que puedo protegerme. Necesito saberlo todo».

McClean respiró hondo. «Todo empezó con la iglesia. World-Movers o Valorous o como quieras llamarlo. Marco me recomendó que me acercara a ellos. Me dijo que su apoyo podría hacerme triunfar o fracasar. Billy Beck tenía a un hombre, Víctor Cortés».

Kilo, pensó Miranda.

«Me dijeron que era un ministro, pero no lo era», dijo McClean. «Había una chica. Él me la presentó». Hizo una pausa. «No sabía que era menor de edad».

—Cortes te grabó. Con ella. Y luego la iglesia intentó chantajearte —dijo Miranda.

McClean asintió.

Billy Beck intentó hacerle a McClean lo mismo que le había hecho a Marco cuarenta años antes.

—Así que envié a Wyatt a recuperar la cinta —McClean carraspeó—. Por cualquier medio necesario.

McClean hizo una pausa. —Wyatt me dijo que «habló» con Cortés y recuperó la cinta. Me dijo que Cortés no sobrevivió a la «charla». Me hicieron creer que la cinta había sido destruida y que Cortés estaba muerto.

—Pero Wyatt mintió —dijo Miranda—. Falló en el golpe y Cortés se escondió.

McClean asintió. —Su maldito orgullo. Creo que por eso reaccionó de forma tan exagerada en el siguiente trabajo.

—Arianna —dijo Miranda.

McClean miró al suelo.

—Tú enviaste a Wyatt Lemieux a matar a Arianna —dijo ella.

—Entré en pánico. Después del incidente de Cortés, me preocupaba que si la Iglesia se enteraba de lo de Arianna, también la usarían en mi contra. Se suponía que Wyatt lo haría rápido y sin dolor. No se suponía que sucediera como sucedió. Esas otras doce personas. Wyatt lo hizo por su cuenta.

—¿Por qué?

—Siempre fue un hijo de puta loco. Después de resultar herido en Irak, solo empeoró. Simplemente perdió la cabeza. Mató a todas esas personas, luego vendió el Bronco y el arma homicida y desapareció. Sabía que lo encontrarías. Buscaba pelea. No quería que la guerra terminara.

«Entonces descubrí que Wyatt había mentido y que Víctor Cortés seguía vivo, y me di cuenta de que necesitaba ayuda profesional. Tenía muchos amigos en el ejército y en la CIA. Ellos me pusieron en contacto con Cal».

—Cal se encargó de Víctor Cortés y Wyatt Lemieux por ti —dijo Miranda—. Pero si sabías desde el principio que fue Wyatt quien mató a Arianna, ¿por qué no se lo dijiste a Cal de inmediato? ¿Por qué lo enviaste a complementar mi investigación?

—No lo conocía, ni tampoco a ese tal Pat Roti para el que trabaja. Es un tipo sospechoso. Medio gánster, en mi opinión. No quería que supieran los detalles. Lo último que necesitaba era que esos dos me chantajearan, además de todo lo demás.

Encuentra a la persona que disparó a Arianna y mátala. Eso era todo lo que sabían al respecto.

—¿Y qué hay de mi apartamento?

—Eso fue todo cosa de Wyatt. Como te dije, estaba librando una guerra en solitario.

—Tonterías. ¿El tipo se caga en el bosque y de repente se pone a tomar huellas dactilares e instalar micrófonos ocultos en los enrutadores?

—Wyatt vivía así por elección, no por necesidad. En los marines se especializó en comunicaciones y llevaba un tiempo en el negocio de los mercenarios. A pesar de su estilo de vida, tenía los conocimientos y la tecnología necesarios para poner micrófonos ocultos en tu casa.

Miranda no estaba segura de creerle, pero no importaba porque en cinco minutos tendría al imbécil esposado.

—Así que contrataste a Cal porque no querías que capturáramos a Wyatt y corrieras el riesgo de que hablara. No querías tener nada que ver con él. Lo querías muerto.

McClean volvió a mirar al horizonte. No la miraba a los ojos.

—Y Lemieux solo debía matar a Arianna. Por ti.

—Sí

—¿Por qué? Arianna no había hablado. ¿Qué te hizo pensar que lo haría?

—Esa iglesia la estaba cambiando. —Le rogaba que lo entendiera—. No era la misma persona. La chica que amaba ya estaba muerta y desaparecida.

Te refieres a que la persona a la que podías controlar había desaparecido, pensó Miranda.

Miranda se detuvo un momento. Luego dijo: «Está bien. Aceptaré tu dinero».

McClean asintió con la cabeza, sin atreverse aún a mirarla a los ojos, y ambos regresaron a sus vehículos.

Miranda le devolvió la escopeta a McClean.

«Te enviaré el dinero esta tarde», dijo él.

Miranda se volvió hacia su coche.

«He respondido a todas tus preguntas», dijo él. «¿Podrías responderme solo una?».

Miranda se volvió hacia él.

—¿De verdad creías que ibas a salir de aquí con esa maldita grabación?

Miranda pensó que se asustaría, pero no fue así.

Estaba enojada.

Se dio la vuelta y corrió hacia su coche, abrió la puerta de un golpe, se lanzó sobre la consola, abrió la guantera y buscó su pistola. Pero no estaba allí.

Miró hacia atrás y McClean no se había movido. La miraba, sonriendo. Luego silbó.

Tres hombres salieron del maizal detrás de McClean.

Miranda reconoció sus rostros. Ahora nunca los olvidaría.

El pelirrojo se había dejado crecer la barba. Lo que antes era un bigote ahora era una barba de hombre de las montañas. El negro musculoso seguía luciendo su cresta *al estilo Taxi Driver*. Y el de cara de rata había engordado un poco.

Era el resto de la «foto de Dick» de McClean. En persona. Armados con rifles tipo AR-15.

Los hombres rodearon el coche. Miranda salió del vehículo y se enfrentó a McClean. «La gente sabe dónde estoy», dijo.

«Lo dudo», respondió McClean. «El caso Barros está cerrado. Scarpelli te dijo que te mantuvieras alejada. Aparte de tu oficina, ¿a quién más se lo puedes contar? No te queda nadie».

Miranda apretó la mandíbula y cerró los puños.

«Pero aunque le hubieras dicho a alguien adónde ibas, ¿quién puede decir que llegaste? No hay torres de telefonía móvil que te sitúen aquí. Y tengo tres testigos que dicen que nunca llegaste».

Miranda miró a los hombres intimidantes que la rodeaban.

—¿Reconoces a mis amigos? Éramos un equipo. Wyatt era uno de nosotros. Y tú lo mataste.

«¿Qué? No, no lo hice», dijo ella.

La Unidad Dick Pic la miró con ira.

«¡Yo no maté a Wyatt!», dijo ella. «Fue él».

McClean ladeó la cabeza. La afirmación no parecía dirigida a él.

Fue entonces cuando la bala desgarró la garganta de Barba Roja.

DESPUÉS DE LA llamada de McClean, Miranda fue inmediatamente a ver a Cal al hospital. Ahora sabía que Cal no tenía ni idea de que estaba trabajando para McClean, pero seguía sin tener ni idea de quién era ese hombre. Qué creía o a quién era leal.

Parecía que cuanto más aprendía sobre Cal, menos sabía. Él era lo que siempre había sido. Materia oscura. Un misterio.

Estaba tumbado en su cama del hospital, todavía hecho polvo, cuando Miranda le contó lo de McClean y el abuso que había sufrido Arianna, y que al matar a Lemieux no estaba haciendo justicia por Arianna, sino permitiendo que su verdadero asesino se saliera con la suya.

Cal no le respondió nada.

Ella no sabía el escalofrío que le provocaban sus palabras. El oscuro recuerdo de ese tobogán acuático sin salida.

Ella no sabía que Cal ahora entendía la verdad del dogma de Pat Roti. Cuanto menos sepas, mejor.

Porque ahora que Cal lo sabía, iba a hacer algo muy estúpido.

. . .

Cal estaba escondido en un bosquecillo bajo una red de camuflaje, agachado detrás de un roble, con la vista fija en la mira de su rifle, observando la niebla rosada que brotaba del cuello de Barba Roja por el impacto de la bala.

Incluso con el brazo enyesado y un par de Vicodin para sus costillas rotas, Cal era un tirador increíble.

La primera es gratis, pensó.

Ahora que había perdido el elemento sorpresa, los demás no caerían tan fácilmente. Estos tipos eran exsoldados. Entrenados y con experiencia. Cal realmente deseaba estar al cien por ciento.

Antes de que el cuerpo de Barba Roja cayera al suelo, el entrenamiento de la Unidad Dick Pic entró en acción. Se abalanzaron detrás de la camioneta de McClean. Las balas de 5,56 × 45 mm atravesaron la carrocería del vehículo como un abrelatas.

Miranda aprovechó ese breve instante para huir hacia la hierba alta. Los disparos de Cal seguían resonando. Proporcionaban fuego de cobertura.

Detrás de ella, la Unidad Dick Pic se desplegó y respondió con disparos al bosquecillo. Su objetivo inmediato era ahora sacar al tirador.

Mientras tanto, McClean vio a Miranda agacharse y arrastrarse por la hierba alta, saltar la cerca astillada y desaparecer en el maizal.

Los disparos cesaron cuando Mohawk y Ratface convergieron en el bosquecillo. El tirador estaba allí en alguna parte y lo tenían cubierto por ambos lados.

El imbécil es un aficionado, pensó Ratface.

Estaba escondido bajo una red de camuflaje, pero no había utilizado un cañón con camuflaje. Una persona normal no lo habría visto, pero no dos tipos que han estado en situaciones difíciles. Lo vieron enseguida, sobresaliendo de la red de camuflaje como una erección en un baile de instituto.

Mohawk hizo una señal con la mano a Ratface y flanquearon ambos lados y, cuando estuvieron en posición, abrieron fuego y volaron al francotirador.

Ratface arrancó la red de camuflaje y tuvo una fracción de segundo para darse cuenta de que el imbécil no era un aficionado antes de que estallara en llamas.

La red de camuflaje estaba conectada a granadas incendiarias.

El francotirador estaba en otro lugar, pero Mohawk nunca descubriría dónde. Una de las balas de francotirador de Cal le partió la cabeza.

McClean llegó al borde del maizal y siguió un rastro de tallos rotos y revueltos.

El camino se volvió más oscuro. Miranda debió de darse cuenta de que estaba dejando un rastro y empezó a tener más cuidado.

Lo habían llevado al laberinto y luego abandonado. Miró a su alrededor e intentó volver a seguir su rastro, y fue entonces cuando le pareció ver al padre Balliston moviéndose entre los tallos de maíz.

Sabía que eso era imposible.

El padre Balliston estaba ahora en el infierno, pero antes era sacerdote en el hogar del niño.

Tenía un juego divertido al que jugaba con todos los niños durante el estudio de la Biblia. «Pulgares tontos». El padre perseguía a los niños por el patio. ¡Cómo retozaban y se reían! Y cuando atrapaba a uno de ellos, «¡Pulgares tontos!».

Justo en el trasero. Justo en el trasero.

Ya no podía seguirla. El camino había desaparecido. Miró a su alrededor, rodeado de hojas secas de maíz. Mareado y perdido. Olía a naturaleza quemada. Al levantar la vista al cielo, vio humo negro.

El fuego se acercaba.

McClean huyó, rompiendo tallos, arañando entre los matorrales. Sabía que el padre Balliston no lo estaba persiguiendo, pero sentía como si lo estuviera haciendo.

No era más que un niño. Le habían dicho que solo era un juego. Que era divertido. Su joven mente estaba confundida porque no le parecía divertido. Pero un adulto dijo que lo era, así que se rió y jugó como el resto de los niños.

Siempre había querido ser sacerdote.

Pero entonces, una noche, el padre Balliston lo llevó a su dormitorio y ya no quiso ser sacerdote.

Quería poder, para no volver a sentirse impotente nunca más.

La transición a la política fue fácil. La duplicidad, la manipulación y la hipocresía estaban arraigadas en él.

Los poderosos tomaban lo que querían. Lo tomaron a él.

Al igual que el padre Balliston, Marco Barros vio en McClean algo que podía utilizar. Un republicano que podía atraer el voto joven.

Marco nunca supo que McClean conocía su secreto. Su gran mentira.

Todas las figuras de autoridad que McClean había conocido

eran mentirosas de una forma u otra. Entonces, ¿qué decía eso de la máxima autoridad, Dios Todopoderoso?

El fuego llegó al maizal y McClean seguía perdido. Entrecerró los ojos a través de las lágrimas que le picaban y se atragantó con el humo negro. La hierba pegajosa se le adhería como parásitos.

Solo quería algo puro en su vida. Nunca había conocido la alegría, la calidez o la compasión hasta que conoció a Arianna. Le atraía su inocencia. Algo que él sentía que nunca había tenido. Se lo quitó, igual que el padre Balliston se lo quitó a él.

Los tallos secos y amarillos del maíz se convertían en cenizas a su alrededor. Ya no podía ver nada. Las llamas crepitaban como si fuera el colofón de su vida.

Pero a pesar del padre Balliston. Y a pesar de todas las fechorías personales de McClean. Nunca había renunciado a su fe católica.

No había tenido fuerzas para ir a confesarse. Para decirle en voz alta a Dios lo que le había hecho a Arianna.

Deambulaba a ciegas por el maizal en llamas.

Rezando.

Solo quería salir y confesarse. Para finalmente enfrentarse a Dios por lo que había hecho. Y entonces, aceptaría cualquier destino que le esperara.

. . .

LOS BOMBEROS TARDARON dos días en extinguir el incendio. El fuego había arrasado casi cien acres y, hasta el momento, habían recuperado cuatro cadáveres. Miranda no sabía si uno de ellos era el de Cal.

McClean sobrevivió al incendio y fue tratado por inhalación de humo. Se dio de alta del hospital GW antes de que se emitiera la orden de arresto. Se dirigió directamente a la iglesia Saint Stephen Martyr, en Pennsylvania Avenue, donde se confesó. Alrededor de las doce y media de la tarde, regresó a su casa. La autopsia determinó que la hora de la muerte fue aproximadamente a la una de la tarde.

Se determinó que el disparo había sido autoinfligido.

El arma utilizada fue una antigua Colt Peacemaker. Era la misma pistola que Marco Barros tenía expuesta en su oficina.

Barros se había retirado de la política, había puesto a la venta su casa en Georgetown y había desaparecido en las montañas Adirondacks, en los lagos Finger o en cualquier otro lugar.

D'ANDRE SALDRÍA de prisión tras cumplir 717 días de condena.

Resultó que una larga investigación federal condujo al arresto del defensor del control de armas y concejal demócrata de Chicago Charlie Yu. La acusación imputaba a Yu el tráfico de armas de grupos extremistas musulmanes de Indonesia a las bandas callejeras de Chicago.

El testigo estrella en su juicio fue este tipo, D'Andre.

Delató y salió libre. En las calles, delatar suele acarrear una orden de «terminar en cuanto se le vea» (TOS, por sus siglas en inglés). Pero D'Andre tenía contactos con el tipo que ahora mandaba.

Lo llamaban «Thrown», «King» o «King Thrown». D'Andre lo conocía como Russ. Después de que Russ matara a tiros a AK, se hizo con el control de los territorios tanto de AK como de Spooky.

Y, por supuesto, protegió a su amigo.

Por su parte, D'Andre no quería formar parte de esa vida.

Ahora había un Capitán América negro. D'Andre dedicó su energía a escribir. Cómics, historias, guiones. Su único refugio. Por muy finito que fuera. Por muy temporal que fuera.

Pero ¿no lo es todo?, se decía D'Andre.

RYAN NO OBTENDRÍA la libertad condicional. Pero todo estaba bien.

Tenía a Tom Wiggles. Y un doctorado en Odio.

Incluso después de que todos los de fuera se olvidaran de él y el rancho fuera embargado, no pasaba nada.

Ryan seguiría creyendo en su Guerra Santa. Dios lo liberaría algún día. La revolución se acercaba.

EL ALMACÉN de pruebas de la oficina local de la ATF en Los Ángeles era como una biblioteca de armas de fuego, que albergaba desde armas caseras de un solo tiro hasta cañones antiaéreos y todo lo demás.

Miranda reflexionó sobre estas creaciones.

Había oído decir que la diferencia entre una herramienta y un arma es que el único propósito de un arma es incapacitar o matar a otros seres vivos. Mientras que, por ejemplo, un cuchillo puede matar, pero también cortar un filete.

Todo dependía de la intención.

La Colt Peacemaker que mató a McClean fue etiquetada y

sellada en una bolsa de pruebas. La colocó en el estante asignado. A solo unos metros del AR-15 que mató a Arianna Barros.

Miró el rifle y pensó en D'Andre, Ryan, Lance y Lemieux.

¿A quién más había conocido el rifle?

Recorrió con la mirada las estanterías y estanterías de armas. Todas ellas testigos de las intenciones del hombre. Ojalá tuvieran voz. Las historias y los secretos que podrían contar.

Recordó cuando McClean le preguntó si pensaba que los humanos eran animales.

Ella no lo creía. Pero tampoco sabía si eran necesariamente mejores.

MIRANDA SE FUE a su loft vacío. El hiyab de Camilla descansaba sobre el respaldo de una silla. Todavía conservaba su aroma y, aunque cada bocanada le provocaba más lágrimas, seguía respirándolo.

Se aferró al aroma y temió el día en que se desvaneciera.

Luego apoyó la cabeza en la almohada y, aunque siempre la extrañaría, finalmente pudo descansar un poco.

EPÍLOGO

Brandan no había visto al chico de las hamburguesas en un tiempo.

Estaba más enojado de lo habitual porque había reprobado por segunda vez en la academia de policía después de que su tío, que era capitán del Departamento del Sheriff del condado de Los Ángeles, moviera los hilos para que le dieran otra oportunidad.

Tenía que llevar mangas largas y maquillarse los tatuajes de su mano y cuello para ocultarlos, lo que no le hacía mucha gracia. Además, los demás cadetes se burlaban de él por tener las piernas depiladas, aunque él les explicaba que era para las competiciones de culturismo. La gota que colmó el vaso fue cuando no pudo terminar la carrera de calentamiento de una milla y un cadete más pequeño se rió a sus espaldas, por lo que intentó pelear con él.

Era la primera vez que alguien casi era arrestado en su primer día en la Academia.

Así que no sería policía. Da igual.

Por fin había conseguido su Kimber 1911, la misma que tenía John Wick, y le gustaba presumir de ella. Le decía a la gente que hacía tiroteos desde el coche y cosas así, e intentaba labrarse una reputación que le permitiera ligar, pero también había intentado conseguir una cita diciendo que su madre había muerto de cáncer, así que ya nadie se creía nada de lo que decía.

Que se jodan. Que se jodan todos.

Sabía que estaba desperdiciando su vida trabajando en ese restaurante. Estaba destinado a grandes cosas. Todos lo verían.

Entonces no lo sabía, pero ese fue el momento en que se plantó la semilla que lo llevaría a salir a disparar a los policías.

Cuando el chico de las hamburguesas entró para pedir su pedido desagradablemente grande, Brandan fue más grosero de lo habitual. Simplemente señaló las bandejas para llevar y se alejó.

Cal no había hablado con nadie desde el incendio. Ni con Miranda. Ni con Pat Roti. No había dejado que nadie supiera que seguía vivo.

Llevó las bandejas de aluminio con las hamburguesas a su Range Rover y condujo hasta Skid Row. Un guerrero solitario en un campo de batalla perdido.

Alimentó a los heridos y guardó la última hamburguesa, pero no pudo encontrar al marine. Preguntó por ahí y se enteró de que el marine había muerto de una sobredosis la semana anterior.

La adicción es como la ruleta rusa. Un juego al que se juega, pero que nunca se gana.

El marine finalmente había perdido.

Cal se sentó en la caja de leche que había dejado vacía el marine. Pensó en la muerte, el exorcismo y los demonios.

Era nadie. De ninguna parte. Vivía solo en el presente.

Pero en ese momento, sentado en el lugar del marine muerto, pensó en su pasado. Pavimentado de cadáveres.

Luego pensó en el futuro. Y fue entonces cuando Pat Roti llamó.

«No quiero seguir matando gente», dijo Cal.

«¿Crees que puedes simplemente marcharte? ¿Después de lo que has hecho?», dijo Pat Roti. «Te espera un futuro doloroso».

Cal colgó el teléfono.

Pat Roti enviaría a unos hombres para hacerle daño. Para intentar matarlo.

Pero no importaba.

Que lo intentaran.

El dolor es inevitable. Pero él podía elegir vivir.

La guerra siempre estaría ahí.

SIN TÍTULO

¡Gracias por leer! Si te ha gustado mi libro y tienes un momento, te agradecería mucho que escribieras una breve reseña, ya que esto ayuda a que nuevos lectores descubran mi obra.

Cal volverá en *The Padre*.
PRÓXIMAMENTE

Para más información, visita:
Alex-Davidson.net

AGRADECIMIENTOS

Me gustaría dar las gracias a mi familia, tanto a la más cercana como a la más lejana, por apoyarme siempre, a pesar de que tiendo a desaparecer. A Mark Schorr por su orientación. A John Glenn por ser un gran aliado creativo y maestro. A Bob Teitel por demostrarme que se puede tener éxito en Hollywood y seguir siendo una persona íntegra. A Russell Hollander por creer siempre en la idea de esta novela. A todas las personas con talento que tuve el privilegio de conocer y con las que trabajé en la Universidad de Nueva York.

Y, por último, a ustedes, los lectores que se arriesgaron con mi novela.

SOBRE EL AUTOR

Alex Davidson es un guionista, dramaturgo y autor galardonado con múltiples premios. Obtuvo su maestría en Bellas Artes en Escritura Dramática en la Escuela de Artes Tisch de la Universidad de Nueva York en 2009. Vive en Boston.

Para saber más sobre Alex y su obra, visite: Alex-Davidson.net

COPYRIGHT

© 2026 por Alex Davidson

eISBN-13: 979-8-9946846-2-7

www.ingramcontent.com/pod-product-compliance
Lightning Source LLC
Chambersburg PA
CBHW020716130726
47899CB00012B/1687